绝句三百首注译

全注·全译·解说

国学

陈昊·若松·赵晗 编

陕西新华出版传媒集团·三秦出版社

图书在版编目（CIP）数据

绝句三百首注译/陈昊等编. —2版. —西安：三秦出版社，2003.07（2022.5重印）

（传统文化经典读本）

ISBN 978-7-80546-425-1

Ⅰ．绝… Ⅱ．陈… Ⅲ．①绝句－注释－中国－古代②绝句－译文－中国－古代 Ⅳ．I222

中国版本图书馆 CIP 数据核字（2003）第 042820 号

传统文化经典读本
绝句三百首注译

陈昊　若松　赵晗　编

出版发行	陕西新华出版传媒集团　三秦出版社
社　　址	西安市雁塔区曲江新区登高路1388号
电　　话	（029）81205236
邮政编码	710061
印　　刷	北京华强印刷有限公司
开　　本	710mm×1000mm　1/16
印　　张	22
字　　数	264千字
版　　次	2003年7月第2版 2022年5月第2次印刷
标准书号	ISBN 978-7-80546-425-1
定　　价	58.00元

峨眉山月歌

李 白

峨眉山月半轮秋,影入平羌江水流。
夜发清溪向三峡,思君不见下渝州。

——清刊本《诗画舫》

总　序

　　中国是举世闻名的文明古国，其光辉灿烂的传统文化，已成为整个人类共同的精神财富。随着时代的进步，随着探索自然、认知社会的触角不断深入，人们比以往任何时候都迫切需要发掘传统文化宝藏，汲取更多的智慧和精神力量，来进行自我完善、自我提高，从而获取成功。于是许多人都不约而同地把目光投向那些历尽风雨淘洗的传世经典，吟之诵之，含英咀华。他们意识到，不了解唐诗宋词，没读过孔孟老庄，其麻烦不仅仅是难以达到辩才无碍的境地或获得博学多识的美誉，而且会在工作、学习及社会生活的许多方面遭遇尴尬。反之，熟知经典，以古为镜，以古为师，必定会在全新意义上的修身、齐家、治国平天下方面收到奇效。这方面例子很多，如国内某名牌高校从《易经》中提取"厚德载物"做为校训，培养了无数英才；日本企业家运用《孙子兵法》和《菜根谭》进行经营管理，屡创经济奇迹；某自然科学家要求弟子背诵《道德经》，作为攻克难关前的心理演练；某诺贝尔奖得主坦言，其所以能够历经磨难取得突破，全得益于《孟子》中的一句名言。近年来我国中小学实验教材不断加大古诗文比重以及高考试题频频"考古"，也是为了促进素质教育，培养一代新人。

　　传统文化经典很多，就存在一个轻重缓急和选择的问题，我们不赞成搞什么"百种必读"或"50种必读"，武断地制造一个封闭系统。我们认为中国传统文化经典宝库应当是开放的，其中异彩纷呈，玉蕴珠藏。所以我们推出这套《传统文化经典读本》丛书，第一批20种，只能说是向广大读者奉献的最基本的、应当最先了解的经典作品，包括《易经》、《论语》、《孟子》、《道德经》、《庄子》、《孙子兵法》、《幼学琼林》、《唐诗三百首》、《宋词三百首》、《元曲三百首》等。我们还将根据情况陆续推出第二辑、第三辑。值得说明的是，我社自上个世纪80年代就开始致力于传统文化经典的整理普及，是最早出版白话类经典读本的出版社之一。此次推出的这批图书都是精选版本、精选作者，付出了艰苦努力完成的，内在质量上乘，曾作为我社品牌图书，经受了市场的检验，受到读者的广泛好评。为适应新的形势，更好满足读者的需求，我们对其进行了重新改造整合，使之在版式、装帧等方面更趋考究精美。同时也希望读者多提批评意见，以便进一步改进。

魏全瑞
2003年7月

前　言

　　绝句是一种短小精练的诗歌形式。说短小是因为它只有四句，五言20个字，六言24个字，七言28个字；说精练则在于它可以在如此简短的字数内，表达极其丰富的内容。大凡人生的酸甜苦辣，社会的家国兴衰，自然的花鸟风月，都可以适当地表现，甚至论诗评史，进行文学批评和史学评论。

　　绝句在一定程度上最能体现中国古典诗歌的特点。诗是最凝练最精粹的语言，绝句则是这类语言的高峰之一。它以最经济的诗歌手段表现完美的意境、真挚的情感或深刻的哲理。字少而意多，言近而旨远。它比篇幅较长的诗歌更严格地选择所要表达的内容，摄取最典型、最富表现力的片段，如精彩的生活场景、优美的景物意象、深刻的人生感触、激烈的心灵悸动等来说明主题。

　　读一点绝句不仅可以丰富词汇，锤炼语言，提高文学素养，而且可以学到最经济最有效的表现手法，培养敏锐的艺术观察力、鉴赏力和表现力。绝句因其形式短小，意味深长，节奏明快，最便于人们朗读记忆，比较适合在时间紧、节奏快的现代生活中的人们消遣、把玩。

　　绝句起源于汉魏南北朝的五言或七言四句的民间歌谣，得名于南北朝时的联句。当时两人或更多的人同作一诗，每人按次序各作四句，蝉联成为完整的一篇，就是联句。如果一人先作了四句，无人续作，或续作不成，这仅存的四句就被称为绝句。绝句艺术在唐宋时期蔚为大观，达到顶峰。到元明清时期虽然数量惊人，整体艺术上已大不如前，但仍不乏余韵遗响、隽语佳篇。

　　为了便于读者阅读欣赏绝句这一中国古典文学的奇葩，我们从唐、宋、元、明、清各代精选了三百余首绝句，加以注释、说明，并试译成现代诗。这些诗篇大都经过千百年历史浪潮的淘洗冲刷，经过无数代人们的咀嚼品赏，至今仍傲立于文学的雄伟岸畔，光彩夺目。

用现代诗译绝句是一种新的尝试。绝句因其言简意赅，泛泛的注释和说明常常很难揭示其丰富的内涵和微妙的寓意。用另一种诗体表达可能有助于读者了解和掌握原诗所蕴含的情感、思想和意境。

译古典诗难，译绝句更难。绝句是古代诗歌的一种特殊表现方式，古诗今译不仅是语言形式的转换，同时也是文体的改变。译诗主要是传达原诗所蕴含的思想、情感、形象、意境等诗歌最基本的要素，同时尽量忠实地保持原诗的风格、情趣、韵味。为此，译诗的形式不强求一律，根据不同的意境、风格，选择不同的诗体，力求接近原诗。是否做到这些，请读者评判。

本书由三人合作完成，唐代部分由陈昊同志执笔，宋代部分由若松同志执笔，元、明、清部分由赵晗同志执笔。三人文风不同，诗风各异，相信读者自会理解。

编著者

1992年6月

目　录

咏蝉…………………………………… 虞世南（1）
于易水送人…………………………… 骆宾王（2）
中秋月………………………………… 李　峤（3）
咏柳…………………………………… 贺知章（4）
回乡偶书（选二首）………………… 贺知章（5）
桃花溪………………………………… 张　旭（6）
山中留客……………………………… 张　旭（7）
春晓…………………………………… 孟浩然（8）
宿建德江……………………………… 孟浩然（9）
登鹳雀楼……………………………… 王之涣（10）
凉州词（选一首）……………………王之涣（11）
凉州词………………………………… 王　翰（12）
芙蓉楼送辛渐………………………… 王昌龄（13）
从军行（选二首）…………………… 王昌龄（14）
出塞…………………………………… 王昌龄（16）
采莲曲………………………………… 王昌龄（17）
闺怨…………………………………… 王昌龄（18）
春宫怨………………………………… 王昌龄（19）
龙标野宴……………………………… 王昌龄（20）
长信怨………………………………… 王昌龄（21）
送崔九………………………………… 裴　迪（22）

终南望余雪	祖 咏（23）
鹿柴	王 维（24）
田园乐	王 维（25）
鸟鸣涧	王 维（25）
竹里馆	王 维（26）
送别	王 维（27）
相思	王 维（28）
杂诗	王 维（28）
九月九日忆山东兄弟	王 维（29）
送元二使安西	王 维（30）
秋夜曲	王 维（31）
峨眉山月歌	李 白（32）
秋浦歌（选二首）	李 白（33）
静夜思	李 白（35）
送孟浩然之广陵	李 白（35）
早发白帝城	李 白（36）
清平调（词三首）	李 白（37）
怨情	李 白（40）
赠汪伦	李 白（40）
哭晁卿衡	李 白（41）
闻王昌龄左迁龙标遥有此寄	李 白（42）
玉阶怨	李 白（43）
望庐山瀑布	李 白（44）
望天门山	李 白（45）
永王东巡歌（选一首）	李 白（46）
山中问答	李 白（47）

陪族叔刑部侍郎晔及中书贾舍人至游洞庭	李 白（48）
独坐敬亭山	李 白（49）
与史郎中饮听黄鹤楼上吹笛	李 白（50）
夜宿山寺	李 白（51）
春夜洛城闻笛	李 白（51）
劳劳亭	李 白（52）
客中作	李 白（53）
营州歌	高 适（54）
塞上听吹笛	高 适（55）
别董大	高 适（56）
听张立本女吟	高 适（57）
早梅	张 谓（57）
逢雪宿芙蓉山主人	刘长卿（58）
送灵澈	刘长卿（59）
弹瑟	刘长卿（60）
重送裴郎中贬吉州	刘长卿（61）
八阵图	杜 甫（62）
江南逢李龟年	杜 甫（63）
江畔独步寻花七绝句（选二首）	杜 甫（64）
赠花卿	杜 甫（66）
戏为六绝句（选一首）	杜 甫（66）
绝句四首（选一首）	杜 甫（67）
三绝句（选一首）	杜 甫（68）
绝句二首（其二）	杜 甫（69）
逢入京使	岑 参（70）
碛中作	岑 参（71）

武威送刘判官赴碛西行军	岑　参（72）
献封大夫破播仙凯歌（选一首）	岑　参（73）
山房春事二首（其二）	岑　参（74）
春梦	岑　参（75）
枫桥夜泊	张　继（76）
寒食	韩　翃（77）
春行即兴	李　华（78）
月夜	刘方平（79）
春怨	刘方平（80）
题都城南庄	崔　护（80）
江村即事	司空曙（81）
春怨	金昌绪（82）
哥舒歌	西鄙人（83）
塞下曲（选二首）	卢　纶（84）
征人怨	柳中庸（86）
宫词	顾　况（87）
移家别湖上亭	戎　昱（88）
军城早秋	严　武（89）
滁州西涧	韦应物（90）
秋夜寄丘员外	韦应物（91）
新嫁娘	王　建（92）
兰溪棹歌	戴叔伦（93）
塞上曲	戴叔伦（94）
夜上受降城闻笛	李　益（95）
汴河曲	李　益（96）
从军北征	李　益（97）

登科后	孟　郊（97）
次潼关先寄张十二阁老使君	韩　愈（98）
早春呈水部张十八员外	韩　愈（100）
晚春	韩　愈（101）
咏绣障	胡令能（102）
登崖州城作	李德裕（103）
江雪	柳宗元（104）
重别梦得	柳宗元（105）
与浩初上人同看山寄京华亲故	柳宗元（106）
乌衣巷	刘禹锡（107）
柳枝词	刘禹锡（108）
浪淘沙（选二首）	刘禹锡（109）
春词	刘禹锡（111）
秋词	刘禹锡（112）
元和十年自朗州承召至京戏赠看花诸君子	刘禹锡（113）
再游玄都观	刘禹锡（114）
竹枝词（选二首）	刘禹锡（114）
竹枝词（选一首）	刘禹锡（116）
望洞庭	刘禹锡（117）
石头城	刘禹锡（117）
寻隐者不遇	贾　岛（118）
剑客	贾　岛（119）
宫词	白居易（120）
暮江吟	白居易（121）
问刘十九	白居易（122）
邯郸冬至	白居易（123）

大林寺桃花	白居易（123）
建昌江	白居易（124）
寒闺怨	白居易（125）
悯农二首	李　绅（126）
宫词	张　祜（127）
题金陵渡	张　祜（128）
集灵台	张　祜（129）
宫中词	朱庆馀（130）
近试上张水部	朱庆馀（131）
行宫	元　稹（131）
南园（选二首）	李　贺（132）
马诗（选二首）	李　贺（134）
过华清宫	杜　牧（136）
江南春	杜　牧（137）
泊秦淮	杜　牧（138）
将赴吴兴登乐游原一绝	杜　牧（139）
赤壁	杜　牧（140）
寄扬州韩绰判官	杜　牧（141）
遣怀	杜　牧（142）
秋夕	杜　牧（143）
赠别（二首）	杜　牧（144）
金谷园	杜　牧（145）
边上闻胡笳（选一首）	杜　牧（146）
题乌江亭	杜　牧（147）
山行	杜　牧（148）
清明	杜　牧（149）

瑶瑟怨	温庭筠（150）
夜雨寄北	李商隐（151）
为有	李商隐（152）
隋宫	李商隐（153）
瑶池	李商隐（154）
嫦娥	李商隐（155）
贾生	李商隐（156）
登乐游原	李商隐（157）
霜月	李商隐（158）
引水行	李群玉（159）
河湟有感	司空图（160）
渡汉江	李　频（161）
马嵬坡	郑　畋（162）
陇西行	陈　陶（163）
寄人	张　泌（164）
寄夫	陈玉兰（165）
汴河怀古	皮日休（166）
淮上与友人别	郑　谷（167）
焚书坑	章　碣（168）
蜂	罗　隐（169）
金钱花	罗　隐（170）
西施	罗　隐（171）
自遣	罗　隐（172）
再经胡城县	杜荀鹤（173）
蚕妇	杜荀鹤（174）
送日本国僧敬龙归	韦　庄（174）

台城	韦　庄	（175）
已凉	韩　偓	（176）
自沙县抵龙溪县，值泉州军过后， 　　村落皆空，因有一绝	韩　偓	（177）
题菊花	黄　巢	（178）
不第后赋菊	黄　巢	（179）
社日	王　驾	（180）
金缕衣	杜秋娘	（181）
塞上	柳　开	（182）
柳枝词	郑文宝	（183）
清明	王禹偁	（185）
畬田调（选一首）	王禹偁	（186）
书河上亭壁（选一首）	寇　准	（187）
呈寇公	茜　桃	（188）
秋江写望	林　逋	（189）
自作寿堂，因书一绝以志之	林　逋	（190）
得山雨	梅尧臣	（191）
陶者	梅尧臣	（192）
丰乐亭游春三首（选一首）	欧阳修	（193）
画眉鸟	欧阳修	（194）
淮中晚泊犊头	苏舜钦	（195）
题花山寺壁	苏舜钦	（196）
小桧	韩　琦	（197）
咏柳	曾　巩	（198）
城南	曾　巩	（199）
西楼	曾　巩	（200）

题西太一宫壁二首（选一首）	王安石（201）
泊船瓜洲	王安石（202）
钟山即事	王安石（203）
郊行	王安石（204）
出塞	王安石（205）
入塞	王安石（206）
书湖阴先生壁	王安石（207）
元日	王安石（208）
饮湖上，初晴后雨	苏　轼（209）
六月二十七日望湖楼醉书	苏　轼（210）
题西林壁	苏　轼（211）
惠崇《春江晓景》	苏　轼（212）
郿坞	苏　轼（213）
虔州八境图（选一首）	苏　轼（214）
赠刘景文	苏　轼（215）
雨中登岳阳楼望君山二首	黄庭坚（216）
鄂州南楼书事	黄庭坚（218）
自还广陵	秦　观（219）
秋日（选一首）	秦　观（220）
春日（选一首）	秦　观（221）
泗州东城晚望	秦　观（222）
十七日观潮	陈师道（223）
流民	晁补之（224）
田家	张　耒（225）
春游湖	徐　俯（226）
病牛	李　纲（227）

三衢道中	曾　幾（229）
襄邑道中	陈与义（230）
春寒	陈与义（231）
牡丹	陈与义（232）
汴京纪事（选二首）	刘子翚（233）
楚城	陆　游（235）
剑门道中遇微雨	陆　游（237）
十一月四日风雨大作	陆　游（238）
沈园	陆　游（239）
示儿	陆　游（241）
横塘	范成大（242）
小池	杨万里（243）
晓出净慈寺送林子方	杨万里（244）
宿新市徐公店	杨万里（245）
癸巳五月三日北渡三首（选二首）	元好问（246）
同儿辈赋未开海棠二首（选一首）	元好问（248）
冯道	刘　因（249）
观梅有感	刘　因（251）
至正改元辛巳寒食日，示弟及诸子侄	虞　集（252）
河湟书事	马祖常（253）
墨梅	王　冕（254）
题文与可画竹	柯九思（256）
上京即事（选二首）	萨都剌（257）
题郑所南兰	倪　瓒（259）
烟雨中过石湖（选一首）	倪　瓒（260）
越歌	宋　濂（261）

题目	作者	页码
题沙溪驿	刘　基	(262)
北风行	刘　基	(263)
天平山中	杨　基	(264)
田家夜舂	高　启	(265)
送陈秀才还沙上省墓	高　启	(266)
新安谣	李昌祺	(267)
平阳道中	于　谦	(268)
石灰吟	于　谦	(269)
言志	唐　寅	(270)
开先寺	李梦阳	(271)
经行塞上	李梦阳	(272)
塞下曲	谢　榛	(273)
古意	谢　榛	(274)
晓征	戚继光	(274)
代父送人还新安	陆　娟	(276)
竹枝词	王叔承	(277)
感事	汤显祖	(278)
闻都城渴雨，时苦摊税	汤显祖	(279)
夜听琵琶	石　沆	(280)
江上见数渔舟为公卒所窘	袁宏道	(281)
大堤女	袁宏道	(282)
夜泉	袁中道	(283)
渡易水	陈子龙	(284)
三洲歌	陈子龙	(286)
读史	张家玉	(287)
出师讨满夷自瓜洲至金陵	郑成功	(288)

宿野庙	金圣叹（289）
古北口	顾炎武（290）
路舍人客居太湖东山三十年，寄此代柬	顾炎武（292）
早行	李　渔（293）
绝句	吴嘉纪（294）
山行	施闰章（295）
临江杂咏	施闰章（296）
赠柳生	毛奇龄（297）
客发苕溪	叶　燮（299）
鸳鸯湖棹歌一百首（选一首）	朱彝尊（300）
秦淮杂诗（选一首）	王士禛（301）
真州绝句（选二首）	王士禛（303）
官柳	查慎行（305）
虎丘暮归小舟口号	赵执信（306）
夜抵枞阳	姚　鼐（307）
山行	姚　鼐（308）
北坨	沈德潜（309）
泛舟鉴湖四首（选一首）	厉　鹗（310）
潍县署中画竹呈年伯包大中丞括	郑　燮（311）
题屈翁山诗札、石涛石溪八大山人山水小幅，并白丁墨兰共一卷	郑　燮（313）
渔家	郑　燮（314）
竹石	郑　燮（315）
马嵬驿	袁　枚（315）
沙沟	袁　枚（317）
十二月十五夜	袁　枚（318）

山中绝句	袁　枚	（319）
响屟廊	蒋士铨	（320）
过商州	张　翙	（321）
论诗（选二首）	赵　翼	（322）
春日信笔	陈长生	（324）
癸巳除夕偶成	黄景仁	（324）
己亥杂诗（选三首）	龚自珍	（326）

咏 蝉

虞世南

垂緌饮清露①,流响出疏桐。
居高声自远, 非是藉秋风。

【作者介绍】

虞世南(558—638),字伯施,越州余姚(今浙江省余姚县)人。官至秘书监,封永兴县公。善文辞,工书法,编有《北堂书钞》一百六十卷。《全唐诗》存其诗一卷。

【注释】

①垂緌:緌为帽子上或旗杆顶上的缨子,蝉的头部有伸出的触须,形似下垂的缨子,故说"垂緌"。

【译诗】

尽情啜饮着晶莹的清露,
栖息在高高的梧桐树上。

鸣叫声从枝叶间传出,
是那样的清脆、洪亮、悠扬。

身居高处,声自远播,
决非借助秋风的力量。

【说明】

这首诗赞咏了蝉高洁的品性。同时蕴含这样一个真理:品格高洁的人,自能声誉远播,名闻遐迩,并不需要某种外在的凭藉。

于易水送人

骆宾王

此地别燕丹，壮士发冲冠。
昔时人已没，今日水犹寒。

【作者介绍】

骆宾王（约640—684后），婺州义乌（今浙江省义乌县）人。早年为道王李元庆属官，后因罪入狱，获释后贬为临海县丞，郁郁不得志，弃官而去。徐敬业在扬州起兵讨武则天，骆宾王曾作《讨武曌檄》，兵败后不知所终。与王勃等以诗文齐名，为"初唐四杰"之一，其诗多抒写个人失意愁怨之情，诗歌语言精练圆熟，对扭转初唐浮华的诗风，起过一定的作用。有《骆临海集》。

【译诗】

当年，
在这易水河畔，
荆轲告别燕丹，
向着遥远的秦国，
大步直前！
悲壮的歌声中，
只见他意气风发，
怒发冲冠！
壮烈的往事，
早已化作云烟，
慷慨悲歌之士，
也已离开人间。
只有你，
不息的易水河，
在这萧萧秋风中，
依然是那样的冷，那样的寒。

【说明】

这是一首送别诗。诗人借史咏怀,虽未写为何人送行,但字里行间充溢着对壮士荆轲的崇敬与怀念。

中 秋 月

李 峤

圆魄上寒空①,皆言四海同。
安知千里外②,不有雨兼风。

【作者介绍】

李峤(644—713),赵州赞皇(今河北省赞皇县)人。唐高宗时进士,历仕高宗、武后、中宗等朝,官至中书令,封越国公,后遭贬谪。他在当时就有诗名,诗多以风、月、雨、雪等自然现象为题,与"初唐四杰"中的王勃、杨炯关系甚密。

【注释】

①圆魄:圆月、满月。魄,月光。
②安知:怎知。

【译诗】

圆月挂在寒空,
都道四海皆同。
怎知千里之外,
不会风雨兼行?

【说明】

这首诗以咏月为题,揭示一个真理:世上的事千差万别,千变万化,不可能全都一样。正如中秋夜,此处皓月当空,他处却风雨交加。

咏　柳

贺知章

碧玉妆成一树高①，万条垂下绿丝绦②。
不知细叶谁裁出，二月春风似剪刀。

【作者介绍】

贺知章（659—744），字季真，自号"四明狂客"。越州永兴（今浙江省萧山县）人，武则天证圣元年（695）进士。唐玄宗开元十三年（725）为礼部侍郎兼集贤院学士，又充太子宾客，后累官至秘书监。与李白、张旭等交谊很深。天宝三年（744），因不满李林甫专权，上疏请求度为道士，返回家乡。其诗清新通俗，现存绝句六首。《全唐诗》录存其诗一卷。

【注释】

①碧玉句：是说柳树就像翠绿的碧玉妆成一样。
②丝绦：丝带。形容柳条轻柔婀娜。

【译诗】

如碧玉妆成一般，
一树绿色茂又高；
恰似轻柔的绿丝带，
柳枝垂挂千万条。
这细小的柳叶哟，
不知何人所裁？
啊，二月和煦的春风，
就像一把神奇的剪刀。

【说明】

这首诗通过写柳条翠绿多姿，描绘了初春时节万象更新，生机盎然的美好景象。

回乡偶书（选二首）

贺知章

其 一

少小离家老大回，乡音无改鬓毛衰①。
儿童相见不相识，笑问客从何处来？

【注释】
①鬓毛衰：鬓发脱落。衰：cuī，疏落之意。

【译诗】
少小时离家远走，
年老时踏上归途。
乡音依然未改，
鬓发早已稀疏。
儿童们见我陌生，
笑问我来自何处？

【说明】

贺知章年轻时离开了家乡越州永兴（今浙江萧山），八十六岁时回到了故乡，这首诗即是作者告老还乡后所作。前两句写自己离家之久，衰老之甚；后两句通过儿童们天真稚气的发问，更真切生动地表现出暮年还乡的欣悦和人世沧桑的感慨。质朴无华的诗句中充溢着亲切温馨的人情味，千百年来为人传诵。

其 二

离别家乡岁月多，近来人事半消磨①。
惟有门前镜湖水②，春风不改旧时波。

【注释】

①消磨:借指人去物非,变化巨大。
②镜湖:在今浙江省绍兴市会稽山的北麓,周围三百余里,贺知章的故居即在镜湖之滨。

【译诗】

离别家乡,
至今已有五十多个岁月。
世事沧桑,
昔日的朋友半数不知其所。
只有门前浩渺的镜湖水,
春风吹过,
依旧泛起粼粼碧波。

【说明】

本诗为第一首的续篇。诗人中年离乡,八十六岁时才告老还乡,前后离乡的时间约五十多个春秋。在此期间,家乡人事变化巨大,"访旧半为鬼",昔日的亲朋好友多半作古。物是人非,独立镜湖之旁,面对波光粼粼的湖水,诗人怎能不伤感、不慨叹呢?本诗感情自然、逼真,语言朴实无华,毫不雕琢,是一首难得的好诗。

桃 花 溪[①]

张 旭

隐隐飞桥隔野烟[②],石矶西畔问渔船[③]。
桃花尽日随流水, 洞在清溪何处边[④]?

【作者介绍】

张旭,字伯高,生卒年不详,吴郡(治所在今江苏省苏州市)人。曾做过常熟县尉和金吾长史等小官,世称"张长史"。他是唐代著名书法家,草书最为知名。其诗留存不多,绝句诗以构思精巧、意境幽深见长,与其布局错综有致的草书作品有异曲同工之妙。

【注释】

①桃花溪:在今湖南省桃源县西南,源于桃花山,北流入沅江。
②隐隐:隐隐约约。飞桥:架在高处的桥。
③矶:水边突出的岩石。
④洞:桃花洞。指进入桃花源的入口处。

【译诗】

隔着山野缭绕的云烟,
远处的小桥若隐若现。
我站在石矶的西侧,
询问过往的渔船:
桃花每日随水漂流而去,
桃花洞究竟在清溪哪边?

【说明】

桃花源式的理想生活,自古以来吸引过不少文人墨客。此诗即是暗用陶渊明《桃花源记》之意,抒发诗人对理想境界的追求。本诗描绘了桃花溪如梦似幻的美丽景色,以及由这迷濛景色所引起的遐想。作者知道桃花源是虚构的,所以结句不直接说而用询问的口气,更增加了诗的韵味。

山中留客

张 旭

山光物态弄春晖①, 莫为轻阴便拟归②。
纵使晴明无雨色, 入云深处亦沾衣。

【注释】

①山光物态：泛指山中的万物。春晖：春光。
②轻阴：微阴，天色有点阴沉。

【译诗】

春回大地，
萧瑟的山林披上了绿装。
万象更新，
一派生机盎然的景象。

这缤纷烂熳的季节，
正是赏春的好时光。
怎能因天色微阴，
便产生回归的思想？

要知道，
即便是晴空万里，毫无雨意，
在那云雾深处，
依然会沾湿你的衣裳。

【说明】

作者同来访的友人一块到山中游览，不料走着走着，天色有点阴下来。是否继续前进，友人显得有点踌躇。于是作者便写了这首诗激励他，告诉他雨中游春别具情趣，更何况天气晴朗，在那云雾深处，同样会弄湿衣裳。本诗写得有景、有情、有理，三者水乳交融，浑然一体。

春　　晓

孟浩然

春眠不觉晓，处处闻啼鸟。

夜来风雨声,花落知多少?

【作者介绍】

孟浩然(689—740),襄阳(今属湖北省)人。早年隐居家乡鹿门山,读书做诗,并漫游吴越各地。四十岁去京城长安考进士不中,失意而归,仍过隐居生活。孟浩然是唐代第一个山水诗人,善于用五言诗描绘山水和田园景色。其诗淡雅自然,常用白描笔法绘出一幅幅天然图画。

【译诗】

春睡不觉天已晓,
四周尽闻鸟儿叫。
昨夜里风雨声伴我入梦,
满园花不知道吹落多少?

【说明】

这是一首家喻户晓的佳作,是一首春天的奏鸣曲,春风春雨,鸟鸣雀噪,一派生机勃勃的景象。当春眠初醒的作者想起昨夜的风雨声,不禁想到这场风雨又吹落了多少鲜花,流露出作者怜花惜春之情。全诗语言不假涂饰,平淡自然,却意蕴深远,传诵千古。

宿建德江[①]

孟浩然

移舟泊烟渚[②],日暮客愁新。
野旷天低树, 江清月近人。

【注释】

①建德江:今新安江,源出安徽,流经浙江建德入钱塘江。
②烟渚(zhǔ主):烟雾迷蒙的江中小洲。

【译诗】

我把船停靠在烟雾迷濛的江心小洲,
暮色苍茫,孤寂的心情更添忧愁。
原野空旷无际,
远处的天空似乎比树还低。
江水清澈见底,
倒映的明月近在咫尺,
似乎要与我
相傍相依,永不分离。

【说明】

此诗写作者江中夜泊的所见所感,流露出淡淡的客愁。后两句写景绝妙,原野空旷,远处天空比树还低。江水澄清,水中月影更加明晰,这给远在他乡的游子以少许慰藉。全诗语言清新,造景自然。

登鹳雀楼①

王之涣

白日依山尽,黄河入海流,
欲穷千里目,更上一层楼。

【作者介绍】

王之涣(688—742),原晋阳(今山西省太原市)人。后迁居绛郡(今山西省新绛县)。做过县主簿、县尉等小官。因遭人诬陷,曾一度弃官漫游,足迹遍及黄河南北。他是盛唐时期著名的边塞诗人。可惜其诗大多亡佚,《全唐诗》仅录存其诗六首。

【注释】

①鹳(guàn)雀楼:故址在今山西省永济县,因常有鹳雀栖其上而得名。楼高三层,前对中条山,下瞰黄河。后为河水吞没。

【译诗】

太阳依傍着山峦沉沉西坠,
黄河向着大海日夜奔流。
要想极目千里风光,
还须再上一层高楼。

【说明】

这是一首传诵千古的唐诗名篇。前两句描绘出一幅壮阔辽远的山河图,气势磅礴,笔意高远。后两句写眼前实感,表现了作者的远大抱负。由于后两句富有哲理,遂成为千古传的名句。

凉 州 词(选一首)

王之涣

黄河远上白云间, 一片孤城万仞山①。
羌笛②何须怨《杨柳》,春风不度玉门关③。

【注释】

①孤城:指玉门关城。万仞山:形容极高的山。仞为古时的长度单位,八尺为一仞。
②羌笛:我国古代西北少数民族所吹的笛子。杨柳:指羌笛吹奏的《折杨柳》曲。
③玉门关:古关名,故址在今甘肃省敦煌县西北。

【译诗】

遥望黄河,
逶迤不断,
直上九霄云天。
荒城一片,
大漠孤悬,

周围是万仞高山。
羌笛啊,
何必吹奏那哀怨的《杨柳》曲,
和煦的春风,
从来就吹不到这玉门关。

【说明】

这是一首脍炙人口的唐诗名篇。写塞外关山的雄浑荒凉和戍边征人的愁怨。"春风不度玉门关",一则指塞外苦寒荒芜,二则隐喻朝廷的恩泽不及于边关。

凉 州 词①

王 翰

葡萄美酒夜光杯②,欲饮琵琶马上催③。
醉卧沙场君莫笑, 古来征战几人回?

【作者介绍】

王翰,字子羽,并州晋阳(今山西省太原市)人。生卒年不详。唐睿宗李旦景云元年(710)进士。玄宗时被召为秘书正字,后贬道州司马。性情狂放不羁,擅长绝句。其诗传世不多,以《凉州词》最为著名。

【注释】

①凉州词:一作凉州曲,本河西、陇右(州治今甘肃武威)一带地方的乐曲。开元年间西凉府都督郭知运所进。
②夜光杯:用白玉做成的酒杯,夜间可以照光。
③催:催人快饮。

【译诗】

举起盛满葡萄美酒的夜光杯,
马上响起了催人快饮的琵琶声。

即使醉卧沙场请你不要见笑,
自古征战又有几人凯旋而归?

【说明】

这是一首描写边塞军旅生活的诗。诗人以奇丽的笔触描绘了军营中宴饮的欢快场面,表现了将士们豪壮慷慨的情怀。同时也从侧面揭示了边塞军人在随时面临死亡的征战生活中借酒消愁、及时行乐的心理状态。

芙蓉楼送辛渐①

王昌龄

寒雨连江夜入吴②,平明送客楚山孤。
洛阳亲友如相问,一片冰心在玉壶③。

【作者介绍】

王昌龄(698—约756),字少伯,京兆长安(今陕西省西安市)人。一说太原人。唐玄宗开元十五年(727)进士,授汜水尉,不久迁校书郎。后贬为江宁丞,晚年贬龙标尉。"安史之乱"起,为亳州刺史闾丘晓杀害。王昌龄是唐代著名的边塞诗人,尤其擅长七言绝句,可与李白并驾齐驱。他的诗气势雄浑,语言凝炼,音律铿锵,词意蕴藉,在写景抒情上达到了完美的境界。有《王昌龄诗集》。

【注释】

①芙蓉楼:故址在今江苏省镇江市。辛渐:作者的朋友,生平不详。
②吴:这里的"吴"和下一句中的"楚",都是指镇江一带地方。镇江古属吴国。
③冰心:像冰一样纯净高洁。玉壶:鲍照《白头吟》:"直如朱丝绳,清如玉壶水。"

【译诗】
夜间，
潜入吴地的冷雨绵绵不断，
和茫茫的江水连成一片。
清早，
我送别了友人，
独自面对孤零零的楚山。
"你到了洛阳，
亲友们如果相问，
请转告他们，
我的心纯净高洁如冰壶一般。"

【说明】
　　这首诗是作者被贬为江宁（今南京）丞时所做。诗人送友人辛渐去洛阳，连江的寒雨、孤峙的楚山既是写景，也流露出作者孤寂凄凉的心境。王昌龄为人疏放不羁，屡遭贬谪，但他总以傲然的态度对待命运，三四句就是诗人庄严的自白，用"一片冰心在玉壶"的形象比喻告慰远方的朋友：我始终保持着清白高洁的人格。

从 军 行①（选二首）

王昌龄

其 一

青海长云暗雪山，　孤城遥望玉门关②。
黄沙百战穿金甲③，不破楼兰终不还④！

【注释】
①从军行：描写军队生活的乐府古题。
②玉门关：故址在今甘肃省敦煌县西北。

③金甲：铠甲。
④楼兰：汉时西域的鄯善国，故址在今新疆维吾尔自治区鄯善县东南。这里借指当时侵扰西北边陲的敌军。

【译诗】

青海湖上空阴云弥漫，
皑皑雪山被遮盖得昏沉暗淡。
荒城一片，塞外孤悬，
千里遥望玉门雄关。
将士们沙场征战，纵横驰骋，
身上的铠甲早已磨穿。
誓扫楼兰，消除边患，
高奏凯歌回还！

【说明】

《从军行》七首，本篇为其第四首。此诗反映了边防将士杀敌立功的雄心壮志。诗的前两句写将士们极目所见和回望玉门关的景象，借以渲染战争气氛，点出环境；后两句抒写将士们决心破敌的豪情。二者和谐统一，表现了诗人高度的概括力和雄浑豪壮的艺术风格。

其 二

大漠风尘日色昏，红旗半卷出辕门①。
前军夜战洮河北，已报生擒吐谷浑②。

【注释】

①辕门：指军营。
②吐谷浑（tǔ yù hún 土玉魂）：我国古代西北地区游牧部族名，曾在洮河地区建立政权。这里借指敌军将领。

【译诗】

茫茫沙漠,
凛凛狂风,
烟尘滚滚,
地暗天昏。
军旗猎猎,
气势如虹,
将士们威武雄壮奔赴战阵。
先遣部队首建功勋,
夜袭洮河北面敌军,
捷报传来欢声雷动,
生擒了敌酋吐谷浑!

【说明】

本篇为《从军行》第五首。诗生动地描绘了边防将士在反击吐谷浑的侵扰中,首战告捷的战斗场面。

出　　塞

王昌龄

秦时明月汉时关,　万里长征人未还。
但使龙城飞将在①,不教胡马度阴山②!

【注释】

①龙城飞将:指汉武帝时名将李广。他曾任右北平太守,匈奴很畏惧他,称他为"汉之飞将军"而不敢入塞。

②胡马:指侵扰内地的敌军。阴山:在今内蒙古中部,为匈奴南侵的要冲。

【译诗】

秦汉时的关塞依然存在，
秦汉时的明月夜空高悬。
将士们万里征战，
至今尚未回还。
望着这一幅边关月夜图，
我不禁心潮澎湃，感慨万千。
当年的龙城飞将若还健在，
绝不让胡人兵马度越阴山。

【说明】

这是一首传诵不衰的名作，前人评论认为是唐人七绝的压卷之作。诗表面上是歌颂汉代名将李广，实际上是在慨叹朝廷用人不当和边将无能。若能起用像李广那样的名将，胡人怎敢越阴山一步呢！

采 莲 曲

王昌龄

荷叶罗裙一色裁①，芙蓉向脸两边开②。
乱入池中看不见， 闻歌始觉有人来。

【注释】

①荷叶句：这句是说荷叶和采莲女的衣裳，简直就像是同一颜色的衣料剪裁的。
②芙蓉：这里指莲花。

【译诗】

荷叶与罗裙两相辉映，
恰似那一色丝绸所裁。
芙蓉花儿竞相盛开，

花丛中簇拥着粉面桃腮。
采莲姑娘散入池中,
却不见她们矫美的身材,
只有听到悦耳的采莲曲,
才知晓有人池中前来。

【说明】

这首诗生动地反映了采莲女的劳动生活。诗不直接描写采莲的动作,而是从侧面刻画采莲女的形象,表现采莲的场面,有声有色,别致清新。

闺　怨

王昌龄

闺中少妇不知愁，　春日凝妆上翠楼①。
忽见陌头杨柳色②，悔教夫婿觅封侯③。

【注释】

①凝妆:盛妆。翠楼:指女子居住的小楼。
②陌头:路边。陌,田间小路。
③觅封侯:指古代从军立功以求升官封侯。

【译诗】

深闺中的少妇不知道忧愁,
春日里身着盛妆登上了翠楼。
忽然看见道路旁杨柳青青,
后悔让丈夫远征去觅取封侯。

【说明】

此诗写一位深闺中的少妇,在春日里刻意打扮好后登上高楼去观赏春色,当她看到路边新绿的杨柳,不禁思绪万千,后悔不该叫丈夫为博取封侯而去从军远征,致使自己在这大好的春光中只能独守空闺。本诗摹写少妇的心理变化,极其细致深刻,耐人寻味。

春 宫 怨

王昌龄

昨夜风开露井桃①,未央前殿月轮高②。
平阳歌舞新承宠③,帘外春寒赐锦袍。

【注释】

①露井桃:生长在井边的桃树。

②未央前殿:未央宫的前殿。未央宫是汉代宫殿,此处借指唐朝宫殿。

③平阳歌舞:平阳公主的歌女。《史记·外戚世家》载,汉武帝去他姐姐平阳公主家,平阳公主让歌女卫子夫歌舞助兴,武帝对卫子夫一见钟情,平阳公主即将其送入宫中,后为卫皇后。新承宠:新近得到皇帝宠幸。

【译诗】

昨晚一夜春风,
吹开了露井边的桃花,
未央宫前殿之上,
正值皓月当空。
平阳公主的侍女能歌善舞,
新近得到天子的宠幸。
帘外春寒料峭,
寒气依然袭人,
为怕她玉体受冻,
连忙赐给锦袍一领。

【说明】

本诗以汉武帝故事隐喻唐朝的宫廷生活，抒写失宠宫妃的幽怨。语言委婉含蓄，令人玩味不尽。

龙标野宴[①]

王昌龄

沅溪夏晚足凉风[②]，春酒相携就竹丛。
莫道弦歌愁远谪[③]，青山明月不曾空。

【注释】

①龙标：今湖南省黔阳县，作者曾被贬为龙标县尉。
②沅溪：沅江，湖南境内的大河之一，源出贵州，流经黔阳，往北注入洞庭湖。
③远谪：贬到离京城很远的地方。

【译诗】

沅江畔的夏夜凉风飕飕，
我们围坐竹林畅饮美酒。
且莫因歌声而触动思绪，
为我被贬边荒而满怀忧愁。
青山葱翠，明月朗朗，
这里有的是做伴的朋友。

【说明】

作者因触犯权贵被贬为龙标县尉，他并未因此而意志消沉，郁郁寡欢，照样悠然自得地过着生活。这种豁达乐观、傲视命运的态度，既表现了作者不屈不挠的精神，同时也表示了他对当时统治者强烈的不满。

长 信 怨①

王昌龄

奉帚平明金殿开②,暂将团扇共徘徊③。
玉颜不及寒鸦色④,犹带昭阳日影来⑤。

【注释】

①长信怨:诗题一作《长信秋词》。为乐府《相和歌·楚调曲》。长信:汉代的长信宫。汉成帝的班婕妤,贤而有文才,起先很受宠爱。后成帝偏爱赵飞燕姐妹,班婕妤为避赵氏姐妹的妒害,自请到长信宫侍奉太后,并作赋自伤冷落。
②奉帚句:意为清早殿门一开,就捧着扫帚在打扫。奉:即捧。
③暂将句:姑且拿起团扇庭院徘徊,消磨时光。
④玉颜:美丽的容颜。
⑤昭阳:昭阳殿,汉成帝常住在那里。日影,这里语义双关,既指阳光,也喻君恩。

【译诗】

清早,金殿大门徐徐打开,
她手持扫帚打扫尘埃。
寂寞苦闷难以排解,
只好手摇团扇庭院徘徊。

曾经是花容月貌备受宠爱,
如今玉颜未老恩情已改。
面对那寒鸦也自感不如,
它尚能身带晨光天边飞来。

【说明】

这首诗借汉代班婕妤的故事写失宠宫人怨情。尤其是末二句想象奇特，构思精巧，堪称绝妙之笔。作者写过多首宫怨诗，当以此诗为最好。明清评论家也认为，此诗为唐人七绝压卷作之一。

送 崔 九[①]

裴 迪

归山深浅去，须尽丘壑美[②]。
莫学武陵人[③]，暂游桃源里。

【作者介绍】

裴迪，生卒年不详，关中人。与王维、崔兴宗等为诗友，同居于终南山，赋诗唱和。其诗清新淡雅，擅长写景。

【注释】

①崔九：指崔兴宗，他曾与裴迪、王维共居于终南山。
②丘壑：深山幽谷。
③武陵人：陶渊明《桃花源记》中写一个武陵渔人偶入仙境般的桃花源，数日后因思家而返归。武陵：在今湖南省常德市。

【译诗】

你就要回到深山峻岭中去，
愿你尽情领略奇峰幽谷的秀美。
切莫效仿武陵渔夫的样子，
仅仅在桃源暂时游历复又返回。

【说明】

作者送友人归山隐居，劝友人尽情领略山林幽谷的自然之美，不要浅尝即止。表达了诗人对隐居生活的向往。

终南望余雪①

祖　咏

终南阴岭秀②，积雪浮云端。
林表明霁色③，城中增暮寒。

【作者介绍】

祖咏（699—746?），洛阳人，开元十二年（724）中进士，晚年隐居汝水岸边，和王维、卢象等交谊很深。其诗以旅游、赠别为主，描写细腻，剪裁得当。《全唐诗》录存其诗一卷。

【注释】

①终南：指终南山，秦岭中部，西安市南。
②阴岭：指终南山北坡。古称山南为阳，山北为阴。
③霁色：雨雪过后的晴光。

【译诗】

终南山北坡景色秀丽，
皑皑积雪浮上云端。
林梢被雪后的晴光
映照得分外透明，
傍晚时的长安城
又增添了阵阵春寒。

【说明】

这是一首应试诗。据《唐诗纪事》载："有司试《终南山望余雪》，咏赋四句，即纳于有司，或诘之，曰：'意尽'。"按规定，应试诗应写五言六韵十二句，而祖咏只写成五绝就交卷，他不愿以词害意，画蛇添足。这首诗句句咏雪，确已将终南余雪写得穷形尽意，囊括无余。

鹿　柴[①]

王　维

空山不见人，　但闻人语响。
返景入深林[②]，复照青苔上。

【作者介绍】

王维（701—761），字摩诘，蒲州（今山西省永济县）人。二十一岁中进士，做过右拾遗、尚书右丞等，也称王右丞。王维四十岁后隐居蓝田辋川，参禅信佛，过着半官半隐的田园生活。他多才多艺，在诗歌、绘画、音乐、书法等方面都有较高造诣。他的绝句诗，在描写自然景色方面，更显示出高超的技巧，刻画细致，变化多采，后人评论其"诗中有画"，当十分恰当。有《王右丞集》。

【注释】

①鹿柴（zhài 寨）：王维辋川别墅内的一处景致。"柴"通"寨"。
②返景（yǐng 影）：夕阳返照。"景"同"影"。

【译诗】

空寂的山谷不见人影，
却隐约听见悠远的话语声。
太阳已经落下山岗，
余晖照进幽深的密林中，
又在林间的青苔上，
投下斑驳的光影。

【说明】

王维有《辋川集》诗20首，分别咏唱辋川别墅的20处风景，本诗即其中一首。本诗以远处传来的人语声和夕照在林中青苔上洒下的光影，来衬托山林的空寂幽静，有声有色，疏淡自然。

田 园 乐

王　维

桃红复含宿雨，柳绿更带朝烟。
花落家童未扫，莺啼山客犹眠。

【译诗】

昨夜，细雨绵绵，
盛开的桃花分外娇艳。
今晨，烟雾濛濛，
碧绿的柳丝更显袅娜。
落花满院，
家童尚未清扫。
莺声婉转，
山客还在酣眠。

【说明】

《田园乐》是由七首六言绝句构成的组诗，这里选的是其中的一首。诗中通过对"桃红"、"莺啼"、"宿雨"等的描写，表现了田园风光的优美。本诗与孟浩然的《春晓》在表现手法上有异曲同工之妙。

鸟 鸣 涧

王　维

人闲桂花落[①]，夜静春山空。
月出惊山鸟，时鸣春涧中[②]。

【注释】

[①]桂花：一说为木犀花，一说为冬开春落桂花。

②涧：两山夹水而流，称为涧。

【译诗】

夜幕降临，
白日辛劳的人们都已入睡。
空旷的山沟寂静无声，
只有桂花在悄悄地坠落。
月亮从东山上渐渐升起，
山沟里顿时一片光明，
鸟雀们被眼前的景象搞昏了头，
不时发出阵阵惊奇的啼鸣。

【说明】

这是王维题友人皇甫岳所写《皇甫岳云溪杂题》五首中的第一首，描写山中春夜的景象。前两句以只有桂花坠落来烘托山中春夜的寂静无哗；后两句进一步以月出而使山鸟惊鸣，极写山中春天月夜幽静的景色。这首小诗构思精巧，语言凝炼，意境清远。

竹 里 馆

王 维

独坐幽篁里①，弹琴复长啸。
深林人不知，明月来相照。

【注释】

①幽篁：幽深之竹林。篁（huáng）：竹林。

【译诗】

我独自坐在幽静的竹林里，
时而弹琴，

时而长啸。
竹林是那样的幽深，
我久坐这里而无人知晓，
只有皎洁的明月将我静静照耀。

【说明】

本诗选自王维的田园组诗《辋川集》。全诗以浅淡的笔墨，绘出一幅诗人月夜竹下弹琴图，表现出诗人超凡脱俗的高雅情趣和悠然自乐的闲逸心情。

送 别

王 维

山中相送罢，日暮掩柴扉①。
春草年年绿，王孙归不归②？

【注释】

①柴扉：柴门。
②"春草"句：《楚辞·招隐士》："王孙游兮不归，春草生兮萋萋。"这里"王孙"指送别之人。

【译诗】

山中我送你离去，
黄昏时我关上柴门。
春草年年都要绿，
远游的朋友啊你何时归？

【说明】

这是一首很别致的送别诗。它不写离别时的情景和心情，而着重抒写别后的相思，表达了诗人孤寂的心情和对友人深切的思念。

相　思

王　维

红豆生南国①，春来发几枝？
愿君多采撷②，此物最相思。

【注释】
①红豆：俗名相思子，椭圆形，色红如血，树高数丈，多生于南方。
②采撷：采摘。

【译诗】
那生长在南国的红豆树，
不知今春又会生出多少新枝？
我愿你多多采摘她的果实，
因为她最能引人无限的相思。

【说明】
这是一首很著名的小诗，在唐代就广为流传。玄宗时宫廷著名乐手李龟年安史之乱后流落江南，经常演唱此曲，听者为之动容。这首小诗借咏红豆以寄相思，含蓄蕴藉，令人回味无穷。

杂　诗

王　维

君自故乡来，应知故乡事。
来日绮窗前①，寒梅著花未②？

【注释】
①来日：从故乡动身的那一天。绮窗：雕花的窗子。
②著花未：开花了吗？

【译诗】

您刚从故乡而来,
想必知道故乡的事。
我窗前的那棵腊梅,
来时是否凌寒竞开?

【说明】

《杂诗》共三首,此诗是其中的第二首。远离故乡的人对故乡百事不问,单问窗前的腊梅是否开花,表现出诗人超尘脱俗的思想情怀。诗写得清新自然,有余味。

九月九日忆山东兄弟[①]

王 维

独在异乡为异客[②],每逢佳节倍思亲。
遥知兄弟登高处, 遍插茱萸少一人[③]。

【注释】

[①]九月九日:重阳节,也称重九,我国人民在这一天有饮酒登高的习惯。山东:此时王维家已由太原祁(今山西祁县)迁至蒲(今山西永济县),蒲在华山以东,故云山东。

[②]异乡:他乡。

[③]茱萸:一种有浓烈香味的植物。古代风俗,重阳节要佩插茱萸以避灾邪。

【译诗】

我独自在异乡为客,
每逢佳节来临,
就更加思念故乡的亲人。
遥想兄弟们今日登高,

个个兴高采烈插戴茱萸,
惟独遗憾少我一人。

【说明】

此诗是王维十七岁时所作。佳节倍思亲是人之常情,一经诗人道出,便成千古名句。后两句逆写兄弟们重九登高思念自己的情景,你中有我,我中有你,更见手足情深。

送元二使安西①

王 维

渭城朝雨浥轻尘②,客舍青青柳色新。
劝君更尽一杯酒,西出阳关无故人③。

【注释】

①元二:作者友人。安西:指唐安西都护府,治所在今新疆维吾尔自治区库车县。
②渭城:古县名。故址在今陕西省咸阳市。浥:湿润。
③阳关:古关名。故址在今甘肃省敦煌县西南。因在玉门关南,故称阳关。

【译诗】

清早的濛濛细雨,
把渭城道上的尘土湿润。
客舍前后一片青青,
杨柳更是碧绿一新。
朋友啊,请你再痛饮一杯,
要知道阳关过后,
就再也看不见故友亲人。

【说明】

这是一首送别名作。前两句写送别时的环境：渭城的一个早晨，下了一阵小雨，湿润了路面，尘土不扬。雨后，客舍周围青草碧绿，柳色一新，空气宜人。这样的环境描写，为后两句正面写送别烘托了气氛。"劝君更尽一杯酒"，强烈地表现了诗人依依惜别之情。由于本诗写别情特别感人，被谱入乐曲，成为人们离席别宴的千古绝唱。

秋 夜 曲[①]

王 维

桂魄初生秋露微[②]，轻罗已薄未更衣。
银筝夜久殷勤弄[③]，心怯空房不忍归。

【注释】

①秋夜曲：乐府《杂曲歌辞》名。
②桂魄：古代传说月中有桂树，故称月亮为桂魄。古人称月轮无光之处为魄。
③筝：一种拨弦乐器。

【译诗】

明月初升，
秋露微微，
身着轻纱已感凉意，
她却无心换穿夹衣。
夜阑更深，
还在把银筝拨弄，
为怕孤寂，
久久不愿回房寝息。

【说明】

这是一首闺怨诗。在明月初升、白露暗降的秋夜,独守空闺的少妇倍感孤独寂寞。为排遣孤寂,她在月下把银筝久久拨弄,以至更深夜凉也不愿回房寝息,因为那寂寞冷清的空房已成了她惧怯的地方。

峨眉山月歌

李 白

峨眉山月半轮秋, 影入平羌江水流①。
夜发青溪向三峡②,思君不见下渝州③。

【作者介绍】

李白(701—762),字太白,号青莲居士。祖籍陇西成纪(今甘肃省秦安县东),生于碎叶(今吉尔吉斯斯坦共和国境内托克马克,唐属安西都护府)。五岁时随父迁居绵州彰明(今四川江油县)青莲乡。二十五岁出蜀,漫游全国各地。天宝初年,因道士吴筠及贺知章推荐,被召为翰林供奉,但不久又赐金放还。"安史之乱"起,他因附和永王璘,被牵连,随被贬官并流放于夜郎,途中遇大赦得还。晚年漂泊东南一带,依附族叔当涂县令李阳冰,公元762年病死于当涂。

李白是唐代大诗人,他的诗,不仅反映了现实生活,而且富有浪漫主义色彩。他的绝句诗,现存一百六十余首,是他作品中很有特色的一个部分,雄奇壮丽,流畅自然,感情真率,琅琅上口。

有《李太白集》。

【注释】

①平羌江:即青衣江,发源于四川省芦山县,流至峨眉山东的乐山县入岷江。

②青溪:即清溪驿,在今四川省犍为县。三峡:指长江三峡:瞿塘峡、巫峡和西陵峡。一说指乐山县的黎头、背峨、平羌三峡。

③君:指友人。渝州:治所在今重庆市。

【译诗】

半轮秋月高挂夜空，
月亮的倒影在江中波动。
这峨眉山朦胧的秋夜啊，
是多么美好，令人回味无穷。
今夜，我从青溪乘船出发，
向着三峡第一次远行。
此时此刻却不见你，
思念中我直抵那渝州城。

【说明】

这是李白于开元十三年（725）准备离蜀漫游时所作。诗中通过对明月、江水等的描绘，表达对友人的思念。

秋 浦 歌①（选二首）

李 白

其 一

炉火照天地，红星乱紫烟②。
赧郎明月夜③，歌曲动寒川。

【注释】

①秋浦：地名，在今安徽省贵池县西，唐时此地生产银和铜。
②红星乱紫烟：是指冶炼炉中的火星在紫色火苗里飞溅的景象。
③赧（nǎn）：原意是因羞愧而脸红，这里是形容冶炼工人被炉火映红了的脸色。

【译诗】

炉火把天地照得通亮，

火星在紫色火苗里迸来溅往。
冶炼工人们紧张地劳动，
炉火映红了他们黑黑的脸膛。

天上的明月向下探望，
人间发生了什么奇异景象。
只听得歌曲一阵高过一阵，
在寒冷的河谷里回旋荡漾。

【说明】

《秋浦歌》十七首是李白游秋浦时所作，这里选其二首。本诗为其第十四首，在这首诗中，诗人以饱满的热情，鲜明的色彩，形象生动的语言，描绘出一幅冶炼工人日夜劳动的壮美图画。赞美冶炼工人的诗，在李白诗歌中这是仅见的一首，在我国古代诗歌中也很少见。

其 二

白发三千丈，缘愁似个长①。
不知明镜里，何处得秋霜②？

【注释】

①缘：因为。
②秋霜：指头发如秋天的霜一样白。

【译诗】

满头的白发，
真像有三千丈。
只因我的愁绪，
也是这样的长。
面对着明镜，

我不禁自问,
是从哪里落下,
这一层秋霜。

【说明】

这首诗为《秋浦歌》第八首。本诗用夸张浪漫的手法,抒发了自己怀才不遇得不到重用的苦衷。

静 夜 思

李 白

床前明月光,疑是地上霜。
举头望明月,低头思故乡。

【译诗】

床前洒满了银色的月光,
我疑心地面上落了一层秋霜。
抬头凝望那皎洁的明月,
低头更思念遥远的故乡。

【说明】

这首小诗即景抒情,表现霜月之夜游子的乡思,含蓄有致,自然动人,读来琅琅上口,是脍炙人口的名篇。

送孟浩然之广陵①

李 白

故人西辞黄鹤楼,烟花三月下扬州②。
孤帆远影碧空尽,惟见长江天际流。

【注释】

①之广陵:到广陵去。广陵,今江苏扬州市。
②烟花:指春天美丽的景物。

【译诗】

正当烟雨迷濛百花竞艳的阳春三月,
我的朋友辞别了黄鹤楼,
顺流而下直抵扬州。
孤帆片影渐渐远去,
从碧空中消逝已尽,
只见那一江春水在天边奔流。

【说明】

作者在风光明媚的阳春三月送老朋友孟浩然去扬州。友人的行舟已渐渐远去,诗人还站在黄鹤楼上久久眺望,直到帆影消失在水天相接之际。表现出诗人对朋友的依依惜别之情。

早发白帝城①

李 白

朝辞白帝彩云间,千里江陵一日还②。
两岸猿声啼不住,轻舟已过万重山。

【注释】

①白帝城:古代城名,为东汉初公孙述所筑。公孙述自号白帝,故名白帝城。故址在今重庆市奉节县东白帝山上。
②江陵:今湖北江陵县。

【译诗】

早晨我辞别了彩云缭绕的白帝城,

一日便可到达千里之外的江陵。
沿江两岸猿猴不住地啼叫，
轻快的小舟已飞过峻岭万重。

【说明】

李白曾因入永王璘幕府之事，在五十九岁高龄时被判流放夜郎。本诗即是李白在流放途中遇赦，从白帝城返回江陵时写下的著名诗篇。本诗生动形象地描写了穿越三峡时舟行如飞、两岸猿啼的情景，充分表现出作者获得自由后的欢快心情。

清 平 调① (词三首)

李 白

其 一

云想衣裳花想容②，春风拂槛露华浓。
若非群玉山头见③，会向瑶台月下逢④。

【注释】

①清平调：任半塘《唐声诗》云："《清平调》是唐代曲牌名，前所未有。有声无辞，李白三章乃倚声而志。"
②云想句：一说是见云而想到衣裳，见花而想到容貌；一说为把衣裳想象为云，把花想象为容貌。此取前者。
③群玉山：也作玉山，西王母居处，此指仙山。
④会向：应向。瑶台：传说中神仙所居处。

【译诗】

看见天上的彩云，
会想到是你轻盈的衣衫；
看见妍丽的鲜花，

会想到是你姣好的容颜。
春风吹拂着栏杆，
带露的牡丹更加娇艳。
这美艳绝伦的姿色人间岂能有，
除非在群玉山头或瑶台月下方能遇见。

【说明】

清平调词三首是李白在长安为翰林供奉时应制而作。据载：唐玄宗带着杨贵妃在兴庆宫沉香亭赏牡丹，认为"赏名花，对妃子，焉用旧乐词为？"便命乐工李龟年宣翰林学士李白立进新词。李白带醉挥笔，立就这三首诗。这首诗用彩云、鲜花、带露的牡丹来层层衬托，把杨贵妃比喻为瑶台月下人间少有的神仙。

其 二

一枝红艳露凝香[①]，云雨巫山枉断肠[②]。
借问汉宫谁得似？可怜飞燕倚新妆[③]。

【注释】

①一枝句：此句以带露之牡丹喻杨贵妃，兼有杨贵妃受宠如牡丹承露之意。

②云雨巫山：据宋玉《高唐赋》载：楚襄王游高唐，梦见巫山神女与他欢会，神女自称"旦为行云，暮为行雨"。此句言楚襄王与巫山神女欢会只是梦中虚幻，而唐玄宗与杨贵妃之欢爱远胜楚王神女。

③可怜：可爱。飞燕：即赵飞燕。初为阳阿公主家宫女，因貌美善歌舞，为汉成帝所爱，立为皇后。此句是说美貌善舞的赵飞燕还须倚仗新妆才能与杨贵妃相比。

【译诗】

犹如一枝娇艳的牡丹，
朝露中散发着馥郁的芳香。

梦中云雨的巫山神女，
白白让楚王愁断情肠。
这如花似玉的容貌，
汉宫中有谁能比，
即便是绝代美人赵飞燕，
也还得倚仗新妆。

【说明】

这首诗以楚王与神女相会的梦幻衬托玄宗与杨贵妃的欢爱，并用飞燕新妆来比拟杨妃美艳绝伦。

其 三

名花倾国两相欢①，常得君王带笑看。
解释春风无限恨②，沉香亭北倚阑干③。

【注释】

①名花：指牡丹。倾国：《汉书·外戚传》载李延年歌："北方有佳人，绝世而独立。一顾倾人城，再顾倾人国。"后多用倾城倾国形容绝色美人。此处指杨贵妃。
②解释：消释，解除。
③沉香亭：在兴庆宫中，用沉香木建成。

【译诗】

名花和美人相映成欢，
常常赢得天子含笑观看。
当他在沉香亭北倚着栏杆，
无限愁绪在春风中烟消云散。

【说明】

这首诗写玄宗与杨贵妃在沉香亭凭栏赏花，看到名花与美人交相辉映，不禁乐而忘忧，一切愁恨都在春风中烟消云散。

怨　情

李　白

美人卷珠帘,深坐颦蛾眉①。
但见泪痕湿,不知心恨谁。

【注释】
①颦:皱眉。蛾眉:形容美人的眉毛细长而弯。

【译诗】
美人卷起珠帘,
紧锁蛾眉久坐伤神。
只见她泪痕满面,
不知在怨恨何人。

【说明】
这首小诗抒写一位美人的幽怨。诗不直截了当地写怨,而只作美人神态的描绘:珠帘半卷,含颦独坐,满面泪痕,美人心中的愁怨不言自明。

赠　汪　伦①

李　白

李白乘舟将欲行,忽闻岸上踏歌声②。
桃花潭水深千尺,不及汪伦送我情。

【注释】
①汪伦:李白好友。安徽桃花潭附近村民,曾热情招待过李白。
②踏歌:古代民间的一种歌咏方式,边走边唱,依着脚步的节拍作歌。

【译诗】

李白我乘舟将去远方，
忽听到岸上歌声悠扬。
回过头来把歌手探望，
原来是汪伦为我送行。
只见他脚踏拍子，
正在那里深情歌唱。
桃花潭深纵有千尺，
比不上汪伦送我情长。

【说明】

这是一首赠别朋友的诗。诗人只就眼前普通的景物作比喻，却显示出彼此间的深厚情谊，语意极其真挚自然。

哭晁卿衡①

李 白

日本晁卿辞帝都②，征帆一片绕蓬壶③。
明月不归沉碧海④，白云愁色满苍梧⑤。

【注释】

①晁衡：日本人，原名阿培仲麻吕。唐玄宗开元四年（717）到中国留学，后为秘书监，兼卫尉卿。工诗文，与王维、李白等友善。大历五年（770）卒于长安。
②帝都：指唐都长安，今陕西省西安市。
③蓬壶：又叫蓬莱，即传说中的蓬莱仙山。
④明月：指晁衡。比喻和赞美晁衡的人品高洁。
⑤苍梧：山名。这里指东北海中的郁林山，传说自苍梧飞来。

【译诗】

晁衡，你这位日本朋友，

辞别帝都长安，返回故乡。
征帆一片，绕过了蓬莱仙山，
向着太阳升起的地方，径直远航。

不曾料归途中遭遇风浪，
高洁的明月竟沉没海洋。
闻此噩耗谁不为之痛心，
就连苍梧山也愁云满布感到悲伤。

【说明】

这首诗是作者闻听晁衡在海上遇难后寄托自己的哀思之作，言辞哀婉，忆念情深，表现了李白对异国友人的真挚情意。后来方知晁衡未死而又回到了长安。

闻王昌龄左迁龙标遥有此寄

李 白

杨花落尽子规啼①，闻道龙标过五溪②。
我寄愁心与明月， 随君直到夜郎西③。

【注释】

①子规：杜鹃。
②五溪：指辰溪、酉溪、雄溪、蒲溪、沅溪，在今湖南省西部与贵州接壤一带。
③夜郎：地名。唐时夜郎有三，此指王昌龄被贬之处，在今湖南省沅陵县境内。

【译诗】

杨花纷纷飘零，
杜鹃声声悲啼，

在这凄凉的气氛中,
传来了不幸的消息。

听说你又遭到了贬谪,
被贬到更为荒僻的五溪之地,
成了一个小小的龙标县尉,
这怎能不叫人感到痛惜。

我希望为你分担精神压力,
可是我无能为力,
只好将愁心寄托给明月,
让它伴随你同到夜郎之西。

【说明】

当诗人得知王昌龄被贬为龙标县尉之后,深感不平,于是便写了这首诗,表达了作者对友人不幸遭遇的同情和担忧。

玉 阶 怨

李 白

玉阶生白露,夜久侵罗袜。
却下水晶帘,玲珑望秋月。

【译诗】

玉石台阶上白露渐生,
她久久伫立静静地等候。
夜已深沉,
浓重的露水已将罗袜浸透。
她走进卧室,
辗转反侧无法成眠,

只好放下水晶帘子,
隔着帘子向皎洁的明月凝视。

【说明】

这首诗写一位女子月夜在有露水的台阶上久久伫立,待人不至,以至罗袜都被浸湿了。回房后无法安眠,只好放下水晶帘子,隔帘望月,希望得到月亮的同情,聊以自慰。全诗无一怨字,而怨情自深。

望庐山瀑布[①]

李 白

日照香炉生紫烟[②],遥看瀑布挂前川。
飞流直下三千尺, 疑是银河落九天。

【注释】

①庐山:在今江西省九江市南。
②香炉:指庐山的香炉峰。紫烟:指在阳光的照射下,峰上的雾气向上蒸腾,呈现出一片紫色的景象。

【译诗】

阳光照射在香炉峰上,
云气蒸腾如团团紫烟。
放眼望去,
瀑布从峰顶一泻而下,
好似巨幅白练悬挂在山前。
高入云天的急流飞驰而下。
恰如天上的银河落入人间。

【说明】

这首诗是李白出蜀后游览庐山时所作。诗的前两句,以香炉生烟为喻,描绘了香炉峰上的烟雾,点出了瀑布的所在地。三四句以浪漫的想象,高度夸张的比喻,对这条从高处腾空而下的瀑布的壮观景象加以赞叹。而诗人在对这一壮丽的自然奇景的描绘中,也展现出自己开阔的胸襟和昂扬的气概。

望天门山①

李 白

天门中断楚江开②,碧水东流至此回③。
两岸青山相对出, 孤帆一片日边来④。

【注释】

①天门山:在今安徽省当涂县西南,东名博望山,西名梁山,两山夹江对峙,形如门户,故称"天门"。
②楚江:当涂一带战国时属楚国,故称流经这里的长江为楚江。
③回:转弯。长江在天门山附近由东流转向北流。
④日边:天边。

【译诗】

万里长江奔腾而下,
把天门山拦腰斩开,
碧绿的江水滚滚东来,
在这里转而向北,涡流旋回。
两岸对峙的青山,
从地平线上高高升起,
我乘着一叶扁舟,
从天边徐徐驶来。

【说明】

这是一首赞美祖国大好河山的诗篇,估计是李白出蜀漫游时所作。开头两句,诗人为我们展示了一幅壮美的江山胜景图。三四两句则是从两岸青山夹缝中望过去的远景,给人以丰富的想象和悠然的情趣。

永王东巡歌①(选一首)

李 白

三川北虏乱如麻②,四海南奔似永嘉③。
但用东山谢安石④,为君谈笑静胡沙⑤。

【注释】

①永王:唐玄宗的第十六子李璘,开元十三年(725)被封为永王。东巡:指至德元年(756)十二月,李璘以平乱为号召,带兵沿长江东下。李白就是这时应邀参加李璘幕府的。

②三川:洛阳一带地方有黄河、洛水、伊水,故称"三川"。北虏:指安禄山及其叛军。

③永嘉:西晋怀帝司马炽的年号(307—313)。永嘉五年(311),前赵刘曜攻陷晋都洛阳,大肆杀掠,中原人民纷纷逃到南方避难。

④谢安石:谢安,字安石,曾隐居会稽东山(在今浙江省上虞县)。淝水之战时,谢安任东晋宰相,他派谢玄、谢石等率兵抗击,最后以少胜多,大败前秦苻坚军。

⑤静胡沙:指平定叛乱。

【译诗】

洛阳一带的安禄山叛军,
烧杀掳掠,肆意横行。
中原百姓纷纷南逃,
活似西晋永嘉年间的情景。
眼看着山河破碎,生灵涂炭,
我忧心如焚,心境难平。

如能起用谢安那样的一代英雄，
定能重振大唐昔日的雄风。
谈笑间把胡虏消灭，
使国家重新恢复太平。

【说明】

李白《永王东巡歌》共十一首，是在李璘幕府时所作，赞颂了李璘出师的盛况，抒发了自己希望为国出力，平定安史叛军的爱国理想。此诗为其第二首，诗中反映了安史叛乱初期中原纷乱的情景，并表示要在平定叛乱中贡献自己的力量，气概豪壮。

山中问答

李　白

问余何意栖碧山，　笑而不答心自闲。
桃花流水窅然去①，别有天地非人间。

【注释】

①窅（yǎo）然：远去貌。

【译诗】

若问我为何栖息在这青翠的深山，
我笑而不答心里自觉悠闲。
岂不见桃花随着流水窅然而去，
别有一番天地非同世俗的人间。

【说明】

这是一首诗意淡远的七言绝句，是李白出蜀后在安陆成婚时所作，表示自己心怀大志，不屑于只求一官半职。

陪族叔刑部侍郎晔及中书贾舍人至游洞庭①

李 白

南湖秋水夜无烟②,耐可乘流直上天③?
且就洞庭赊月色④,将船买酒白云边。

【注释】

①刑部侍郎晔:李晔,李白的族叔,曾任刑部侍郎。中书舍人至:贾至,唐诗人,曾任中书舍人,与李白关系甚密。
②南湖:指洞庭湖。
③耐可:怎么能够。
④赊:借取。

【译诗】

洞庭湖的秋夜,
明净、渺茫、清秀。
湖水浩荡,一望无际,
怎么能够乘风破浪,
直到天上一游。

姑且借这满湖的月色,
驾着轻快的小舟,
驶到白云之边,
去买它美酒一壶。

【说明】

唐肃宗乾元二年(759),李白的族叔李晔贬官岭南,途经岳州。李白陪李晔和贬官岳州的贾至一起泛游洞庭湖,遂写了这首诗。在这首诗中,李白以自己豁达大度的精神和豪放不羁的态度来劝慰李晔和贾至,不要为眼前的挫折所击倒,当胸怀开阔,振奋精神。

独坐敬亭山①

李 白

众鸟高飞尽,孤云独去闲。
相看两不厌,只有敬亭山。

【注释】

①敬亭山:在今安徽省宣城县北,也叫昭亭山,为诗人居宣城时经常游览的地方。

【译诗】

鸟儿从天空中飞去,
山谷一片静寂。
就连天上的那片孤云,
也悠闲地向远方飘移。

此时此刻,
只有你——敬亭山,
在此把我伴陪。
你看着我,
我看着你,
久久凝视,
永不厌腻。

【说明】

这首诗作于天宝十二年(753)秋作者游宣州之时,距作者被迫离开长安已整整十年。本诗用拟人化的手法,充分表现了作者因怀才不遇而产生的孤寂之感。

与史郎中饮听黄鹤楼上吹笛①

李　白

一为迁客去长沙②,西望长安不见家。
黄鹤楼中吹玉笛,江城五月落梅花③。

【注释】

①史郎中：李白好友。生平不详。黄鹤楼：故址在今湖北省武汉市蛇山的黄鹄矶头，现拆迁至附近的高观山。

②迁客：贬谪外地的人。这里李白以汉贾谊遭谗被贬做长沙王太傅的事自比。

③江城：江夏，今湖北省武昌县。落梅花：即《梅花落》，笛曲名。

【译诗】

犹如贾谊被贬往长沙，
今天我也被流放到遥远的地方。
长安西望，
路远山高不见那可爱的家。

黄鹤楼上，
传来了悠扬凄凉的《梅花落》笛曲，
仿佛五月的江城，
片片梅花从天空中飘下。

【说明】

这首诗是李白乾元元年（758）因永王李璘事受牵连，被加以"附逆"的罪名流放夜郎，经过武昌时游黄鹤楼所作。本诗写游黄鹤楼听笛，抒发了诗人的迁谪之感和深深的悲寂心情。

夜宿山寺

李 白

危楼高百尺①, 手可摘星辰。
不敢高声语, 恐惊天上人。

【注释】
①危楼：指建筑在山顶的寺庙。

【译诗】
高耸入云的寺庙孤立山顶，
远远望去显得更加突兀险峻。
把手从窗户中探出，
似乎就可摘到星辰。
且不可在此高声言语，
只怕惊扰了天上的人。

【说明】
这首诗用浪漫夸张的手法描写了山中古寺的险峻突兀，给人以充分的想象。

春夜洛城闻笛①

李 白

谁家玉笛暗飞声, 散入春风满洛城。
此夜曲中闻折柳②, 何人不起故园情！

【注释】
①洛城：即洛阳。

②折柳：曲名，即《折杨柳》。

【译诗】

不知谁家的玉笛声飘荡在夜空，
在春风吹拂下散入整个洛阳城。
客居的游子闻此哀怨的《杨柳》曲，
谁能不起绵绵的思乡之情。

【说明】

这首诗是诗人旅居洛阳时，春夜听到笛声后有感所作。表现了远游他方的客人对故乡的思念。

劳 劳 亭①

李 白

天下伤心处，劳劳送客亭。
春风知别苦，不遣柳条青。

【注释】

①劳劳亭：故址在今南京市区南，为三国时吴建，是古时送别之所。

【译诗】

天下最伤心的地方，
莫过于劳劳送客亭。
在这里，
多少人挥泪告别，折柳相送，
多少人从此天各一方，各奔前程。
春风仿佛知道离别的痛苦，
至今不让这里的柳条发青。

【说明】

这首诗以亭为题,借景抒情,运用拟人化的手法表达了人间的离别之苦,读来别具风味。

客 中 作

李 白

兰陵美酒郁金香①,玉碗盛来琥珀光②。
但使主人能醉客, 不知何处是他乡。

【注释】

①兰陵:今山东枣庄市。郁金香:一种香草。古人用以浸酒,浸后酒带金黄色。

②琥珀:一种树脂化石,色泽晶莹。

【译诗】

用郁金香浸制的兰陵美酒,
醇厚、浓郁、飘香。
盛在晶莹的玉碗里,
但见琼浆玉液中,
泛出琥珀般的艳光。

主人劝我不停地畅饮,
直到一醉方休。
我虽身在异地,
但却内心欢畅,
就如同在故乡一样。

【说明】

李白天宝初年长安之行以后,移家东鲁,这首诗即作于东鲁的兰陵。诗中通过对兰陵美酒的赞美和对酒乡兰陵的流连忘返以至发展到乐而不觉其为他乡的描写,充分表现了李白豪放不羁的个性,同时也从一个侧面反映了盛唐时期财阜物美的繁荣景象。

营 州 歌①

高 适

营州少年厌原野②,狐裘蒙茸猎城下③。
虏酒千钟不醉人, 胡儿十岁能骑马。

【作者介绍】

高适(706—765),字达夫,沧州蓨(今河北省景县)人。早年仕途失意,过了多年漫游生活。后入哥舒翰幕府,掌书记官。在此期间,对边塞风光和军旅生活有所了解。后任节度使和州刺史等职,官终散骑常侍。高适是盛唐时期著名的边塞诗人,他的诗,语言质朴精炼,气势雄健高昂,感情真挚爽朗。有《高常侍集》。

【注释】

①营州:治所在今辽宁省朝阳县,唐时曾在此设置营州都护府,为唐在东北的重镇。
②厌:饱经,熟习。
③狐裘:狐皮制作的袍子。蒙茸:蓬松纷乱的样子。

【译诗】

营州一带的少年习惯于原野生活,
时常身穿毛茸茸的皮袍到城外狩猎。
他们粗犷剽悍,豪放不羁,
饮酒千钟依然如故,不会醉倒。
十来岁时就能跨上战马,
在原野上纵横驰骋,如闪电狂飙。

【说明】

这首诗用夸张的手法描写了东北当地人民的生活风貌,歌咏了当地少年英武豪迈的个性。

塞上听吹笛

高　适

霜净胡天牧马还①,月明羌笛戍楼间②。
借问梅花何处落③,风吹一夜满关山。

【注释】

①胡天:边塞地区的天空。
②羌笛:我国古代西北少数民族的一种吹奏乐器。戍楼:边防哨所。
③梅花:即《梅花落》,笛曲名。

【译诗】

寒霜过后,
边塞的天空分外明净。
牧马归来的明月之夜,
军营里回响起悠扬的羌笛声。
若问梅花向何处飘落,
一夜秋风啊,满山遍岭。

【说明】

这是一首反映边塞士兵生活一个侧面的小诗。前二句描绘边地风光幽静生动,后两句则想象奇妙,诗人从《梅花落》曲联想到梅花,由笛音在夜风中远播边地山野,想到梅花也好像在夜风吹拂下飘落关塞山川,使诗篇余味无穷。

别 董 大[①]

高 适

千里黄云白日曛[②],北风吹雁雪纷纷。
莫愁前路无知己, 天下谁人不识君!

【注释】

①董大:即董庭兰,以擅长弹琵琶知名。
②曛:形容天色昏暗。

【译诗】

千里黄云把日光遮蔽,
阴沉的天幕笼罩着茫茫大地。
寒冷的北风刚刚吹走群雁,
眨眼间又卷来大雪纷飞。

在你与我分手的时刻,
天气竟如此不如人意。
不过,请别担心前方没有知己,
天下谁不知晓你高超的技艺。

【说明】

这是一首送别诗,原作二首,本篇为第一首。诗一开始就描绘了北风呼啸、大雪纷飞的严冬景色,点出了送别时的氛围。接着勉励他不要忧虑前路孤寂,要看到天下知己很多。这既反映了诗人和董大的深厚情谊,也表现了诗人开朗、达观的情怀。

听张立本女吟[①]

高 适

危冠广袖楚宫妆[②],独步闲庭逐夜凉。
自把玉钗敲砌竹, 清歌一曲月如霜。

【注释】
①张立本:生卒年月不详,传为唐朝某草场官。
②"危冠"句:为一种高冠宽袖窄腰的南方贵族女装。

【译诗】
金风送爽,
秋月朗朗,
她峨冠博带院庭乘凉。
玉钗敲竹,
自吟自唱,
悠扬的歌声在夜空回荡。

【说明】
这首诗写一位女子在凉爽的秋夜闲来无事,只好以钗击竹,自吟自唱。表现了少女孤芳自赏、清高脱俗的心境。

早 梅

张 谓

一树寒梅白玉条[①],迥临村路傍溪桥[②]。
不知近水花先发, 疑是经冬雪未销。

【作者介绍】

张谓(？—777后)，字正言，河内（今河南省沁阳县）人。天宝年间进士。曾随封常清入安西，为其幕僚。官至礼部侍郎。《全唐诗》存其诗一卷。

【注释】

①白玉条：形容白色的梅花挂满枝条洁白如玉。
②迥临：远离。

【译诗】

一株寒梅银装素裹，
晶莹洁白似白色的玉条。
她远离村庄和大道，
独自长在溪水桥侧。
我不懂近水之树花儿先发，
还以为经冬残雪尚未融消。

【说明】

这首诗写诗人行进中远望梅树产生的错觉。诗人把一株傍临溪水、银装素裹的寒梅当成是尚未消融的经冬残雪。古人疑梅为雪的事例很多，王安石诗云："遥知不是雪，为有暗香来。"与本篇可谓异曲同工。

逢雪宿芙蓉山主人①

刘长卿

日暮苍山远，天寒白屋贫②。
柴门闻犬吠，风雪夜归人。

【作者介绍】

刘长卿(709？—786？)，字文房，河间（今属河北）人。天宝进士，曾任长州县尉，因事下狱，两遭贬谪，迁睦州司马，终随州刺史。其诗善写自然景色，多写贬谪之感和山水闲逸的情怀，以"五言长城"自负。在艺术上长于声律，工于炼字炼句。有《刘随州集》。

【注释】

①芙蓉山：我国以芙蓉为名的山很多。这里所指不详。主人：指作者所借宿的人家。

②白屋：贫苦人家简陋的茅屋。

【译诗】

暮色苍茫，
山间小路更显漫长。
寒风凛冽，
我投宿一户贫苦人家。

夜已深沉，
恍惚中听到几声狗吠，
柴门开处，
风雪中归来茅屋的主人。

【说明】

这首诗用极其凝炼的语言，描绘出一幅以旅客暮夜投宿、山家风雪人归为素材的寒山夜宿图。诗是按时间顺序写下来的，每句诗都独自构成一个画面，不相互连属。诗中有画，画外见情。

送 灵 澈①

刘长卿

苍苍竹林寺②，杳杳钟声晚③。
荷笠带斜阳， 青山独归远。

【注释】

①灵澈：唐朝著名诗僧。本姓汤，字澄源，会稽人，与作者关系甚密。
②竹林寺：故址在今江苏省镇江市南，隋时所建，又称"鹤林寺"。
③杳杳：悠远深长的样子。

【译诗】

竹林寺一带莽莽苍苍，
傍晚时的钟声悠远深长。
你独自走向遥遥的青山，
斗笠上映照着一抹斜阳。

【说明】

本诗诗题一作"送灵澈上人"。诗似是写灵澈将远行，作者到竹林寺去送他。本诗充分体现了诗人清雅洗练、含蓄深远的诗风。

弹　瑟

刘长卿

泠泠七弦上①，静听松风寒②。
古调虽自爱，今人多不弹。

【注释】

①泠泠：指琴声清幽。
②松风寒：琴曲有《风入松》，以风入松林比喻琴声凄清。

【译诗】

七弦琴发出清幽的音乐，
静静聆听，就像那凛凛的松涛。
古时的曲调我虽非常喜爱，
而今喜欢弹奏者却屈指寥寥。

【说明】

此诗是作者借弹琴慨叹世人趋时随俗，人心不古，同时抒发了作者曲高和寡、世无知音的寂寞感。语浅意深，委婉含蓄。

重送裴郎中贬吉州[①]

刘长卿

猿啼客散暮江头[②]，人自伤心水自流。
同作逐臣君更远[③]，青山万里一孤舟。

【注释】

①裴郎中：作者友人。吉州：治所在今江西省吉水县东北。
②暮江头：傍晚时分的江边码头。
③逐：贬谪。

【译诗】

送客暮江头，
猿啼欲分手。
人自伤心水自流，
友谊天长久。

同为贬臣您更远，
且勿添忧愁。
莫道前路无知己，
万里青山伴孤舟。

【说明】

作者与友人曾一起被召回长安又同遭贬谪，共同的不幸遭遇，使作者感到愤懑，遂写此诗以泄不平。诗题"重送"，是因为这以前诗人已写过一首同题的五言律诗。

八　阵　图①

杜　甫

功盖三分国②，名成八阵图。
江流石不转，遗恨失吞吴。

【作者介绍】

杜甫（712—770），字子美，原籍襄阳（今湖北省襄阳县），生于巩（今河南省巩县）。他是初唐著名诗人杜审言之孙。在家庭的熏陶下，杜甫七岁时即能作诗，二十多岁漫游吴、越、齐、赵各地。随后寓居东都洛阳，并在此与大诗人李白和高适相遇，同游梁宋。天宝五年（746），杜甫西入长安，两次应试，均未中第，困居长安十年。安史之乱起，杜甫举家北逃，避难鄜州羌村。后寄寓四川成都西郊草堂。在此期间，曾一度任剑南节度使严武署中参谋、检校工部员外郎。也曾在绵州、梓州、射洪、汉州等地，过了两年多流亡生活。大历三年（768）初，杜甫携家出三峡，在湘、鄂一带过着漂泊无定的生活，最后死在自长沙去岳阳途中的船上。杜甫一生，经历了唐代社会从繁荣趋向衰落的时期，备尝生活和战乱之苦，对社会现实有比较深刻的认识，故能写出不少很有价值的诗篇。他的诗，艺术成就很高，对后世影响甚大，后人尊其为"诗圣"。其绝句作品，多为入蜀后所作，清新自然，晓畅凝炼。有《杜少陵集》。

【注释】

①八阵图：《三国志·诸葛亮传》："推演兵法，作八阵图。"相传诸葛亮在夔州（今重庆奉节县）江边聚石为八阵图形。
②三分国：指诸葛亮辅佐刘备创建蜀汉，与魏、吴三分天下。

【译诗】

三分天下，
你建立了盖世功勋。
八阵图的创立，

遂使你名扬神州。

江水湍流不息,
冲不走你布阵的巨石。
先主不听劝阻失策伐吴,
遂使你遗恨千古。

【说明】

诸葛亮是杜甫平生最敬仰的人,本诗用洗炼的语言赞颂诸葛亮的盖世功名,并对刘备一意孤行出兵伐吴,以至失败,国运日衰,使诸葛亮壮志难酬深表惋惜。

江南逢李龟年①

杜 甫

岐王宅里寻常见②,崔九堂前几度闻③。
正是江南好风景, 落花时节又逢君。

【注释】

①李龟年:唐玄宗时的著名乐人,极受玄宗优遇,安史之乱后流落江南。
②岐王:即玄宗之弟李范,他好学工书,喜与文士交游。
③崔九:即崔涤,曾任殿中监,与玄宗很亲近。

【译诗】

当年,在岐王豪华的府第里,
我时常见到你;
在崔九华丽的厅堂上,
我也多次欣赏到你绝妙的技艺。
如今,正是江南风景迷人之际,

落花时节我们又在这里相遇。

【说明】

这首诗是唐代宗大历五年（770），即杜甫逝世的当年在潭州（今湖南长沙）所作。前两句追忆当年在长安王公豪贵之家听李龟年演唱的繁华往事，为以下所发感慨作铺垫，后二句包含着对社会和个人身世的无尽感慨。

江畔独步寻花七绝句①（选二首）

杜 甫

其 一

黄师塔前江水东②，春光懒困倚微风。
桃花一簇开无主，可爱深红爱浅红。

【注释】

①江畔：指成都锦江之滨。
②黄师塔：一个姓黄的僧人的墓塔。

【译诗】

春暖花开的时节，
我独步黄师塔前，
碧绿的江水缓缓东去，
两岸风光分外妖娆。

春光融融，
使人不时感到乏困，
只好来到江边树下，
独享那习习春风的吹拂。

只见一簇无主的桃花，
如火般映入眼帘，
深红浅红，争奇斗艳，
真不知爱哪种是好。

【说明】

《江畔独步寻花七绝句》约作于公元761年，这时杜甫在成都新居"浣花草堂"过着暂时安定的生活。这首诗为其中之一，反映了杜甫的欢快心情和对美好生活的憧憬。

其 二

黄四娘家花满蹊[①]，千朵万朵压枝低。
留连戏蝶时时舞，自在娇莺恰恰啼[②]。

【注释】

①黄四娘：杜甫在成都草堂时的邻居。蹊：小径。
②恰恰：象声词。形容鸟的叫声。

【译诗】

黄四娘家门前繁花似锦五彩纷呈，
千朵万朵压满枝头几乎堵住了路径。
戏游的彩蝶在这里翩跹起舞留连忘返，
就连黄莺也不甘寂寞不断发出"恰恰"的叫声。

【说明】

本诗为组诗的第六首。诗通过对黄四娘家门前花景、彩蝶、黄莺的描写，表现了诗人对大自然、对生活的无限热爱。

赠花卿[①]

杜 甫

锦城丝管日纷纷[②]，半入江风半入云。
此曲只应天上有， 人间能得几回闻。

【注释】

①花卿：花敬定，原是成都尹崔光的部将，曾参与平定梓州刺史段子璋之乱，因此，居功自傲，祸害蜀地。
②锦城：今四川省成都市。

【译诗】

锦官城内频频奏起悦耳的弦乐，
乐曲有一半随风飘荡，另一半则飞上云霄。
如此美妙的乐曲天宫中才能有，
尘世中的人们只是偶尔才能听到。

【说明】

本诗通过对成都市内歌舞喧天气氛的描写，有力地讽刺了那些居功自傲，只知寻欢作乐，不顾人民死活的地方将领。

戏为六绝句（选一首）

杜 甫

王杨卢骆当时体[①]，轻薄为文哂未休[②]。
尔曹身与名俱灭[③]，不废江河万古流[④]。

【注释】

①王杨卢骆：王勃、杨炯、卢照邻、骆宾王。这四人擅长诗文，对初唐的文学革新有过贡献，被称为"初唐四杰"。当时体：那个时代的

风格体裁。

②哂（shěn 审）：讥笑。

③尔曹：彼辈，指那些轻薄之徒。

④不废：不伤，不妨碍。

【译诗】

王勃、杨炯、卢照邻、骆宾王，
他们的诗文代表了当时的创作风尚。
可那些轻浮浅薄的文人，
却对他们大加嘲讽，无休无止。

你们啊，只怕一旦身亡，
名字将随之被人遗忘，
而"初唐四杰"和他们不朽的诗章，
将万古流传如黄河长江。

【说明】

《戏为六绝句》是杜甫针对当时文坛上一些人存在的贵古贱今、好高骛远的习气而写的。它反映了杜甫反对好古非今的文学批评观点。这是第二首，诗中告诫那些轻薄文人，不要一叶障目而讥笑王、杨、卢、骆，他们的诗文将流传久远，其历史地位也是不容抹煞的。

绝句四首（选一首）

杜 甫

两个黄鹂鸣翠柳①，一行白鹭上青天②。
窗含西岭千秋雪③，门泊东吴万里船④。

【注释】

①黄鹂：即黄莺。一种叫声好听的鸟。

②白鹭:白鹭鸶。一种水鸟。
③西岭:泛指岷山。
④东吴:指东南沿海一带。三国时孙权曾在此建国号为吴,也称东吴。

【译诗】

两只黄莺在青翠的柳林中啼鸣,
一行白鹭在碧空中展翅飞翔。
千年不化的岷山积雪,
从窗户中望去格外明亮。
远航东吴的万里行船,
此刻正停泊在门外江面上。

【说明】

《绝句四首》是杜甫寓居成都草堂时所作,这是第三首。诗人在这首七绝中描绘了一幅明丽清新、开阔生动的图景。描写中有动有静,动静相间,和谐完美。这首诗反映了诗人重返成都草堂时欢快激扬的思想感情。全诗对仗极工,表现了诗人锤炼语言的功夫。

三 绝 句(选一首)

杜 甫

殿前兵马虽骁雄①,纵暴略与羌浑同②。
闻道杀人汉水上③,妇女多在官军中。

【注释】

①殿前兵马:皇帝的禁卫军。
②纵暴:放纵暴虐。羌浑:指侵扰内地的党项羌与吐谷浑军队。
③汉水:长江支流。源出陕西省宁强县,东南流至湖北省武汉市入长江。

【译诗】

皇帝的禁卫军虽很骁勇,
但放纵暴虐的程度却令人吃惊。
本是抗击羌浑的官军,
然而却与羌浑一样残害百姓。
听说他们在汉水上大肆杀掳,
许多良家妇女也被掳进军中。

【说明】

公元765年,党项羌、吐谷浑等少数民族的统治者不断派兵侵扰内地,唐王朝派宦官鱼朝恩统率禁军抗击。这些禁军虽然勇敢善战,但也同羌浑军队一样残害百姓。作者对此作了强烈的谴责。

绝句二首(其二)

杜 甫

江碧鸟逾白①,山青花欲燃。
今春看又过, 何日是归年?

【注释】

①逾:通"愈",更加。

【译诗】

鸟儿飞翔在碧绿的江面,
更加显得一尘不染;
满山青翠欲滴,
花儿如火无比灿烂。

光阴荏苒,
眼看着今春将过,

可何年何月,
才能回到我可爱的家园。

【说明】

这首诗是杜甫避乱入蜀后所写。诗通过对客地春天美好景致的描写,既表现了诗人的乡愁,同时也表现了诗人的忧国忧民情绪。

逢入京使

岑 参

故园东望路漫漫①,双袖龙钟泪不干②。
马上相逢无纸笔, 凭君传语报平安。

【作者介绍】

岑参(约714—770),江陵(今湖北省江陵县)人。天宝元年(742)进士。曾长期在安西节度使幕中任职,对边地征战生活和边疆风情有很深的了解和感受,写有不少著名的"边塞诗"。他的诗想象丰富,气势磅礴,悲壮奇峭,语言明快,音调铿锵,充满了豪情壮语和慷慨激昂的战斗精神,给人以极大的鼓舞。有《岑嘉州诗集》。

【注释】

①故园东望:向东遥望家园。漫漫:形容路途遥远。
②龙钟:流泪的样子。谓泪流不止,拭泪的双袖都被浸湿。

【译诗】

东望故园路途遥远,
双袖尽湿泪流不干。
马上相逢未带纸笔,
请君传语道我平安。

【说明】

唐玄宗天宝八年（749），作者从长安前往安西节度使高仙芝处赴任，在荒凉寂寞的旅途中忽然遇到回长安的使者。对故园的眷恋、对亲人的挂念使他不禁热泪横流。想给家人捎封书信却未带笔和纸，只好请使者带个平安的口信。本诗语言质朴无华，描述了生活中的特定情景，亲切感人。

碛 中 作①

岑 参

走马西来欲到天，辞家见月两回圆。
今夜未知何处宿，平沙莽莽绝人烟②。

【注释】

①碛（qì戚）：沙漠。
②莽莽：无边无际的样子。

【译诗】

骑着马向西不停地走，
仿佛要走到天地边。
离别家乡至今日，
已两次看到月儿圆。
眼看着红日西沉月升起，
还不知何处去投宿。
但见黄沙滚滚无边际，
四野茫茫绝人烟。

【说明】

在这首诗中，诗人精心摄取了沙漠行军途中的一个剪影，向读者展示他戎马倥偬的动荡生活。诗于叙事写景中，巧妙地寄寓细微的心理活动，含而不露，蕴藉感人。

武威送刘判官赴碛西行军①

岑 参

火山五月行人少②,看君马去疾如鸟。
都护行营太白西③,角声一动胡天晓④。

【注释】

①武威:武威郡,即凉州,治所在今甘肃省武威县。刘判官:生平不详。判官为唐职官名,是节度使、观察使下的属官。碛西:沙漠之西,这里指安西。
②火山:即火焰山。在今新疆维吾尔自治区吐鲁番县。
③都护:这里指高仙芝。太白:星名,凌晨在东方出现,称为启明星,夜里在西边出现,称为长庚星。太白西:指西域一带遥远的地方。
④角:古代军中乐器,常用来转达号令,报告时辰。胡天:指安西一带地方。晓:天亮,借指平定叛乱,恢复失地。

【译诗】

五月的火焰山灼热难熬,
过往的行人稀稀寥寥,
但见你跨上战马疾驰而去,
犹如一只搏击长空的大雕。

都护把行营设在太白之西,
为的是早日平复安西的叛匪,
相信战斗的号角一旦吹响,
边塞的天空定能重新放晓。

【说明】

天宝十年(751)四月,安西都护府所属的一些少数民族统治者勾结外来势力,企图攻下安西四镇(龟兹、毗沙、疏勒、焉耆),高仙芝闻讯，五月出师西征。岑参留守武威，作诗送别。前两句赞颂了刘判官不避酷暑、不辞辛劳的爱国热情，后两句反映了诗人希望唐军马到成功、迅速平叛的愿望。

献封大夫破播仙凯歌[①]（选一首）

岑 参

官军西出过楼兰[②]，营幕傍临月窟寒[③]。
蒲海晓霜凝马尾[④]，葱山夜雪扑旌竿[⑤]。

【注释】

①封大夫：指封常清。天宝十三年（754）加封御史大夫。播仙：我国西北少数民族所建立的政权，在今新疆维吾尔自治区南疆且末一带。

②楼兰：汉西域部族名，故址在今新疆维吾尔自治区鄯善县东南一带。

③月窟：月宫，代指极寒冷的地方。这里用来形容征途中的严寒。

④蒲海：又名蒲昌海，即今新疆维吾尔自治区罗布泊。

⑤葱山：又名葱岭。旌竿：旗杆。

【译诗】

浩荡的大军向西挺进，直过楼兰，
一路上翻山越岭，风餐露宿，受尽酷寒。
看吧，漫长的征途多么艰险：
罗布泊的晨霜染白了马尾，
昆仑山的夜雪呼啸着扑向旗杆。

【说明】

《献封大夫破播仙凯歌》六首，写于封常清破播仙之后。这一组诗，从各方面描写了平定播仙叛乱的经过。这首诗为其第二首，写进军途中的情况。诗里抓住征途上气候险恶的特点,把楼兰、蒲海、葱山等相距很远的地方,组织在一个画面里,景象十分开阔。

山房春事二首(其二)

岑　参

梁园日暮乱飞鸦①,极目萧条三两家。
庭树不知人去尽,　春来还发旧时花。

【注释】
①梁园:又名兔园,俗名竹园,西汉梁孝王刘武所建,故址在今河南省商丘县东,周围三百多里。

【译诗】
暮色苍茫,
梁园上空乱鸦尖叫。
极目远望,
但见园中亭舍寥寥,显得格外萧条。
庭院中的树儿不知主人已去,
春天来时依然开出旧时的花朵。

【说明】
这是一首吊古之作。梁园曾是一个宫观相连、奇果异树错杂其间、珍禽异兽出没其中的地方。春天时百鸟鸣啭,繁花满枝,车马接轸,士女云集,而今却群鸦聒噪,人去园空,萧条冷落。这一切自然引起诗人今古兴亡、盛衰无常的感慨。本诗以乐景写哀情,相反而相成,反衬手法运用得十分巧妙。

春 梦

岑 参

洞房昨夜春风起[①]，遥忆美人湘江水[②]。
枕上片时春梦中， 行尽江南数千里。

【注释】

①洞房：深屋。这里指作者的卧室。
②美人：有两种理解，一种认为是指姿色姣好的女子，一种认为是指品德美好的男子。此取前者。湘江：在今湖南省。

【译诗】

昨夜里洞房春风习习，
不禁勾起我绵绵的思绪。
此时此刻，我又思念起你，
纵然你尚在遥远的湘水。

睡梦中我来到江南大地，
希望在那里能和你相会。
可走遍万水千山仍不见你，
美人啊，你究竟在哪里？

【说明】

这首诗通过作者的心理活动，表现了作者对远隔千里之外女友的深切怀念之情。

枫桥夜泊[①]

张 继

月落乌啼霜满天,江枫渔火对愁眠[②]。
姑苏城外寒山寺[③],夜半钟声到客船。

【作者介绍】

张继,生卒年不详,字懿孙,襄州(今湖北襄樊市)人。唐天宝十二年(753)进士。做过盐铁判官和检校祠部员外郎,诗多为登临纪行之作,不事雕琢,清丽淡远。有《张祠部诗集》。

【注释】

①枫桥:故址在今江苏省苏州市西郊枫桥镇。
②江枫:江边的枫树。
③姑苏:苏州的别称,因城西南有姑苏山而得名。寒山寺:枫桥附近的一座古寺。

【译诗】

明月西沉寒鸦尖啼秋霜布满天,
面对岸边青枫江中渔火我愁苦难眠。
姑苏城外寒山寺内疏落的钟声,
夜半时分悠悠传到我泊居的小船。

【说明】

作者在寒霜满天的秋夜泊船枫桥,客中的孤独愁思使他夜半难寐,伴他度过这不眠之夜的惟有江枫渔火和古寺钟声。这首诗意境清远,情味隽永,千百年来传诵不绝。

寒 食①

韩 翃

春城无处不飞花， 寒食东风御柳斜。
日暮汉宫传蜡烛②，轻烟散入五侯家③。

【作者介绍】

韩翃，字君平，生卒年不详。南阳（今属河南）人。唐天宝十三年（754）进士。其诗多是送行赠别之作，为"大历十才子"之一。明人辑有《韩君平集》。

【注释】

①寒食：节令名，清明前一日或二日。相传晋文公为悼念介子推抱木焚死，便规定这一天禁火寒食。

②传蜡烛：据《西京杂记》记汉宫故事：寒食日禁火，赐侯家蜡烛。唐代亦在寒食日赐近臣火烛。

③五侯：西汉成帝将外戚王谭等五人同日封侯，世称五侯。又，东汉桓帝将宦官单超等五人同日封侯，亦称五侯。此处借指唐代受皇帝恩宠的近臣。

【译诗】

暮春的京城，
漫天飘舞着柳絮和杨花。
寒食时节的东风，
吹拂得宫柳轻柔婆娑。
黄昏时的宫中，
正在向宠臣们分赐蜡烛，
袅袅轻烟，
不断地散入豪门五侯之家。

【说明】

这首诗写唐都长安寒食日的美丽春色,并借咏汉代五侯故事讥刺唐朝廷中外戚宦官的受宠弄权。前两句意在点明时令,写景十分有致,后两句以古刺今讽喻极切。语言虽含而不露,然讽刺的意味极浓。

春行即兴

李 华

宜阳城下草萋萋①,涧水东流复向西。
芳树无人花自落, 春山一路鸟空啼。

【作者介绍】

李华(715—766),字遐叔,赞皇(今河北省元氏县)人。开元进士,官至监察御史、检校吏部员外郎。其诗辞采流丽。原有集,已散佚,后人辑有《李遐叔文集》。

【注释】

①宜阳:县名,今属河南省。萋萋:茂盛的样子。

【译诗】

宜阳城下的野草,
是那样的茂密。
蜿蜒东去的涧水,
在这里转而向西。
树上芬芳的花儿,
因无人欣赏,
只好自开自弃。
暮春时节的山谷,
路上空无一人,
只有鸟儿在鸣啼。

【说明】

这是一首景物小诗，作于安史之乱刚刚平息之后。作者春天经由古城宜阳时，面对眼前的衰败景象，回想宜阳当年的繁荣，不禁有所感触，隧即兴抒发了国破山河在、花落鸟空啼的愁绪。

月　夜

刘方平

更深月色半人家，　北斗阑干南斗斜①。
今夜偏知春气暖②，虫声新透绿窗纱。

【作者介绍】

刘方平，生卒年不祥，洛阳人。生活在唐开元、天宝年间，隐居不仕，能诗善画，其诗以绝句著称，细腻含蓄。《全唐诗》收其诗一卷。

【注释】

①北斗：即北斗七星。阑干：横斜的样子。南斗：即斗宿，有六颗星。
②偏：偏偏，出乎意料，不同寻常。

【译诗】

更深时月光斜照半户人家，
北斗和南斗在夜空斜挂。
今夜里偏感春光融融，
虫鸣声透过了绿色窗纱。

【说明】

作者在一个春夜里久久难寐，望着明月西坠，星斗横斜，窗外唧唧的虫鸣声使他忽然感到春天已临，不禁觉得今夜的天气是那样的暖和。本诗细腻而含蓄地表达了对春临大地的兴奋和喜悦之情。

春　怨

刘方平

纱窗日落渐黄昏,金屋无人见泪痕①。
寂寞空庭春欲晚,梨花满地不开门。

【注释】
①金屋:指宫中妃嫔豪华的居室。

【译诗】
纱窗上的余晖已经消逝,
黄昏正渐渐来临。
华丽的宫室别无他人,
惟见她满面泪痕。
空寂的庭院里春天将尽,
但见那满地的梨花,紧闭的门。

【说明】
这首诗写失宠宫嫔的孤寂幽怨。一二句写宫人的寂寞和内心的愁怨,住着金屋,却无人眷顾,因此终日以泪洗面。三四句通过暮春残败景象的描写,渲染宫人心境的凄楚。

题都城南庄①

崔护

去年今日此门中,人面桃花相映红。
人面不知何处去,桃花依旧笑春风②。

【作者介绍】

崔护,生卒年不详。博陵(今河北省博野县)人。唐德宗贞元十二年(796)进士,官至岭南节度使。

【注释】

①都城:指京城长安(今陕西省西安市)。
②笑春风:迎着春风盛开。

【译诗】

去年的今日在此门中,
春光明媚春意浓。
人面和桃花两相辉映,
分不出谁更艳红。

今年的今日我故地重游,
再也看不到姑娘的倩影。
门墙依旧人去屋空,
只有桃花在那里笑春风。

【说明】

有一年清明节,诗人去都城郊外踏青,因为口渴,曾向一位农家姑娘讨水喝。姑娘给了他一杯水,并倚在桃树旁凝视着他。这情景使诗人难以忘怀。次年,诗人故地重游,虽然景物依旧,但姑娘却不知哪儿去了,于是在紧锁的门上题了这首诗,表达对姑娘的思念。

江村即事

司空曙

钓罢归来不系船,江村月落正堪眠。
纵然一夜风吹去,只在芦花浅水边。

【作者介绍】

司空曙（约720—790），字文明，一作文初，广平（今河北永年东南）人。曾举进士，入剑南节度使韦皋幕府。官至水部郎中，为"大历十才子"之一。其诗多写自然景色和乡情旅思，长于五律，绝句也写得不错。有《司空文明诗集》。

【译诗】

垂钓归来不必系船，
月落江村正好安眠。
纵然夜里被风吹去，
也在浅水芦花之边。

【说明】

这首诗以浅显的笔触描绘出一幅江边渔村图。渔村宁静恬美的景色和垂钓者悠闲的生活情趣被表现得活灵活现，十分真切，令人回味无穷。

春　　怨

金昌绪

打起黄莺儿①，莫教枝上啼。
啼时惊妾梦，不得到辽西②。

【作者介绍】

金昌绪，临安（今浙江余杭县）人，其事迹不详。《全唐诗》录存其诗一首。

【注释】

①打起：赶走。
②辽西：辽河以西。今辽宁省西部地区。

【译诗】

赶走讨厌的小黄鹂,
别在树上叫叽叽。
叫声惊醒了我的梦,
使我不能到辽西。

【说明】

丈夫从军到辽西,经年累月,不得与妻子团聚。独守空闺的妻子无奈,只好企求在梦中与丈夫相会。本诗通过少妇赶走黄莺这一细小动作,反映了广大妇女渴望团聚、想要过和平安宁生活的普遍愿望。

哥 舒 歌①

西鄙人

北斗七星高②,哥舒夜带刀。
至今窥牧马③,不敢过临洮④。

【作者介绍】

西鄙人,意为西部边地的老百姓,实际是民间作者。本诗有些选本作无名氏。

【注释】

①哥舒歌:即歌颂哥舒翰的歌。哥舒翰,本突厥族的后裔,唐玄宗时的名将,曾任河西,陇右节度使。天宝十二年,他率兵大破吐蕃军,收复黄河九曲,使吐蕃不敢近青海。
②北斗:北斗七星。古人常凭此辨别方向。
③窥:窥伺。
④临洮:今甘肃岷县,因临洮水得名。秦长城西起于此。

【译诗】

北斗七星天空高悬,
哥舒带刀夜夜巡边。
吐蕃牧马远远窥伺,
不敢越过临洮一线。

【说明】

此诗是西北边民歌颂哥舒翰保卫边疆的一首民歌,气势雄浑,豪健奔放。

塞 下 曲（选二首）

卢 纶

其 一

林暗草惊风①,将军夜引弓。
平明寻白羽②,没在石棱中③。

【作者介绍】

卢纶,字允言。生卒年不详,河中蒲（今山西省永济县）人。为"大历十才子"之一。曾在河中任元帅府判官,官至检校户部郎中。诗多送别酬答之作,也有反映边陲军旅生活的作品。原有集,已散佚,明人辑有《卢纶集》。

【注释】

①草惊风：即风惊草,形容野草突然被风吹动。
②平明：清晨,天刚亮时。白羽：尾部饰有羽毛的箭。
③没在句：此句引用汉代李广故事。《史记·李将军列传》载,李广打猎时把草丛中的一块石头误看成虎,一箭射去,箭头深陷进石缝中。

【译诗】

林暗风吹草头动，
将军引弓急射虎。
天亮去寻白羽箭，
才知陷在石缝中。

【说明】

这首诗以汉代李广故事赞美将军夜巡时高度的警觉和勇武。

其 二

月黑雁飞高， 单于夜遁逃①。
欲将轻骑逐②，大雪满弓刀。

【注释】

①单（chán）于：古代匈奴的首领，此处借指与唐军对敌的少数民族首领。
②将：率领。轻骑（jì）：轻装的骑兵。

【译诗】

不见星月的夜晚，
大雁被惊得空中乱叫。
单于的军队一败涂地，
乘夜向北狼狈溃逃。

将军精神抖擞，
欲率轻骑追击逃敌。
不料大雪铺天盖地，
落满了战士们的征衣弓刀。

【说明】

这首诗写守边将士不畏艰苦，连夜追击逃敌的英雄气概。全诗气势豪壮，语言精炼，音节铿锵。

征 人 怨

柳中庸

岁岁金河复玉关①，朝朝马策与刀环②。
三春白雪归青冢③，万里黄河绕黑山④。

【作者介绍】

柳中庸，名淡，生卒年不详，河东（今山西省永济县）人。曾为洪府户曹，《唐才子传》称他为"京兆处士"。《全唐诗》录存其诗13首。

【注释】

①金河：即黑河。故址在今内蒙古自治区呼和浩特市。因水中泥色似金，故名。玉关，今甘肃玉门关。
②策：马鞭。刀环：刀柄上的铜环。
③青冢：即王昭君墓，在今内蒙古自治区呼和浩特市南。相传塞外草白，独昭君墓上草青，故名。
④黑山：在今陕西省榆林县西南，又称呼延谷，唐高宗时裴行俭在此大破突厥。

【译诗】

年年东征西战，
不是金河便是玉门关。
天天沙场驰骋，
不是跃马扬鞭便是舞刀弄剑。
暮春白雪将塞外青冢覆盖，
万里黄河环绕着沉沉黑山。

【说明】

这首诗抒写征人久戍边关不能还乡的愤怨,表现了诗人对统治者穷兵黩武的谴责。诗中只是客观地记录征人岁岁朝朝征战的生活情况,描绘边地荒凉苦寒的景象,虽无一怨字,然怨意已充溢于字里行间。

宫　词

顾　况

玉楼天半起笙歌①,风送宫嫔笑语和②。
月殿影开闻夜漏③,水精帘卷近秋河④。

【作者介绍】

顾况(725?—814),字逋翁,苏州海盐(今属浙江)人。至德二年(757)进士,唐德宗时曾任秘书郎、著作郎等职。因作诗嘲讽权贵,被贬饶州司户参军。后隐居茅山,自号"华阳真逸"。他工画山水,善为诗歌,绝句清丽自然。著有《华阳集》。

【注释】

①玉楼:华丽的楼房。天半:半天,形容楼高。
②宫嫔:指宫女,嫔妃。
③夜漏:夜间计时的滴漏声。漏:古代滴水计时器。
④水精帘:即水晶帘。秋河:银河。

【译诗】

高大华丽的宫殿里,
响起了悦耳的笙歌。
清风不时送来,
嫔妃们的笑语欢乐。
朦胧月光下殿门半开,

静听更漏夜已深沉。
她把水晶帘高高卷起，
独自凝望灿烂的银河。

【说明】

这首诗以他人得宠的欢乐反衬女主人公失宠的凄寂。别殿里笙歌阵阵，笑语欢声，自己则独听更漏，遥望银河。鲜明的对比和细腻的刻画，把失宠宫女的哀怨表现得深沉而又含蓄。

移家别湖上亭

戎　昱

好是春风湖上亭，柳条藤蔓系离情。
黄莺久住浑相识，欲别频啼四五声。

【作者介绍】

戎昱，生卒年不详。荆南（今湖北江陵）人。年轻时试进士不第，遂漫游荆南、湘、黔间，并客居陇西、剑南等地。曾任辰州、虔州刺史。其诗多吟咏山水景色和忧念时事之作。原有集，已散失，明人辑有《戎昱诗集》。

【译诗】

春天来了，
湖上的风光多么美好。
房舍周围，
柳丝在春风中依依飘拂。
藤蔓把树干紧紧地缠绕，
仿佛对主人恋恋不舍。
就连久住相识的黄莺，
也不忍主人就此离去，

见我要告别这里，
便在树上频频地啼叫。

【说明】

这首诗作于搬家之时，诗人采用拟人化的表现手法，抒写对湖上故居一草一木依恋难舍的深厚感情，创造了一个童话般的意境，令人回味无穷。

军城早秋

严 武

昨夜秋风入汉关①，朔云边月满西山②。
再催飞将追骄虏③，莫遣沙场匹马还。

【作者介绍】

严武（726—765），字季鹰，华阴（今陕西华阴）人。曾任谏议大夫、节度使等职。唐代宗广德二年（764），率军破吐蕃七万余众，因功加检校吏部尚书，封郑国公。严武与诗人杜甫交谊很深，曾在政治上、经济上提携、帮助过杜甫，并常以诗歌唱和。《全唐诗》录存其诗六首。

【注释】

①汉关：指唐军驻守的关塞。唐人诗中常以汉代唐。
②西山：指四川省西部的岷山。
③飞将：汉代名将李广曾被匈奴称为"飞将军"。这里泛指严武部下作战勇猛的将领。骄虏：指内侵的吐蕃军队。

【译诗】

昨天夜里，
萧瑟的秋风，

呼啸着,
从边关吹过。
登高眺望,
但见岷山上空,
时而乌云笼罩,
时而寒月冷照。

想那骄横的敌人,
绝不会主动退却。
为了扫除边患,保家卫国,
我再把命令下达:
奋勇追击吧!
勇猛的战士们,
直捣敌巢,
绝不许顽敌匹马脱逃!

【说明】

唐代宗广德二年(764)秋,严武镇守剑南,击破吐蕃军七万多。此诗即作于同吐蕃交战之时。诗中表现了严武作为一方统帅,在对敌作战中刚毅果断、蔑视敌军的豪迈气概。

滁州西涧①

韦应物

独怜幽草涧边生,上有黄鹂深树鸣。
春潮带雨晚来急,野渡无人舟自横。

【作者介绍】

韦应物(737—?),京兆长安(今陕西省西安市)人。少年时做过唐玄宗的侍卫,后来考中进士,曾任滁州、江州和苏州刺史。他是盛唐的山水田园诗人,他的诗写景细致,写情细腻,含蓄幽远,恬淡自然。有《韦苏州集》。

【注释】

①滁州:唐代州名,治所在今安徽滁县。西涧:在滁州城西,俗名上马河。

【译诗】

我独自怜爱涧边生长的小草,
茂密的树林里黄莺在欢快地鸣叫。
潮水夹带着春雨晚间汹涌而来,
荒野的渡口渺无人迹小船在岸边横泊。

【说明】

这是韦应物最负盛名的写景佳作,滁州西涧黄昏雨中的景色在这里跃然纸上:茂密的青草,树上鸣啭的黄鹂,雨后汹涌的潮水,古渡横泊的小舟,宛如一幅优美淡远的风景画。

秋夜寄丘员外[①]

韦应物

怀君属秋夜[②],散步咏凉天。
空山松子落,幽人应未眠[③]。

【注释】

①丘员外:指丘丹,嘉兴(今属浙江)人,曾任仓部员外郎等官职。
②属(zhǔ主):正值,适逢。
③幽人:隐士,此指丘丹。

【译诗】

静夜里我把你深深怀念,

漫步吟咏在这凉爽的秋天。
空寂的山村里
该只有松子在纷纷坠落，
幽居的朋友，
想必也未能成眠。

【说明】

这首诗是寄赠诗人丘为的弟弟丘丹的。前二句写自己秋夜散步时思念丘丹，后二句想象对方也在思念自己长夜难眠，可见二人情谊很深。

新 嫁 娘

王　建

三日入厨下[①]，洗手作羹汤。
未谙姑食性[②]，先遣小姑尝[③]。

【作者介绍】

王建（约766—约830），字仲初，颍川（今河南许昌）人。出身寒微。大历十年（775）进士，曾官县尉、县丞。晚年为陕州司马，又从军北上。擅长乐府诗，与张籍齐名，世称"张王乐府"。其乐府诗，能多方面反映当时的社会现实，形象生动，通俗易懂，有一定思想深度。有《王司马集》八卷。

【注释】

①三日入厨：古代风俗，新娘婚后第三天叫"过三朝"，要下厨房做菜。
②谙：熟悉。姑：婆母。食性：吃东西的口味。
③小姑：丈夫的妹妹。

【译诗】

新媳妇过门三天即下厨房,
净洗素手亲自烧制羹汤。
因不熟悉婆婆口味,
只好请小姑子先来品尝。

【说明】

此诗生动地刻画了新嫁娘初次与婆婆做饭时那种胆怯、谨慎的心理。"先遣小姑尝"表现出新嫁娘的聪慧。有人认为,此诗是为初入仕途者而作,因不了解上司脾性,故应先向同僚请教。

兰溪棹歌①

戴叔伦

凉月如眉挂柳湾,越中山色镜中看②。
兰溪三日桃花雨,半夜鲤鱼来上滩。

【作者介绍】

戴叔伦(732—789),字幼公,润州金坛(今江苏省金坛县)人。唐德宗贞元十六年(800)进士。曾任抚州刺史、容管经略使。其诗多表现隐逸生活和闲适情调。明人辑有《戴叔伦集》。

【注释】

①兰溪:在今浙江省兰溪县西南。棹歌:古代民间船歌。
②越中:今浙江一带。

【译诗】

纤纤月儿如眉毛一般,
月光下柳湾一尘不染。
两岸青山在水中倒映,
越中的风光在镜中再现。

桃花春雨接连三天,
兰溪山水更加明艳。
就连鲤鱼也不甘寂寞,
半夜里跃到岸边观看。

【说明】

在这首诗里,作者用细腻的笔触,描绘了兰溪一带的秀丽风景,令人遐想。

塞 上 曲

戴叔伦

汉家旌旗满阴山①,不遣胡儿匹马还②。
愿得此身长报国, 何须生入玉关门③。

【注释】

①阴山:在今内蒙古自治区。
②遣:放。胡儿:指内侵的匈奴军队。
③玉门关:在今甘肃省敦煌县西面。

【译诗】

汉家军旗在阴山飘扬,
阴山防线可谓固若金汤。
匈奴军队胆敢入侵,
决不放走一人一枪。

为了国家太平安康,
为了人民免受祸殃,
我们甘愿以身报国战死疆场,
何须活着从玉门关返回家乡?

【说明】

这首诗借汉咏唐,前两句形容汉军威武雄壮,怀有必胜信念;后两句表现了边塞战士英勇无敌、视死如归的豪迈气概。

夜上受降城闻笛[①]

李 益

回乐烽前沙似雪[②],受降城外月如霜。
不知何处吹芦管, 一夜征人尽望乡!

【作者介绍】

李益(748—827),字君虞,陇西姑臧(今甘肃省武威县)人。唐大历四年(769)进士。曾长期参佐军幕,去过边塞。他是中唐时期的著名诗人。他的诗以七绝著称,边塞诗最为驰名。有《李益集》。

【注释】

①受降城:唐景龙二年(708),唐将张仁愿击败突厥后,在黄河以北地区筑东、西、中三座受降城,以防突厥入侵。此指西受降城。
②回乐烽:烽火台名,故址在今宁夏回族自治区灵武县西南。

【译诗】

回乐烽前沙白如雪,
受降城外月色如霜。
不知何处响起芦笛悲凉的声调,
戍边的战士整夜难眠思念家乡。

【说明】

这首诗写塞外征人的思乡之情。前两句写边城沙白如雪、月色如霜的景象,在这色调凄寒的画面上,又融入芦笛哀怨凄凉的声音,这一切自然引起征人的普遍思乡之情。全诗情景交融,含蓄而有余味。

汴 河 曲^①

李 益

汴水东流无限春,隋家宫阙已成尘^②。
行人莫上长堤望,风起杨花愁杀人。

【注释】

①汴河:指隋炀帝所开的通济渠的东段,即运河从板渚(今河南荥阳北)到盱眙入淮的一段。这条汴河,是隋炀帝穷奢极欲、横征暴敛、最终自取灭亡的历史见证。

②宫阙:指隋炀帝在汴河两岸所建的豪华行宫。

【译诗】

悠悠汴水向东流去,
无限春光分外迷人。
隋炀帝的行宫高大巍峨,
如今早已荡然无存。
行人啊,且不要在堤上眺望,
风吹杨花,漫天飘舞,
身临其境,不由使人想起隋亡的情景。
以古鉴今,又怎能不叫人忧心忡忡。

【说明】

这是一首怀古诗。春天,诗人来到汴水之滨,不禁想起隋炀帝时,这里曾经杨柳依依,宫阙相连,何等的繁华。而今,春色依旧,只是当年的隋宫早已在战火中荒废颓败,只剩下断垣残壁供人凭吊了。这自然引发出诗人沉重的吊古伤今之情和历史沧桑之感。

从军北征

李 益

天山雪后海风寒， 横笛偏吹《行路难》①。
碛里征人三十万②， 一时回首月中看。

【注释】

①《行路难》：乐府曲调名。其内容兼及离别悲伤之意。
②碛：沙漠。

【译诗】

雪后的天山白茫茫一片，
从湖泊刮来的风刺骨地寒。
我随大军向北出征，
不知谁偏偏吹起了《行路难》。
行进在沙漠中的三十万士兵，
一时间都回首月中看，
希望在那里看见思念的家园。

【说明】

诗人摄取边塞军旅生活中的一个侧面，反映了长期戍守边塞沙漠地带的士兵对故乡的思念。

登 科 后

孟 郊

昔日龌龊不足夸①， 今朝放荡思无涯②。
春风得意马蹄疾， 一日看尽长安花。

【作者介绍】

孟郊（751—814），字东野，湖州武康（今浙江省德清县）人。少年时隐居嵩山，唐德宗贞元十二年（796）中进士，任溧阳县尉，不久即辞官，与韩愈交谊颇深。其诗感伤自己的遭遇，多寒苦之音。用字造句力避平庸浅率，追求奇险，故有些作品往往流于艰涩黯晦。有《孟东野诗集》。

【注释】

①龌龊（wò chuò）：原意为不干净，这里指处境不如意。
②放荡：意指自由自在，无所拘束。

【译诗】

登科前，
我狼狈龌龊不堪一提；
登科后，
我心花怒放思绪翻飞。
春风习习，
我跨上奔驰的骏马，
马蹄啼飞快使我感到格外惬意。
鲜花簇簇如烟云般从眼前掠去，
一日间我跑遍了长安的名园胜地。

【说明】

这首诗把作者进士及第之后的欢快欣喜之情表现得淋漓尽致，同时因此诗给后人留下"春风得意"与"走马观花"两个成语而为人们所熟知。

次潼关先寄张十二阁老使君①

韩 愈

荆山已去华山来②，日照潼关四扇开。

刺史莫辞迎候远③，相公新破蔡州回④。

【作者介绍】

韩愈（768—824），字退之，河阳（今河南省孟县）人。自谓郡望昌黎，世称韩昌黎。唐德宗贞元八年（792）进士。曾任国子博士、刑部侍郎等职，因谏阻宪宗迎佛骨，贬为潮州刺史。后官至吏部侍郎。他是唐代著名文学家，倡导古文运动，其散文被列为"唐宋八大家"之首，与柳宗元并称"韩柳"。其诗气势壮阔，力求新奇，对宋诗影响颇大。有《昌黎先生集》。

【注释】

①次：指军队抵达、驻扎。张十二：张贾，当时任华州（治所在今陕西省华县）刺史。阁老：唐代称中书省和门下省的官员为阁老，张贾曾任门下省给事中，故称。使君：对州郡长官的尊称。

②荆山：在今河南省。

③刺史：指张贾。

④相公：指宰相裴度。蔡州：治所在今河南省汝南县，当时为叛军吴元济老巢。元和十二年（817）十月，李愬夜袭蔡州，生擒吴元济。

【译诗】

刚刚告别雄伟的荆山，
巍峨的华山又迎面扑来。
灿烂的阳光普照着大地，
潼关城门在欢呼声中打开。
尊敬的刺史啊，
请莫辞辛苦把王师远迎。
因为这浩荡大军是宰相亲率，
他刚刚平复蔡州凯旋归来。

【说明】

此诗写在淮西大捷后作者随军凯旋途中。唐宪宗元和十二年（817），韩愈以行军司马身份，参加讨伐淮西吴元济叛乱的军事行动。在宰相裴度和大将李愬率领下，唐军夜袭蔡州，生擒吴元济，淮西平复。胜利使韩愈兴奋不已，遂写了这首诗寄给华州刺史张贾，要他不辞辛苦前来迎接凯旋归来的官兵。

早春呈水部张十八员外①

韩　愈

天街小雨润如酥②，草色遥看近却无。
最是一年春好处，绝胜烟柳满皇都③。

【注释】

①水部：官名，水部郎中的省称。张十八：张籍。他在兄弟辈的排行中是十八，曾任水部员外郎。
②天街：京城的街道。酥：酥油，用牛羊奶制成。这里用来形容初春细雨的润滑。
③皇都：指京城长安。

【译诗】

蒙蒙细雨如酥油一般，
默默滋润着京城的大街小巷。
举目遥望，
早春的原野一片绿茵，
然而走近细看，
大地却空空如常。
啊，这是京城一年中最好的时光，
远远胜过烟柳笼罩的暮春景象。

【说明】

这首诗作于唐穆宗长庆三年（823）。原作二首，这是第一首。诗中通过初春细雨、草色茸茸这一细微自然变化的描写，把早春如画的美景传神地勾画出来，而且认为早春比暮春风光好，使这首诗新颖清新，耐人寻味。

晚　　春

韩　愈

草树知春不久归，　百般红紫斗芳菲①。
杨花榆荚无才思②，　惟解漫天作雪飞③。

【注释】

①芳菲：花草的芳香。
②榆荚：即榆钱。
③惟解：只知道，只懂得。

【译诗】

一切花草树木，
好像都知道
春天将要回归，
所以，
姹紫嫣红，斗艳争奇。
杨花和榆荚，
因缺少才思而枉自叹息。
他们开不出美丽的花朵，
只好让自己
像雪花一样
漫天飘飞。

【说明】

这首诗写暮春时节的景象。诗中把花草树木进行了拟人化的描写，生动有趣，耐人寻味。

咏绣障[①]

胡令能

日暮堂前花蕊娇,争拈小笔上床描[②]。
绣成安向小园里,引得黄莺下柳条。

【作者介绍】

胡令能,生卒年不详。莆田(今福建莆田县)人。一说圃田(今河南中牟县)。早年做过修理铁器磨镜之类的工作,被人称为"胡钉铰"。其诗仅存四首。

【注释】

①绣障:刺有花卉的屏风。
②拈:用手指拿笔。

【译诗】

傍晚时,
厅堂前的花丛更加娇娆。
姑娘们争着拿起画笔,
在床架子上精心绘描。
等到绣好了,
把它放在花园里。
真没想到,
竟引得黄莺飞下了柳条。

【说明】

刺绣者把绣好的屏风置于花园中,竟能引得黄莺纷纷前来,达到以假乱真的地步,其技艺可想而知。本诗之妙,妙在含蓄委婉。

登崖州城作①

李德裕

独上高楼望帝京②,鸟飞犹是半年程。
青山似欲留人住, 百匝千遭绕郡城。

【作者介绍】

李德裕（787—849），字文饶，赵郡（今河北赵县）人。唐武宗时任太尉，封卫国公。他当政的六年中，在讨平藩镇和抗击回鹘方面，取得了显著成就。唐宣宗大中初年，牛党执政，贬潮州司马，继又贬崖州司户参军。卒于贬所。著有《李文饶文集》，又作《会昌一品集》。

【注释】

①崖州：治所在今海南省琼山县东南。
②帝京：指京城长安。

【译诗】

我独自登上高楼，
向北遥望久别的帝京。
怎么能够看得见呢？
鸟飞也需半年的行程。

那一座一座的青山，
似乎也要留我在此，
百重千遭，千遭百重，
团团围绕着崖州城。

【说明】

作者因"牛李党争"被贬到崖州，本诗即是初到贬所时所作。全诗表现了作者政治上失败以后内心的苦闷以及对京城的留恋和向往。

江　雪

柳宗元

千山鸟飞绝，　万径人踪灭①。
孤舟蓑笠翁②，独钓寒江雪。

【作者介绍】

柳宗元（773—819），字子厚，河东（今山西省永济县）人，世称柳河东。唐德宗贞元九年（793）进士，授校书郎，调蓝田尉，升监察御史里行。因参加王叔文集团，被贬为永州司马。后迁柳州刺史，故又称柳柳州。与韩愈皆倡导古文运动，同被列入"唐宋八大家"，并称"韩柳"。其诗峻洁奇崛，情致缠绵，锤炼工密，音调和谐。有《柳河东集》。

【注释】

①万径：所有道路。人踪：人的踪影。
②蓑：蓑衣，棕制的雨具。笠，笠帽。

【译诗】

大雪纷飞，
千山万径皆白。
放眼望，
不见飞鸟，
更无论人迹。
惟有寒江中，
一叶孤舟，
一个渔翁，
头戴斗笠，
身披蓑衣，
风雪迷漫中，
独享着垂钓的乐趣。

【说明】

此诗是柳宗元被贬为永州司马时写的。诗中描写天地间一片雪白，茫茫原野，飞鸟藏形，行人断绝，没有半点生气与声息。在万籁俱寂的广大空漠中，只有孤独的渔翁在寒江边垂钓。诗人创造了一个清绝、寒绝、独绝的艺术境界，来表现他拔流绝俗、孤傲不屈的品格。

重别梦得[①]

柳宗元

二十年来万事同，今朝歧路各西东[②]。
皇恩若许归田去，晚岁当为邻舍翁。

【注释】

①梦得：刘禹锡字梦得。
②歧路：岔道。

【译诗】

二十年来，
你我有着共同的坎坷遭遇。
今天在这里，
我们又要各奔东西。

如果有朝一日皇上开恩，
允许我俩归田耕耘。
那么垂暮之年一定为邻，
共同度过这人生残旅。

【说明】

本诗是作者赠给刘禹锡三首诗中的一首。唐宪宗元和九年

（814），柳宗元和刘禹锡同时奉诏从各自的贬所永州、朗州回京，次年又分别被任为柳州刺史和连州刺史。二人一同出京赴任，至衡阳分手。面对古道风烟，茫茫前程，二人感慨万千，遂相互赠诗惜别。

与浩初上人同看山寄京华亲故①

柳宗元

海畔尖山似剑芒②，秋来处处割愁肠。
若为化得身千亿，散上峰头望故乡。

【注释】

①浩初上人：浩初和尚。潭州（今湖南长沙市）人，是作者的好友。
②剑芒（máng）：剑锋。

【译诗】

海边峻峭的山峰，
宛如一把把利剑，
秋风吹来，
直刺我愁闷的心肠。

如何才能像神仙那样，
把身躯化作千千万万，
散居到所有的山峰之上，
一起向北眺望遥远的故乡。

【说明】

这首诗是诗人被贬为柳州刺史时所作，诗中强烈地反映了当时的悲愤苦闷心情。

乌 衣 巷①

刘禹锡

朱雀桥边野草花②,乌衣巷口夕阳斜。
旧时王谢堂前燕③,飞入寻常百姓家。

【作者介绍】

刘禹锡(772—842),字梦得,洛阳(今属河南省)人。唐德宗贞元时进士,曾任监察御史。顺宗永贞元年(805),他参加了王叔文等进行的政治革新。革新失败后,被贬为朗州司马。后在连州、夔州、和州、苏州任刺史。晚年又入朝任集贤殿学士、太子宾客,官至检校礼部尚书。他是唐代著名诗人,诗歌创作在当时独树一帜。他的诗气骨高遒,常用比兴手法讥刺时政。也有《竹枝词》等通俗清新之作。有《刘宾客集》。

【注释】

①乌衣巷:故址在今江苏省南京市秦淮河南岸。三国吴时在此设乌衣营,兵士皆乌衣,因以得名。东晋时豪门巨族聚居于此。
②朱雀桥:秦淮河上的浮桥,离乌衣巷很近。
③王谢:指东晋宰相王导和谢安两大豪族。

【译诗】

朱雀桥畔长满了野草闲花,
乌衣巷口已经是夕阳西斜。
当年王谢两家豪族堂前的燕子,
如今也飞进了普通百姓人家。

【评析】

这首诗是《金陵五题》之二。诗中前两句通过对朱雀桥和乌衣巷荒凉冷落景象的描写,抒发了深沉的今昔沧桑之感。后两句借写燕子而暗示王谢豪宅变为寻常民居,手法高妙,婉曲有致,成为千古名句。

柳 枝 词

刘禹锡

清江一曲柳千条①,二十年前旧板桥②。
曾与美人桥上别, 恨无消息到今朝。

【注释】

①清江:一本作春江。一曲:犹一湾。
②板桥:有三处:一在今河南开封市西,一在今河南正阳县商山道中,一在今四川三台县东南。这里非专指。

【译诗】

江水,
曲曲弯弯,
澄澈碧透。
柳丝,
千条万条,
随风飘拂。
忘不了,
二十年前,
你与我,
在这板桥桥头,
曾经相对默默,
依依分手。
泪水,禁不住地流,
内心,如刀割般难受。

如今,
我又故地重游。
往事如烟,

历历在目,
　桥头景物,
　依然如初。
　只是昔日的情人,
　却杳无音讯,
　不知何处?
　这怎能不叫人恨,
　这怎能不令我愁。

【说明】

　　这首《柳枝词》是作者改白居易原作而成的。白居易有《板桥路》云"梁苑城西二十里,一渠春水柳千条。若为此路今重过,十五年前旧板桥。曾共玉颜桥上别,恨无消息到今朝。"经作者改编,诗句更加精练,诗情也更加浓厚,可谓青出于蓝而胜于蓝。

浪　淘　沙①（选二首）

刘禹锡

其　一

　　九曲黄河万里沙②,浪淘风簸自天涯③。
　　如今直上银河去④,同到牵牛织女家⑤。

【注释】

①浪淘沙:唐代教坊曲名,起于民间。
②九曲黄河:指黄河弯曲的地方很多。万里沙:指黄河漫长,流经各地,夹带着大量泥沙。
③浪淘风簸:指黄河波涛汹涌,奔腾澎湃。自天涯:来自天边。
④银河:天河。古人以为黄河跟银河相通。传说汉武帝派张骞出使大夏寻找黄河源头,经过一个多月,张骞乘筏直上银河,见到了织女而返。

⑤牵牛织女：即牵牛星和织女星。古代神话把两个星宿说成是牛郎、织女。

【译诗】
曲折漫长的黄河夹带着滚滚泥沙，
波涛汹涌自天边奔腾而下。
如今我要乘风破浪直上九天银河，
直至牛郎织女两位神仙之家。

【说明】
《浪淘沙九首》写于夔州，是民歌体的抒情诗，这是第一首。在这首诗中，诗人描绘了黄河自天边滚滚而来、奔腾千里的壮丽图景。接着借用汉代张骞寻找河源的故事，驰骋想象，表示要迎着狂风巨浪，顶着万里黄沙逆流而上，直到牵牛织女家，表现了诗人的豪迈气概。

其 二

莫道谗言如浪深，莫言迁客似沙沉①。
千淘万漉虽辛苦②，吹尽狂沙始到金。

【注释】
①迁客：被朝廷贬谪流放的官员。
②漉：过滤。

【译诗】
不要以为小人的谗言如恶浪滚滚，
可以为所欲为翻船溺人。
也别说遭受冤屈放逐远地的正直之士，
从此像沙子一样永沉江底不得翻身。
要知道经过千次淘洗万次过滤，

虽然免不了辛苦,甚至遭受磨难,
一旦把沙子吹尽,
终究会见到真正的黄金。

【说明】

作者因参加王叔文改革集团而被贬,此诗即是作者被贬后所作。诗一方面表达了作者不屈不挠的顽强精神,另一方面也表示了作者对朝中谗佞小人的极大蔑视,认为他们终究会被历史所唾弃、所淘汰,而那些真正的正直之士,会经得起时间的考验,最终将名彪青史。

春　词

刘禹锡

新妆宜面下朱楼,深锁春光一院愁。
行到中庭数花朵,蜻蜓飞上玉搔头①。

【注释】

①玉搔头:即玉簪。古代女子的一种首饰。

【译诗】

姣好的容颜配上时新的妆梳,
碎步款款走下了朱楼。
大好春光深锁在空寂的院落,
怎能不令我满怀忧愁。
百无聊赖来到中庭把花朵细数,
不料蜻蜓有情竟飞上了玉搔头。

【说明】

这首诗写一位美丽的宫人春日里盛妆下楼却无人赏识的幽怨。她打扮停当后走下朱楼,人与春光一样美好,却深锁空院无人欣赏。独处无聊，只好到中庭闲数花朵，不料蜻蜓有情，偏爱新妆，飞上了玉搔头。这既是对其美貌容颜的烘托，也是对其独居无人赏识的感叹。全诗刻画细腻，别致含蓄。

秋　词

刘禹锡

自古逢秋悲寂寥①，我言秋日胜春朝②。
晴空一鹤排云上③，便引诗情到碧霄。

【注释】

①寂寥：寂静；空旷。
②春朝：春天。
③排云：凌云。

【译诗】

古往今来，
人们总是悲叹秋天空寂萧瑟，
而我以为，
这天高气爽的秋天胜过那明媚的春朝。
看吧！晴空万里白鹤扶摇直上，
我的诗情也随之飞到了云外九霄。

【说明】

这首诗是作者被贬朗州后写的。诗一开始就否定古来的悲秋观念，认为秋日胜过生机盎然的春天，表现了一种激越向上的思想感情。接着，抓住白鹤凌云飞翔进行描绘，展现了秋高气爽，万里晴空，白云飘浮的开阔景象。在这样的氛围中，诗人驰骋想象，腹中的"诗情"也随着凌云的白鹤而飞上"碧霄"。全诗立意新颖，意境开阔，情调高昂。

元和十年自朗州承召至京戏赠看花诸君子

刘禹锡

紫陌红尘拂面来①,无人不道看花回。
玄都观里桃千树②,尽是刘郎去后栽③。

【注释】

①紫陌:指京城郊外的道路。红尘:指道路上的尘土。
②玄都观:长安的一座道教庙宇。
③刘郎:作者自己。

【译诗】

京城的道路上人欢马快,
一张张脸上无不挂满尘埃。

要问他们为何如此开怀,
无人不说是刚刚赏花归来。

玄都观里万千桃树,
尽都是我去后所栽。

【说明】

本诗是作者被贬十年以后被召回京时所作。在他被贬到朗州的十年中,朝廷在排斥了王叔文集团革新人士的同时,又扶植了许多新贵。这首诗就是借去玄都观看花一事,把这些新贵比作"桃千树"加以讽刺,这就刺痛了当权的新贵们,作者因此被贬到更远的连州(在今广东省)任刺史。

再游玄都观

刘禹锡

百亩庭中半是苔①,桃花净尽菜花开。
种桃道士归何处②?前度刘郎今又来。

【注释】
①庭:指玄都观。苔:青苔。
②种桃道士:传说玄都观里的茂盛桃树,是一个道士用仙桃栽种而成。这里借指当初打击王叔文集团的势力。

【译诗】
百亩玄都观里半数是青苔,
桃花早已净尽菜花正在盛开。
"种桃道士"不知去向何处,
当年的刘郎如今再度前来。

【说明】
此诗是作者再度被贬,十四年后又回到长安时所作。作者再次以游玄都观为题作诗,并说当年"桃千树"的虚荣景象已荡然无存,取而代之的是遍地的青苔和盛开的菜花,就连"种桃道士"也不知归向何处。并傲然宣称"前度刘郎今又来",表现了作者不屈不挠、不畏权贵的斗争精神。

竹 枝 词①(选二首)

刘禹锡

其 二

山桃红花满上头②,蜀江春水拍山流。

花红易衰似郎意，水流无限似侬愁③。

【注释】

①竹枝词：当时流行在重庆一带的民歌。
②上头：指山上面。
③侬：我。姑娘的自称。

【译诗】

山桃红花布满山头，
蜀江春水拍岸急流。
桃花易谢恰似郎意。
水流无限似我忧愁。

【说明】

"竹枝词"共九首，这里选其二首，是刘禹锡被贬夔州时所作。本诗是其第二首，表现了初恋少女微妙、细腻而又复杂的感情。

其 七

瞿塘嘈嘈十二滩①，此中道路古来难。
长恨人心不如水，等闲平地起波澜②。

【注释】

①瞿塘：瞿塘峡，长江三峡之一，在今重庆市。
②等闲：无缘无故地。

【译诗】

瞿塘峡险滩众多水流急湍，
此中水路自古以来就很艰难。
时常怨恨人心险恶不如江水，
平白无故便会掀起冲天波澜。

【说明】

这首诗是《竹枝词九首》中的第七首。诗从瞿塘峡的艰险借景起兴，引出对世态人情的感慨。

竹 枝 词（选一首）

刘禹锡

杨柳青青江水平，闻郎江上唱歌声。
东边日出西边雨，道是无晴却有晴①。

【注释】

①晴："晴"与"情"同音，是双关隐语。"无晴"、"有晴"隐喻着"无情"、"有情"。

【译诗】

青青杨柳微微拂动，
碧绿江水浪静波平。
忽闻江边情郎歌声，
姑娘心潮荡漾翻腾。
东边日出西边下雨，
说是无晴却还有晴。

【说明】

这首诗是《竹枝词二首》中的第一首。写一位姑娘在听到所爱青年在江上唱歌时的感受。"无晴"、"有晴"实为"无情"、"有情"的隐语，由于双关隐语运用得十分巧妙，常被人们所称引。

望 洞 庭[①]

刘禹锡

湖光秋月两相和[②],潭面无风镜未磨。
遥望洞庭山水翠,白银盘里一青螺[③]。

【注释】
①洞庭:湖名,在今湖南省。
②两相和:指湖光月色柔媚和谐。
③青螺:古代以螺髻喻峰峦,此指山峰。

【译诗】
湖光与月色两相交融,
秋景更加缥缈谐和。
浩荡的湖上微风不起,
湖面迷濛如铜镜未磨。
举目遥望,
洞庭山水苍翠碧绿,
恰似那,
银盘里放着颗小青螺。

【说明】
秋夜,诗人来到洞庭湖畔,看到眼前如诗如画、如梦似幻的洞庭夜景,不禁为之陶醉。在诗人笔下,洞庭湖的秋夜是那样的淡雅、柔和、静谧。"白银盘里一青螺",比喻形象,引人遐思。

石 头 城[①]

刘禹锡

山围故国周遭在[②],潮打空城寂寞回[③]。

淮水东边旧时月④,夜深还过女墙来⑤。

【注释】

①石头城:故址在今南京市清凉山一带。战国时为楚之金陵城,建安十七年(212),东吴孙权重建并改名为石头城。
②故国:故都,这里指石头城。周遭:指石头城四周残破的城墙。
③寂寞回:悄悄地退回。
④淮水:即秦淮河。六朝时,这里非常繁华。旧时:指六朝时。
⑤女墙:城墙上的城垛。

【译诗】

青山环绕的六朝故都,
周围的城墙依然存在。
无情的潮水汹涌打来,
又一次次地默默退回。
秦淮河东升的月亮,
仍旧和六朝时一样。
月光笼罩下的古城,
显得更加残破荒凉。

【说明】

本诗为《金陵五题》中的第一首。诗人通过对石头城昔盛今衰的描写,表达了诗人无限的感慨。诗中虽没有从正面抨击时政,但借古讽今的意味还是很清楚的。

寻隐者不遇①

贾 岛

松下问童子,言师采药去。
只在此山中,云深不知处②。

【作者介绍】

贾岛（779—843），字阆仙，范阳（今河北省涿县）人。因家境贫寒及屡试不第，曾一度出家为僧，法名无本，后还俗。唐文宗时做过遂州长江（今四川省蓬溪县）主簿，也称贾长江。其诗多写景、送别之作，以清奇幽峭著称，长于五律，刻苦求工，是有名的苦吟诗人，有《长江集》。

【注释】

①寻：访问。隐者：隐居山野的人。
②不知处：不知在什么地方。

【译诗】

松树下我问小孩其师在何处，
回答说师父已经出外采药去。
虽知道就在眼前深山中，
云雾茫茫不知究竟在哪里。

【说明】

这首诗以问答的形式描绘出一幅幽深清奇的画景，并引出一个超凡脱俗、行踪飘然的隐士形象，令人神往不已。

剑　　客

贾　岛

十年磨一剑，霜刃未曾试①。
今日把示君②，谁有不平事？

【注释】

①霜刃：指剑刃锋利，寒光闪闪，有如秋霜。
②把示君：把剑拿出来给你看。

【译诗】

花费十年的功夫,
磨成了这把宝剑,
锋利的剑刃寒光闪闪,
却未曾一试身手。
今日把它拿出来,
请您仔细观赏,
并告诉我,
哪里尚有不平事?

【说明】

这首诗通过赞扬仗义勇为、铲除社会不平的剑客,抒发了作者胸中积郁的愤懑,同时包含着诗人有朝一日能发挥才干,不枉费十年苦功的希望。

宫　词

白居易

泪湿罗巾梦不成,夜深前殿按歌声①。
红颜未老恩先断,斜倚熏笼坐到明②。

【作者介绍】

　　白居易(772—846),字乐天,号香山居士。原籍太原,后迁居下邽(今陕西省渭南市),生于河南新郑。唐德宗贞元十六年(800)中进士。宪宗元和时,任翰林学士、左拾遗等职。因上书言事获罪,被贬为江州司马。后又到杭州、苏州等地任刺史。晚年以刑部尚书致仕,又以太子宾客分司东都,任太子少傅,进封冯翊县侯。他是当时新乐府运动的积极倡导者。他的诗艺术形象鲜明,语言深入浅出,平易自然。他的一些抒情写景的绝句诗,明净优美,很有特色。有《白氏长庆集》。

【注释】

①按歌：打着节拍唱歌。
②熏笼：熏炉上罩的笼子。熏炉是古代用来熏香和取暖的炉子。

【译诗】

泪水把罗巾湿透，
辗转反侧好梦难成。
夜阑更深，
前面宫殿传来了阵阵歌声。
红颜尚未衰老，
皇恩先已断绝。
她斜倚熏笼，
满怀愁绪孤坐到天明。

【说明】

这首诗写失宠宫女的孤寂哀怨。他人轻歌曼舞、欢声笑语，自己以泪洗面，好梦难成，只好斜倚熏笼，孤坐天明。两者形成了鲜明的对比，充分表现了统治者的薄幸寡恩与宫女内心的哀怨。

暮 江 吟

白居易

一道残阳铺水中，半江瑟瑟半江红①。
可怜九月初三夜②，露似珍珠月似弓。

【注释】

①瑟瑟：一种碧色玉石，这里形容未受到夕阳照射的江水所呈现的碧绿色。
②可怜：令人爱惜。

【译诗】

夕阳斜照在江水中，

江水半是碧绿半是火红。

最令人怜爱珍惜的，

是这九月初三的夜晚：

秋露晶莹恰似珍珠，

新月纤纤犹如弯弓。

【说明】

这首诗大约是长庆二年（822），白居易到杭州赴任途中写的。这首风景诗，把晚霞斜映江上的绮丽景色和深秋夜露的晶莹，艺术地熔铸在一起，描绘出一幅色彩绚烂的秋江暮景图。

问刘十九[①]

白居易

绿蚁新醅酒[②]，红泥小火炉。
晚来天欲雪， 能饮一杯无？

【注释】

①刘十九：河南登封人，作者的诗友。
②绿蚁：酒面上的绿色浮沫。新醅：没有滤过的酒。

【译诗】

新酿的美酒漂浮着绿色的泡沫，

红泥做成的小火炉内炭火正旺。

傍晚时分天色阴沉满含雪意，

朋友啊，你能否与我共饮几杯？

【说明】

作者以此诗作为请柬，邀朋友刘十九来饮酒御寒，表现了作者对友人的真挚情意。全诗写得十分亲切，富有生活情趣。

邯郸冬至

白居易

邯郸驿里逢冬至①，抱膝灯前影伴身。
想得家中夜深坐，还应说著远行人②。

【注释】
①邯郸：今河北省邯郸市。冬至：农历节气，在阳历十二月二十一日或二十二日，这一天黑夜时间是全年中最长的。驿：驿站，古代传递公文的人或出差官员途中歇息的地方。
②远行人：指作者自己。

【译诗】
邯郸驿里适逢冬至，
灯前抱膝惟影作伴。
遥想家人今夜围坐，
一定把我谈论思念。

【说明】
作者旅居邯郸驿站，恰逢农历冬至。漫漫长夜，作者一人独坐灯下，思念着故乡的亲人。同时作者猜想，家中的亲人今夜一定也和自己一样，思念着远方的亲人。

大林寺桃花①

白居易

人间四月芳菲尽②，山寺桃花始盛开。
长恨春归无觅处，不知转入此中来。

【注释】

①大林寺：在今江西省庐山香炉峰顶。
②芳菲：花草的芳香。

【译诗】

平原地带花草的芳香早已消散，
深山寺院内的桃花却正在盛开。
时常抱怨春光归去无处寻觅，
不曾知晓她竟躲在深山里来。

【说明】

这首诗是作者任江州（今江西九江）司马时所作。作者登临大林寺时，正值孟夏时节，按照常规，平原地带此时已是"芳菲尽"了，作者正为春光不驻而怨恨，不曾料想，山寺中此时却是鲜花盛开，这怎能不使作者大吃一惊，欣喜若狂。全诗表现了作者对春天对大自然的无限依恋与热爱，诗意新颖，构思灵巧，为唐人绝句中又一珍品。

建 昌 江①

白居易

建昌江水县门前， 立马教人唤渡船。
忽似往年归蔡渡②，草风沙雨渭河边！

【注释】

①建昌江：在今江西省。
②蔡渡：在今陕西省。

【译诗】

建昌江水横流在县城门前，

立马江边教人去唤渡口小船。
眼前所见,犹如当年蔡渡的情景,
风吹野草,雨打沙滩。
似乎又回到了渭水河边。

【说明】

这首诗是白居易被谪任江州司马时所作。作者因公到江州附近的建昌江去,以渡口所见所感,写下了这首绝句。诗表面上写渡口风光,对故乡渭水的向往,实则蕴藏了深沉复杂的思想感情。

寒 闺 怨

白居易

寒月沉沉洞房静,真珠帘外梧桐影[①]。
秋霜欲下手先知,灯底裁缝剪刀冷。

【注释】

①真珠:珍珠

【译诗】

寒月西沉,
洞房里格外寂静。
珍珠帘外,
梧桐树影影绰绰。
秋霜暗降,
纤纤素手最先感觉。
灯下裁缝,
手中剪刀愈加冰冷。

【说明】

这首诗通过写闺中少妇寒夜为征夫赶制冬衣的情景，表达了少妇内心的幽怨。全诗写得含蓄有致，情景交融。

悯农二首

李 绅

其 一

锄禾日当午， 汗滴禾下土。
谁知盘中餐①，粒粒皆辛苦！

【作者介绍】

李绅（772—846），字公垂，润州无锡（今江苏无锡市）人。唐宪宗元和元年（806）进士。长庆年间，穆宗召为左拾遗、翰林学士，后因触怒权贵下狱。后又任浙江观察使、宣武节度使等职。武宗即位，拜为宰相。早年曾积极参加新乐府运动，与元稹、白居易交往甚深。他曾首创《新题乐府》二十首，今已失传。《全唐诗》录其诗四卷。

【注释】

①餐：此指饭食。

【译诗】

烈日当头，
农民还在田间耕锄。
脸上的汗水，
不停地滴入禾苗下的沃土。
有谁知道餐桌上的饭食，
粒粒都是农民辛苦所收。

【说明】

这首诗写农民劳动的艰辛,告诉人们要爱惜节约粮食,因为粒粒粮食都是农民用汗水换来的。

其 二

春种一粒粟, 秋收万颗子。
四海无闲田①,农夫犹饿死!

【注释】

①闲田:闲置的田地。

【译诗】

春天播下一粒种子,
秋天收获万颗粮食。
四海之内虽无闲田,
最终农民依然饿死。

【说明】

这首诗反映了农民的痛苦生活,同时揭露了统治阶级对农民的残酷剥削。

宫 词

张 祜

故国三千里①, 深宫二十年。
一声《何满子》②,双泪落君前。

【作者介绍】

张祜,字承吉,生卒年不详。清河(今属河北省)人。他是唐元和、长庆年间诗人,其诗以绝句见长。作品多描写漫游生活和宫中怨情等。有《张处士诗集》。

【注释】
①故国:故乡。
②何满子:唐代教坊舞曲名。因唐玄宗时沧州歌者何满子临刑哀歌赎死而得名。此曲后来在宫中流行。

【译诗】
我的故乡远在千里之外,
锁在深宫已有二十余年。
唱一曲悲凉的《何满子》,
泪水禁不住洒落君前。

【说明】
这是一首宫怨诗,写民间女子幽居深宫二十余年,白白葬送了青春年华的极度哀怨,从而揭露了宫女制度的残酷性。此诗后来流传甚广,颇受时人称赏。杜牧有诗赞曰:"可怜故国三千里,虚唱歌辞满六宫。"

题金陵渡①

张　祜

金陵津渡小山楼②,一宿行人自可愁。
潮落夜江斜月里,两三星火是瓜洲③。

【注释】
①金陵渡:渡口名,当在今江苏省镇江市附近。
②津:渡口。小山楼:渡口附近小楼,即作者所宿之楼。
③瓜洲:在长江北岸,今江苏省邗江县南,与镇江市隔江而对。

【译诗】

金陵渡口上有一座小山楼,
夜宿的旅人各自心怀忧愁。
江潮在沉沉斜月中已经退去,
灯火寥寥的对岸便是古镇瓜洲。

【说明】

这首诗是作者漫游江南时所作。前两句抒写旅途的凄寂,三四句描绘江上幽远清美的夜景。

集 灵 台[①]

张 祜

虢国夫人承主恩,平明骑马入宫门。
却嫌脂粉污颜色,淡扫蛾眉朝至尊[②]。

【注释】

①集灵台:即华清宫内的长生殿,为祀神之处,故址在今陕西省临潼县骊山上。
②蛾眉:秀美的双眉。至尊:即皇帝。

【译诗】

虢国夫人新近受到皇帝的恩宠,
黎明时骑着马大模大样走进宫中。
她嫌脂粉玷污了自己秀美的容颜,
轻描蛾眉便去朝见皇帝玄宗。

【说明】

杨贵妃得到玄宗皇帝的专宠,杨氏一门遂飞黄腾达,俱受封爵,三姐虢国夫人便是其中之一。这首诗通过写她骑马入宫、素面朝天的事，生动地揭示了她深得玄宗恩宠并恃宠而骄的神态，从而隐隐讥刺了玄宗的荒淫好色。

宫　中　词

朱庆馀

寂寂花时闭院门，美人相并立琼轩①。
含情欲说宫中事，鹦鹉前头不敢言。

【作者介绍】

朱庆馀，生卒年不详，越州（今浙江绍兴市）人。唐敬宗宝历二年（826）进士，曾官秘书省校书郎。其诗清丽婉转，颇受张籍赏识。有《朱庆馀诗集》。

【注释】

①琼轩：精美华丽的长廊。

【译诗】

花开时节寂寞的宫中院门紧闭，
精美华丽的长廊前美人并肩站立。
满含感情欲要诉说宫中怨事，
无奈在鹦鹉面前不敢言语。

【说明】

在鲜花盛开的大好春日里，幽闭深宫的宫女们只能在大门紧闭的宫院中寂寞度日，她们并肩站在长廊上，想要诉说心中的怨情，抬头看见廊下笼中学舌的鹦鹉，于是欲说还休。本诗以极细腻含蓄的描写表现了宫禁的森严可怖和宫女的痛苦幽怨，同时揭露了宫廷生活的黑暗残酷。

近试上张水部①

朱庆馀

洞房昨夜停红烛,待晓堂前拜舅姑②。
妆罢低声问夫婿,画眉深浅入时无③?

【注释】

①近试:接近考试的时候。上:呈送给。张水部:张籍,当时任水部员外郎。
②待晓:等待天亮。舅姑:公婆。这里隐喻主考官。
③入时无:合不合时宜。

【译诗】

洞房昨夜红烛高照,
静待天晓拜见公婆。
梳妆停当低问丈夫:
画眉深浅是否时髦?

【说明】

作者表面上是写新嫁娘在拜见公婆前担心眉毛描得合不合时宜,实则是借此来隐喻自己担心文章能否为主考官赏识,比喻得极巧妙极贴切,为唐人绝句中又一佳作。

行 宫

元 稹

寥落古行宫①,宫花寂寞红。
白头宫女在, 闲坐说玄宗②。

【作者介绍】

元稹(779—831),字微之,河南(今河南省洛阳市)人。早年家贫。举贞元九年明经科、十九年书判拔萃科,曾任监察御史。因得罪宦官及守旧官僚,遭到贬斥。后转而依附宦官,官至同中书门下平章事,并一度官居宰相。最后暴卒于武昌军节度使任所。与白居易友善,常相唱和,共倡新乐府运动,世称"元白"。有《元氏长庆集》。

【注释】

①寥落:冷落。
②玄宗:唐玄宗李隆基。

【译诗】

当年的行宫如今已是凄清冷落,
惟有院内的花儿仍在寂寞开放。
白了头发的宫女依然健在,
闲坐无聊只好谈论玄宗年代的风流时光。

【说明】

此诗旨在抒发唐王朝昔盛今衰的感慨。诗人选取古行宫内的场景,显示岁月的流逝,突出当前的寂寞冷落,对于往昔盛世的怀恋,自然而然地流露在字里行间。

南　园①(选二首)

李　贺

一

男儿何不带吴钩②,收取关山五十州③。
请君暂上凌烟阁④,若个书生万户侯⑤?

【作者介绍】

李贺（790—816），字长吉，河南福昌（今河南宜阳县）人。唐皇室远支，家世早已没落，生活困顿。曾官奉礼郎。因避家讳，不能应进士科考试。早年即有诗名，见知于韩愈、皇甫湜，死时年仅二十七岁。他是中唐时期的重要诗人。他的诗充满了积极浪漫主义精神，善于熔铸词采，驰骋想象，运用神话传说，匠心独运，构思奇特，使作品别具风格。有些作品情调阴沉，语言过于雕琢，造成诗意晦涩，不易理解。有《昌谷集》。

【注释】

①南园：李贺家有南北两园，南园是其读书的地方。
②吴钩：吴地（今江苏南部一带）出产的一种稍为弯曲的刀。
③五十州：指当时为藩镇势力所控制的黄河南北的大片土地。
④凌烟阁：唐朝皇宫内的一个殿阁。唐太宗贞观十七年（643），命画家阎立本在阁上画了二十四个开国功臣的图像，用以表彰他们的功勋。
⑤若个：哪个。

【译诗】

男子汉为何不带上吴钩，
去收复被藩镇割据的五十州。
请您登上表彰功臣的凌烟阁，
看看哪个书生被授功封侯。

【说明】

《南园》一组诗，共13首。本诗为其第五首。当时，唐室衰微，藩镇势力割据一方，吐蕃、回纥等少数民族也不时侵边，给人民带来深重的灾难。李贺看到这些危机，急想为国效力。然而因为种种原因，自己的远大抱负无法实现，而舞文弄墨、皓首穷经也于世无补，在这种情况下，诗人内心是很苦闷的。本诗抒发了诗人渴望投笔从戎、驰骋疆场、收取锦绣山河的豪情。

二

寻章摘句老雕虫①，晓月当帘挂玉弓。
不见年年辽海上②，文章何处哭秋风？

【注释】

①寻章摘句：指创作时谋篇琢句，咬文嚼字。老雕虫：老死于雕虫小技的生活中。雕虫，本是篆刻书法中的一种，这里是诗人为自己吟诗作赋的生活解嘲。
②辽海：辽东，泛指今河北省东北部和辽宁省南部一带。

【译诗】

一辈子咬文嚼字，摘句寻章，
夜夜伏案苦读，直到晓月当窗。
难道不见辽东一带，
战火正在熊熊燃烧！
那种缠绵悱恻的伤感文章，
在此又有什么用场？

【说明】

这首诗为《南园》组诗中的第六首。由于当时统治者的压抑，李贺无法施展自己的抱负，只能困守书斋，案牍劳形，去干那种寻章摘句的差使，并最终老死于雕虫篆刻的生活中。他对这种生活感到厌倦，并对迫使他过这种生活的人表示极大的愤慨。

马　诗（选二首）

李　贺

一

大漠沙如雪，　燕山月似钩①。
何当金络脑②，快走踏清秋。

【注释】

①燕山：指燕然山，即今蒙古人民共和国境内杭爱山。
②金络脑：金饰的马络头。

【译诗】

燕然山头升起一弯如钩的新月，
月光下白沙茫茫犹如霜雪一层。
什么时候才能配上金饰的马络头，
在秋高气爽的疆场上纵横驰骋。

【说明】

《马诗》共23首，是李贺写的组诗。诗名为咏马，实则借物抒怀，即借马来抒发自己的远大抱负和怀才不遇的愤慨。本诗是第五首，前两句勾画出一幅边地辽阔的自然景象，后两句写战马渴望在清秋的疆场驰骋，表现了诗人极欲有所作为的豪迈气概。

二

武帝爱神仙①，烧金得紫烟。
厩中皆肉马②，不解上青天。

【注释】

①武帝：汉武帝。
②厩：马棚。

【译诗】

汉武帝企求长生不老成为神仙，
整日烧金炼丹只得到一缕紫烟。
厩中豢养尽是不中用的凡马，
无论如何也飞不上宇宙青天。

【说明】

这是一首政治讽刺诗,为《马诗》中的末首。前二句借用汉武帝炼丹求仙的故事,嘲讽唐朝统治者昏庸糊涂;后二句用"肉马"来比喻朝廷用人不当,豢养了一批不中用的庸才、蠢材,而真正有才能的人(所谓千里马、天马),却被弃置不用。那些庸才、蠢材当然不会使国家振兴腾飞。

过华清宫

杜 牧

长安回望绣成堆①,山顶千门次第开②。
一骑红尘妃子笑③,无人知是荔枝来。

【作者介绍】

杜牧(803—852),字牧之,京兆万年(陕西省西安市)人。唐文宗大和二年(828)进士。曾做过弘文馆校书郎,黄、池、睦、湖等州刺史以及中书舍人等职。他忧心国事,政治上主张削平藩镇,以巩固封建中央集权。在文学创作上,他提出要"以意为主",有感而发,反对无病呻吟。杜牧是晚唐时期的重要诗人,七言绝句写得尤为出色,风格高绝俊健,鲜明自然,后世称杜甫为"老杜",称他为"小杜"。有《樊川文集》。

【注释】

①绣成堆:指从长安或远处回望骊山,宛如一堆堆锦绣。
②千门:形容山顶宫殿壮丽,门户众多。
③一骑红尘:指送荔枝的人骑着快马奔驰而来,扬起一阵阵尘土。

【译诗】

我从长安回首东望,
骊山葱翠如锦绣堆成。
山顶宫门层层,

如今竞相打开。

飞奔的快马荡起一溜尘埃,
贵妃露出了会心的微笑。
然而有谁知晓,
新鲜的荔枝刚刚送来。

【说明】

这是作者经过骊山而写的一首较有深意的讽刺诗。前两句极力描绘骊山景色的绚丽和华清宫的壮丽宏伟,借以讽刺唐玄宗的穷奢极侈。后两句写想象中的宫中人物,以杨贵妃喜欢吃鲜荔枝这一典型事件,用含蓄的笔调进一步揭露他们的腐化生活。

江 南 春

杜 牧

千里莺啼绿映红, 水村山郭酒旗风[1]。
南朝四百八十寺[2],多少楼台烟雨中[3]。

【注释】

[1]酒旗:挂在酒店门前的小旗,作为酒店的标记。这两句是说,春到江南,百花盛开,莺歌燕舞,水乡山城,酒旗在迎风招展,一派生机勃勃的景象。

[2]南朝:宋、齐、梁、陈。这四个王朝的帝王都崇信佛教,尤其梁武帝萧衍,更是大建寺院。

[3]楼台:亭台楼阁。此指寺院建筑。这两句是说,南朝建了那么多寺院,如今都处在烟雨笼罩之中,而修建这些寺院的南朝统治者又在哪里呢?

【译诗】

春天来了,

江南处处莺歌燕舞,
千里大地披绿挂红。
水乡山城,
是那样的秀丽明净,
就连小店的酒旗,
也在摇摆着笑迎春风。
南朝时代寺院林立,
多达四百八十余处。
而今人事沧桑,时过境迁,
正不知有多少楼台笼罩在烟雨中。

【说明】

这首诗勾画了一幅江南水乡的春景图。诗一开始,就从整个江南着眼,以高度概括的艺术手法,用一系列优美的形象描绘出明媚绚丽的江南春光。后两句不仅再现了江南烟雨濛濛的景色,也多少含有作者对统治者佞佛的嘲讽。

泊 秦 淮①

杜 牧

烟笼寒水月笼沙②,夜泊秦淮近酒家。
商女不知亡国恨③,隔江犹唱《后庭花》④。

【注释】

①秦淮:秦淮河。流经金陵(今江苏省南京市),进入长江。
②笼:笼罩。
③商女:指卖唱的歌妓。
④后庭花:陈后主(陈叔宝)所作的乐曲《玉树后庭花》。陈叔宝不理朝政,整日过着荒淫糜烂的生活,直至亡国。

【译诗】

迷蒙的烟雾笼罩着寒冷的江水,
溶溶月光倾泻在绵软的沙滩上。
夜晚我停船在秦淮河畔,
正临近酒家所在的地方。
商女们不知道亡国之恨,
隔江还在把《后庭花》声声歌唱。

【说明】

秦淮河是六朝旧都金陵的歌舞繁华之地,这首诗通过写夜泊秦淮所见所闻的感受,揭露了晚唐统治阶级的上层人物沉溺声色、醉生梦死的腐朽生活,抨击了他们只知贪图享乐,不问国家前途的罪行。诗中运用亡国之君陈后主的典故,对晚唐统治者是一个辛辣的讽刺。

将赴吴兴登乐游原一绝[①]

杜 牧

清时有味是无能[②],闲爱孤云静爱僧[③]。
欲把一麾江海去[④],乐游原上望昭陵[⑤]。

【注释】

①吴兴:唐代郡名,治所在今浙江湖州市。
②清时:清平时世。
③"闲爱"句:意即爱孤云之闲,爱僧人之静。
④把:持。麾:旌旗。
⑤昭陵:唐太宗李世民的陵墓,在今陕西礼泉县东北之九嵕山。

【译诗】

身处"清平"的时世,

过着悠闲自得的生活是因为我的无能。
无聊时欣赏天空飘逝的闲云，
更喜欢高僧的清静无为和与世无争。
我欲手持旌旗奔向遥远的江海，
希冀在那里大展宏图建立功名。
当年的文治武功如今安在？
乐游原上我向西遥望昭陵。

【说明】

这首诗是唐宣宗大中四年（850）秋，杜牧调任湖州刺史时，登乐游原有感而作。前二句以自嘲的口吻写自己在京城失意无聊之状，讽刺统治者不重视人才，使有才志的人寂寞沉沦而不能一展抱负。末二句写离京之前登乐游原而望昭陵，既表达了作者对唐太宗"贞观盛世"的向往，也流露出对晚唐衰颓政局的失望和自己壮志难酬的悲愤。写得委婉含蓄而又沉郁苍凉。

赤　壁①

杜　牧

折戟沉沙铁未销②，自将磨洗认前朝。
东风不与周郎便，铜雀春深锁二乔③。

【注释】

①赤壁：在今湖北省武昌县西长江南岸赤矶山。一说在今湖北蒲圻县西北赤壁山。公元208年孙权和刘备联军曾在此大败曹操军队。

②折戟：断戟。戟为古代一种兵器，能直刺也能横击。

③铜雀：铜雀台，故址在今河北省临漳县西，曹操姬妾歌伎居住之处。二乔：大乔和小乔，东吴美女。大乔为孙权兄孙策之妻，小乔是周瑜之妻。

【译诗】

我从江边沙滩上捡起一支生锈的断戟,
重新磨光后认出这是三国时代的兵器。
东风当年若不助周瑜一臂之力,
二乔就会被禁闭在幽深的铜雀台里。

【说明】

作者在赤壁古战场捡到一件当年的断戟,于是引起对历史的沉思和遐想。他认为赤壁大战时周瑜若不得神助,恐怕东吴君臣连同妻小都将成为曹操的俘虏,言外有无限的感慨。

寄扬州韩绰判官[①]

杜 牧

青山隐隐水迢迢, 秋尽江南草未凋。
二十四桥明月夜[②],玉人何处教吹箫[③]?

【注释】

①韩绰判官:其人生平不详,当为杜牧在淮南节度使府任推官时的同僚。

②二十四桥:桥名,建于隋,在江苏扬州西门外。指一桥或多桥,宋时已不可确知。

③玉人:美人。吹箫:据《扬州府志》载,隋炀帝曾在月夜同二十四名宫女在桥上吹箫。

【译诗】

隐隐青山远在天边,
迢迢绿水烟波浩渺。
秋尽冬来,
江南的草木尚未枯凋。

廿四桥上,
今夜风清月白,
亲爱的人啊,
你又在何处教吹箫?

【说明】

杜牧在扬州淮南节度使府任推官、掌书记多年,常流连于酒楼妓馆,此诗是他离开扬州后寄赠扬州同僚之作,借扬州美丽的典故调侃友人,问他近来做何消遣,同时也表达了作者对扬州生活的无限怀恋。

遣 怀

杜 牧

落魄江湖载酒行[①],楚腰纤细掌中轻[②]。
十年一觉扬州梦, 赢得青楼薄幸名[③]。

【注释】

①落魄:失意潦倒。
②楚腰:细腰。《后汉书·马廖传》:"楚王好细腰,宫中多饿死。"掌中轻:相传汉成帝之后赵飞燕身材轻盈,能在掌上起舞。
③青楼:指妓院。薄幸:薄情。

【译诗】

潦倒的我在江湖漂泊,
酒中寻欢把岁月蹉跎。
楚地的美女婀娜多姿,
纤纤柳腰掌中犹轻。
扬州十年如春梦一场,
青楼落得薄幸声名。

【说明】

作者在此诗中追忆自己当年在扬州的游荡生活以及对这种生活的忏悔。对自己无法施展抱负而只能在放浪形骸中虚掷年华的遭遇悲愤不已。

秋 夕①

杜 牧

银烛秋光冷画屏，轻罗小扇扑流萤②。
天街夜色凉如水③，卧看牵牛织女星。

【注释】

①秋夕：秋夜。
②流萤：飞动的萤火虫。
③天街：星空，天空。

【译诗】

银烛在秋夜中发出寒光，
映照得画屏幽暗清冷。
她用精巧的纨扇，
扑打着点点流萤。
天空中夜色清凉如水，
她独卧绣床遥望牵牛织女星。

【说明】

这首诗写一个女子在清冷的秋夜孤独寂寞的情怀。前两句用淡淡的彩笔绘出一幅宫女秋夜扑打流萤的清美图画，三四句描写凉夜如水，女主人公久久不寐独自卧看牵牛织女双星，表现了她孤寂无聊的生活状况以及对于爱情的向往。她内心的幽怨虽只字未写，但我们却可从中深深领会到。

赠 别（二首）

杜 牧

其 一

娉娉袅袅十三余①，豆蔻梢头二月初②。
春风十里扬州路③，卷上珠帘总不如。

【注释】

①娉（pīng）娉袅（niǎo）袅：体态柔美，婀娜多姿的样子。
②"豆蔻"句：豆蔻是一种草本植物，初夏开花，二月初尚含苞未开，此处借以喻少女。
③"春风"句：指扬州歌楼妓馆林立的繁华街区。

【译诗】

玲珑小巧，婀娜多姿，刚刚十三余，
二月豆蔻，含苞欲放，正值好年华。
扬州都会，十里华街，舞榭并歌台，
珠帘遍卷，评头品足，颜色不如你。

【说明】

这首诗和下一首诗都是杜牧于大和九年（835）离扬州赴长安时赠别妓女之作。杜牧在扬州时经常流连于歌楼妓馆，这首小诗赞美一位年少的歌妓，格调流于轻亵。这种风情艳丽的作品和咏赞纯真爱情的诗篇不可同日而语，但"豆蔻"一句比喻形象生动，成为后人不断引用的典故。

其 二

多情却似总无情①，唯觉樽前笑不成②。
蜡烛有心还惜别，替人垂泪到天明。

【注释】

①"多情"句:言多情人当分别之际满怀愁绪默然相对,反似无情。
②"唯觉"句:言饯别宴上满怀离愁别恨,虽面对美酒难以欢笑。樽:酒杯。

【译诗】

欢聚时曾经是那样多情,
分手时默默无语却似乎无情。
饯别宴上,
面对美酒我欲笑不成。
蜡烛有心尚懂得依依惜别,
替人垂泪直到天色黎明。

【说明】

这首诗写饯别之时黯然消魂的离愁别恨。以拟人化的手法写蜡烛替人垂泪,极为生动巧妙,婉曲有致。

金 谷 园①

杜 牧

繁华事散逐香尘②,流水无情草自春。
日暮东风怨啼鸟, 落花犹似坠楼人③。

【注释】

①金谷园:西晋卫尉石崇的别墅。在今河南洛阳市东北金谷涧。
②香尘:据王嘉《拾遗记》载,石崇用沉香屑铺在象牙床上,让姬妾在上面行走,没有足迹的便赏给珍珠。
③坠楼人:据《晋书·石崇传》载,石崇有一心爱的歌妓叫绿珠,美艳绝伦且善吹笛。孙秀向石崇求绿珠,石崇断然拒绝。孙秀一怒之下便捏造罪名派兵收捕石崇。石崇正在楼上设宴,见兵已到,便对绿珠说:"我今为尔得罪。"绿珠哭道:"妾当效死君前。"遂跳楼而死。

【译诗】

繁华的往事,
随着香尘早已散尽。
任凭世事沧桑,
春草依然碧绿,
流水照样潺潺。
傍晚时分,
东风送来鸟儿哀怨的啼叫。
飘飞的落花,
犹如当年坠楼之人。

【说明】

金谷园是西晋富豪石崇的别墅,石崇经常在这里大宴宾客,成为一时名胜,唐时园已荒废。作者凭吊古迹,看到当年无比豪华的名园如今只余一片荒草,不禁想起当年石崇在这里极尽奢侈的生活和他与绿珠的悲惨结局,在写景之中寄托了深深的感慨。

边上闻胡笳[①]（选一首）

杜 牧

何处吹笳薄暮天,塞垣高鸟没狼烟[②]。
游人一听头堪白,苏武争禁十九年[③]。

【注释】

①边上:边塞上。胡笳:古代西北少数民族乐器。

②塞垣:边塞的城墙。狼烟:古代边塞上报警的燧烟,用狼粪燃烧,其烟直上。没狼烟:淹没在狼烟之中。

③苏武:汉武帝派往匈奴的使节。匈奴单于百般威胁利诱,苏武始终坚贞不屈,被送到北海(今俄罗斯贝加尔湖)牧羊十九年,历尽艰辛困苦,于始元六年(前81)回到长安。争禁:怎么经受得起。

【译诗】

傍晚时分,
不知什么地方吹起了胡笳。
边塞城墙上空高飞的鸟儿,
正淹没在滚滚狼烟之中。
旅人听此凄凉的笳音,
会难过得鬓发皆白。
汉代使者苏武,
如何经受得起十九年的囚禁。

【说明】

本篇为《边上闻胡笳》三首中的第一首。诗的前两句,写边上闻笳的感受以及边塞地区的悲凉情景。诗的后两句,赞叹汉朝使者苏武的坚贞气节。作者这样写,实际上是表现他对晚唐时期国力衰竭、武备松弛、边防空虚的不满,写得很含蓄。

题乌江亭①

杜 牧

胜败兵家事不期, 包羞忍耻是男儿②。
江东子弟多才俊③,卷土重来未可知④。

【注释】

①乌江亭:在今安徽省和县东北,项羽因兵败在此自杀。
②包羞忍耻:善于克制,忍受羞耻。
③江东:指江南苏州一带,为项羽起兵的地方。
④未可知:尚难预料。

【译诗】

战争形势错综复杂胜败很难预测,

忍辱负重能屈能伸才是真正大丈夫。
江东自古俊杰辈出物产更丰饶,
重整旗鼓卷土再来胜负尚难说。

【说明】

这是一首咏史诗。作者来到乌江亭边,不禁想起楚汉战争中的两位英雄——项羽和刘邦。作者赞扬刘邦能够忍辱负重,善于用人,最终赢得了战争的胜利。批评西楚霸王项羽刚愎自用,心胸狭隘,最终落得兵败自杀。告诫人们应从中吸取教训。

山 行

杜 牧

远上寒山石径斜, 白云生处有人家。
停车坐爱枫林晚①,霜叶红于二月花②。

【注释】

①坐:因为。
②霜叶:枫叶。这句说,深秋的枫叶比春天的鲜花还红艳。

【译诗】

深秋我独自上山石路弯曲盘旋,
白云缭绕的地方尚有几户人家。
停车徒步是为了欣赏枫林的晚景,
霜后的枫叶比二月之花还要红艳。

【说明】

这是一首优美的景物诗,抒发了作者热爱大自然的感情。诗的前两句写秋山远景,把一幅白云缭绕的景象呈现在读者眼前。而这幅景象却不是单调清幽的,在那"白云生处"的深山之中,仍然尚

"有人家"，从而显示了生命的活力。后两句着力写一片火红的枫林，分外艳丽，全诗把秋天的景物写得活灵活现，使这首诗具有开朗高远的意境，成为人们传诵的佳作。

清　明[①]

杜　牧

清明时节雨纷纷，路上行人欲断魂[②]。
借问酒家何处有？牧童遥指杏花村[③]。

【注释】

①清明：农历二十四节令之一，在三月上旬，阳历的四月四日或五日。
②欲断魂：指非常愁苦。
③杏花村：杏花深处的村庄。

【译诗】

清明时节，
春雨纷纷扬扬，
道路上的行人，
心情更加愁苦忧伤。
我问路边的牧童：
"这里的酒店在什么地方？"
牧童用手远指，
说是在那杏花盛开的村庄。

【说明】

这首诗未收入杜牧的诗集，《全唐诗》也未收录，但经后人论证，认为是杜牧的作品，因此我们在此选入。诗人以通俗自然的语言，鲜明生动的艺术形象，优美含蓄的意境，表达了"清明时节雨纷纷"这一特定环境中行人的思绪和愿望。全诗不事雕琢,清新自然,耐人寻味。

瑶 瑟 怨[①]

温庭筠

冰簟银床梦不成[②],碧天如水夜云轻。
雁声远过潇湘去[③],十二楼中月自明[④]。

【作者介绍】

温庭筠(约812—866),本名岐,字飞卿,太原祁(今山西省祁县)人。晚唐时期著名诗人、词人。由于得罪权贵,在政治上一直不得志,晚年做过县尉、国子监助教这样一些小官。他的诗大多写闺情,以艳丽精巧见长,也有一些清丽作品。有《温飞卿诗集》。

【注释】

①瑶瑟:用玉装饰的华丽的瑟。
②冰簟(diàn电):凉席。
③潇湘:湘水和潇水,在今湖南省。
④十二楼:传说昆仑山上有五城十二楼,本是仙人居住的地方。此处借指诗中主人公所居住的华丽高楼。

【译诗】

银饰的绣床冰凉的席,
好梦难成遥望天际。
碧空澄澈如水,
夜云在轻轻飘移。
鸿雁声声,
向潇湘楚地飞去。
皎洁的明月,
照在她华丽的高楼里。

【说明】

这首诗写一个女子在秋凉之夜难以成眠,望着澄碧的夜空,听着远去的雁鸣,她更觉孤寂凄凉。只有在闺楼上对着明月独弹瑶瑟以寄怨情。

夜雨寄北①

李商隐

君问归期未有期, 巴山夜雨涨秋池②。
何当共剪西窗烛③,却话巴山夜雨时。

【作者介绍】

李商隐(813—858),字义山,号玉谿生,怀州河内(今河南省沁阳县)人。唐文宗开成二年(837)进士。他是晚唐时期的一位重要诗人。他的诗构思新颖,想象奇妙,语言清丽,色彩浓艳,意境含蓄,韵味隽永,能以短小的篇幅,容纳丰富的思想内容,具有强烈的艺术感染力。他擅长近体,以七律成就最高,绝句也写得很好,与杜牧并驾齐驱,人称"小李杜"。

李商隐处在政治腐败的晚唐时期,一生大部分时间都在牛僧孺、李德裕朋党之争中度过。这位关心政治和国家命运的诗人,不幸被卷入朋党倾轧的旋涡之中,成了无辜的牺牲者,因此而受到排斥并为此而感到非常苦闷。这也就是他的诗常带有怅惘伤感的情调以及有些诗含意隐晦的重要原因。有《李义山诗集》和《樊南文集》。

【注释】

①寄北:指寄给在北方的妻子。

②巴山:亦称大巴山,其山脉横亘于今陕西、四川两省边境。此泛指巴蜀之地。

③何当:何时。剪烛:剪去烛花,使烛光明亮。西窗:住室西边的窗户。

【译诗】

你问我何时能北还,
对此我也很难断言。
今夜里巴山秋雨连绵,
屋外的池塘均已涨满。

何日方能西窗之下,
与你一道剪烛夜谈,
回叙当初巴山之夜,
我的一腔绵绵思念。

【说明】

　　这是作者旅居巴蜀（今四川省）时寄给妻子的诗。作者接到妻子的来信询问他的归期，望着窗上绵绵的秋雨，他不禁心神飞驰，想象着归家后和妻子在西窗下剪烛夜话，向她诉说自己在巴山夜雨时长夜难眠思念亲人的愁苦。这首诗内容并不复杂，而诗人的内心活动，对未来的希望和设想却表现得非常具体和深沉，艺术构思颇具匠心。

为　　有

李商隐

为有云屏无限娇①，凤城寒尽怕春宵②。
无端嫁得金龟婿③，辜负香衾事早朝④。

【注释】

①云屏：镶有云母的屏风。
②凤城：古时对京城的别称。
③金龟婿：佩金龟袋的丈夫。据《唐书·职官志》，唐武则天时，改诸官所佩鱼为龟，三品以上高官可佩金饰龟袋。

④衾:被子。

【译诗】
有云母镶成的华贵屏风,
有如花似玉美丽动人的娇妻。
当京城冬寒退去,
谁不为春宵短暂而惋惜。
不料嫁给了当朝权贵,
春日里每当晨曦初露,
眼看着丈夫去上早朝而无可奈何,
只是辜负了身下温馨柔软的锦被。

【说明】
如李商隐许多诗篇一样,这首诗也用诗的头两个字作标题。本诗抒写官宦之家的闺怨。冬去春来本应令人欣喜,然而却因嫁给了金龟之婿,丈夫每天要去早朝,香衾独处,怎能不使她抱怨呢?本诗与王昌龄的"悔教夫婿觅封侯"有异曲同工之妙。

隋　宫①

李商隐

乘兴南游不戒严②,九重谁省谏书函③。
春风举国裁宫锦④,半作障泥半作帆⑤。

【注释】
①隋宫:隋炀帝杨广在江都(今江苏省扬州市)兴建的行宫。
②南游:指隋炀帝从长安出发多次到江都游幸。
③九重:指皇帝所居的深宫。这里借指杨广。省(xǐng):审察。谏书函:密封的谏书。这句说:隋炀帝以至高无上的威严怎会去理睬臣下的劝谏呢?

④宫锦：宫廷用的高级锦缎。
⑤障泥：马鞯（jiān）。披在马鞍旁屏障泥土的东西。

【译诗】

乘着极高的兴致南下漫游，
为显示太平盛世沿途竟不戒严！
凭着天子至高无上的威严，
哪里会理睬朝臣们的劝谏。

当春风在大地上荡漾的时候，
竟命令全国百姓裁剪宫锦，
一半用作屏障泥土的鞍鞯，
一半用来缝制游船的篷帆。

【说明】

这是一首咏史诗。前两句选取隋炀帝拒谏这一典型事例，来刻画他不顾国家安危、人民疾苦，一意孤行荒淫暴虐的面目，更以"不戒严"三字，勾画出这个昏君的骄狂之态。后两句借"举国裁宫锦"这一典型细节的描写，揭露了隋炀帝为满足私欲耗尽民财民力的罪行。全诗寓批判于客观事实的描述中，诗意含蓄而深刻。

瑶　　池①

李商隐

瑶池阿母绮窗开②，《黄竹》歌声动地哀③。
八骏日行三万里④，穆王何事不重来⑤。

【注释】

①瑶池：古代神话中西王母居住的地方。传说西王母曾在此设宴招待周穆王。

②阿母：即西王母。西王母又称玄都阿母。
③《黄竹》：据《穆天子传》载，周穆王南游至黄竹路上，看到百姓在冰天雪地中挨冻，曾作《黄竹歌》三章以哀民。
④八骏：相传周穆王有八匹骏马驾车，能日行三万里。
⑤"重来"句：据《穆天子传》载，周穆王离瑶池时，曾和西王母相约，三年后将重到瑶池。因穆王已死，故不能重来。

【译诗】
西王母居住在瑶池仙殿，
她推开华丽的窗户把穆王翘盼。
只听见哀怨的黄竹歌声，
把神州大地深深震撼。
穆王的八匹骏马日行三万里，
为何他一去就再不回还？

【说明】
唐朝有不少皇帝热衷于所谓长生不老之术，唐武宗就是服食"仙丹"而丢掉性命的。这首诗借咏周穆王会见西王母的传说故事，并增构了西王母盼不到他重来的情节，说明即使神仙也无法使常人逃脱死亡，从而对晚唐统治者求仙炼丹以图长生的愚蠢荒唐行径作了辛辣的嘲讽。

嫦　　娥①

李商隐

云母屏风烛影深，长河渐落晓星沉②，
嫦娥应悔偷灵药，碧海青天夜夜心。

【注释】
①嫦娥：神话传说中后羿之妻，因偷吃了后羿从西王母处得到的不

死之药而奔往月宫。
②长河：银河。

【译诗】
云母屏风笼罩在深深的烛影里，
银河渐渐隐去，晨星也将沉没。
遥望天际，我思绪万端，
想必嫦娥一定在后悔偷吃灵丹。
面对着广漠无边的碧海青天，
怎能不感到孤寂清寒。

【说明】
这首诗历来众说纷纭，解释各异。从诗意看，作者似乎是借写嫦娥偷吃灵药来抒发自己的某种悔恨和孤寂之感。

贾　生[①]

李商隐

宣室求贤访逐臣[②]，贾生才调更无伦[③]。
可怜夜半虚前席，不问苍生问鬼神。

【注释】
①贾生：即贾谊（前200—前168），西汉著名的政论家、文学家。曾被贬长沙。
②宣室：殿名，汉未央宫前殿正室。逐臣：被放逐之臣，此指被贬长沙的贾谊。
③才调：才气。

【译诗】
汉文帝访求贤才，

在宣室里召见贬逐的臣民。
贾谊才华横溢，
天下没人能与他相提并论。
夜半时分二人谈得非常投机，
文帝不时把身子向前靠近。
可惜问的不是富民强国之道，
而是把鬼神之事不停地探询。

【说明】

这首诗借咏汉文帝召见贾生之事，对封建帝王弃置贤才的行为进行了辛辣的讽刺。前两句以欲抑故扬的手法，叙述文帝求贤，使人以为下面必有关于国计民生大事的咨询。三四句却转而指出文帝"不问苍生问鬼神"的事实，讽刺意味极深。汉文帝史称有道明君，尚且如此，其他君主自然更不值一提。作者在伤痛贾生不幸遭遇的同时也寄寓了自己怀才不遇的感情。

登乐游原①

李商隐

向晚意不适②，驱车登古原③。
夕阳无限好，只是近黄昏。

【注释】

①乐游原：唐时著名的游览区，在今西安市东南郊，为长安城地势最高处，登此处可眺望全城。
②向晚：傍晚。意不适：心绪不佳。
③古原：指乐游原。

【译诗】

傍晚时分我心绪不佳，

独自驾车登上了乐游原。
夕阳西下景色无限美好，
只可惜黄昏已渐渐降临。

【说明】

　　这是一首久负盛名的佳作。诗人心情悒郁，独自驱车登上古原以排遣愁闷，见到夕阳绚丽的景色，诗人的心得到了慰藉。然而诗人无力挽留住美好的事物，于是他发出深深的慨叹"只是近黄昏"。诗人所处的时代已是国运日下的晚唐，正是"近黄昏"，因此诗人的慨叹不仅对自然景象而发，也是对时代对自己的命运而发，其涵义是十分深刻的。

霜　月

李商隐

初闻征雁已无蝉①，百尺楼高水接天。
青女素娥俱耐冷②，月中霜里斗婵娟③。

【注释】

①征雁：由北方南下的大雁。
②青女：传说中主管霜雪的仙女。素娥：嫦娥。
③婵娟：美好的容态。

【译诗】

刚刚听到大雁南飞，
寒蝉便已销声匿迹。
信步高楼，
举目遥望，
霜雪与月色交映，
犹如碧波连着天宇。

青女素娥俱皆耐寒,
月中霜里共斗俏丽。

【说明】

诗人把大雁南飞、寒蝉匿迹、霜月辉映等时令特征,和想象中仙女比美的情景融合在一起,渲染了深秋季节寥廓、清丽、高爽的自然景象。

引 水 行

李群玉

一条寒玉走秋泉①,引出深萝洞口烟②。
十里暗流声不断③,行人头上过潺湲④。

【作者介绍】

李群玉,字文山,生卒年不详。澧州(今湖南澧县)人。举进士不第,后以布衣游长安。唐宣宗大中八年(854)曾上表献诗,得到宰相裴休赏识,授弘文馆校书郎,不久即辞官回家。其诗善羁旅山水之作,词采清丽,情致婉转,形象生动。《全唐诗》录存其诗三卷,有《李群玉集》。

【注释】

①寒玉:清冷的玉石。这里形容竹筒碧绿光洁。秋泉:形容山泉甘冽澄澈。

②萝:指洞口外的藤蔓植物。烟:指洞口外似烟雾般的水汽。

③暗流:指泉水在竹筒里流动,行人在下面只听得水响而看不到它。

④潺湲:水慢流的样子。

【译诗】

碧玉似的竹筒又长又圆，
清冽的山泉被引向田间。
十里长的山路盘旋曲折，
暗流在行人头上潺潺不断。

【说明】

这首诗以清丽的语言，形象的比喻，描绘了一千多年前修建的引水工程，充分显示了我国劳动人民在利用自然改造环境中的聪明才智。

河湟有感[①]

司空图

一自萧关起战尘[②]，河湟隔断异乡春。
汉儿尽作胡儿语[③]，却向城头骂汉人。

【作者介绍】

司空图（837—908），河中虞县（今山西虞县）人。咸通十年（869）中进士。长期隐居不仕，其诗多为离乱忧国之作。

【注释】

①河湟：指黄河及湟水。
②萧关：在今宁夏固原县北。
③胡儿：指吐蕃。

【译诗】

自从萧关战火弥漫，
滚滚尘烟直冲云天。
河湟以西尽被侵占，

异地的春天被完全隔断。
被俘的汉人无可奈何,
只好说起胡人的语言。
跟着胡人站立城头,
竭力辱骂汉人的祖先。

【说明】

这首诗写河湟地区久被吐蕃占据所造成的情况:百姓涂炭,汉人被迫说起胡语,站在城头,随胡人一起谩骂汉人。表达了作者对唐室衰微和边将无能的不满。

渡 汉 江①

李 频

岭外音书绝②,经冬复立春。
近乡情更怯, 不敢问来人。

【作者介绍】

李频,字德新,生卒年不详。睦州寿昌(今浙江建德县)人。大中八年(854)进士,任校书郎,为南陵主簿,迁武功令。后为建州(治所在今福建建瓯县)刺史,卒于官。其诗多写山水和离别之情。著有《建州刺史集》。

【注释】

①汉江:即汉水。源出陕西,经湖北入长江。
②岭外:指大庾岭以南,即岭南。

【译诗】

独自在岭南度过了冬春,
与家人完全断绝了音讯。

如今我将要回到故乡，
心中反而畏怯万分，
不敢向前边走来的人，
将家中的消息探询。

【说明】

这首诗以浅显的语言，真实地表现出游子思乡的复杂心情。久别故乡，如今返回，本应归心似箭，欣喜异常，但因长期同家人音讯断绝，不知家里情况如何。所以越近家乡心里越胆怯，甚至不敢向前边的来人打探家中的消息。游子的心理被表现得细致入微。

马 嵬 坡①

郑 畋

玄宗回马杨妃死②，云雨难忘日月新③。
终是圣明天子事，景阳宫井又何人④？

【作者介绍】

郑畋（823—882），字台文，荥阳（今属河南）人。唐武宗会昌进士，曾任秘书省校书郎、中书舍人等。后黜为节度使，又贬梧州刺史。僖宗即位，召还兵部侍郎，后拜相。《全唐诗》存其诗十六首。

【注释】

①马嵬坡：杨贵妃缢死处。故址在今陕西省兴平县西。
②回马：指唐玄宗由蜀还长安。
③云雨：本出宋玉《高唐赋》中"旦为行云，暮为行雨"典，后多指男女之事。日月新：指玄宗子肃宗即位后，有中兴之望。
④景阳宫句：南朝陈后主闻隋兵至，乃偕其宠妃张丽华、孔贵嫔出景阳殿，入胭脂井，至夜仍为隋兵所俘。井在今南京市玄武湖畔。

【译诗】
玄宗从蜀地回到长安，
贵妃杨玉环早已离开人间。
社稷中兴自然令人欣喜，
只是难忘昔日的恩爱缠绵。

马嵬坡前忍痛割爱，
终究是天子英明果断。
不然景阳宫井的悲剧，
又将在长安重演。

【说明】
这首诗对唐玄宗与杨贵妃的爱情悲剧有所同情，但主要歌颂的是玄宗的英明果断，能在马嵬坡前听从军士的要求缢死贵妃，从而避免了陈后主宫井受辱的悲剧发生。

陇 西 行

陈 陶

誓扫匈奴不顾身①，五千貂锦丧胡尘②。
可怜无定河边骨③，犹是春闺梦里人。

【作者介绍】
陈陶（约812—约885），字嵩伯，鄱阳（今江西鄱阳）人，一作剑浦（今福建南平）人。曾举进士不第，乃浪游名山，自称三教布衣。唐宣宗大中年间，避乱入南昌西山，学道求仙，不知所终。有诗集十卷，已散佚，后人辑有《陈嵩伯诗集》一卷。

【注释】
①匈奴：这里借指当时入侵西北边地的部族。

②五千貂锦：意指五千将士。貂锦：用汉羽林军着貂裘锦衣典。

③无定河：黄河支流，在陕西省。因其溃沙急流，深浅不定，故名。

【译诗】

为了扫除匈奴边患，
将士们奋不顾身勇往直前！
不料孤军深入被敌围歼，
五千人马全部罹难！

可怜战士们的垒垒尸骨，
抛弃在荒凉的无定河畔。
闺中的少妇不知消息，
睡梦中还在与他们相见，
盼望有朝一日能够夫妻团圆。

【说明】

这首诗旨在写统治者的穷兵黩武给人民带来的痛苦，尤其给古代妇女带来的伤痛更是惨重。全诗语意深沉，摧人肺腑。

寄　人

张　泌

别梦依依到谢家①，小廊回合曲阑斜②。
多情只有春庭月，　犹为离人照落花。

【作者介绍】

张泌，字子澄，生卒年不详。淮南人。为南唐句容县尉，官至中书舍人。

【注释】

①谢家：姓谢的人家。此非专指。
②回合：回绕。

【译诗】

离别后心中把你萦绕牵挂，
睡梦中我又来到了你的家。
小廊依旧回绕，
曲栏照样横斜。
可寻遍庭院终不见你，
这怎能不叫我神伤泪下？
只有春月最是多情，
尚为我照亮地上的落花。

【说明】

这首诗描绘了一个凄寂的梦境，寄托诗人对昔日情人深深的思念。

寄　夫

陈玉兰

夫戍边关妾在吴①，西风吹妾妾忧夫。
一行书信千行泪，寒到君边衣到无？

【作者介绍】

陈玉兰，吴人，诗人王贺之妻。《全唐诗》存其诗一首。

【注释】

①吴：指今东南沿海浙、赣、苏、皖一带。

【译诗】

你在遥远的边关保卫着疆土,
我在家乡吴地为你每日祝福。
寒冷的西风吹在我的身上,
使我更为远方的丈夫担忧。
写一行信啊流千行泪,
只觉得满心的话儿总也说不够。
眼看着寒冷降临到你身边,
我寄去的棉衣不知收到没有?

【说明】

这首诗通过写季节的寒暑变化,表达了后方妻子对戍守边关的丈夫的无限思念与关怀。全诗语意浅近,字字含情,读之感人。

汴河怀古[①]

皮日休

尽道隋亡为此河,至今千里赖通波。
若无水殿龙舟事,共禹论功不较多。

【作者介绍】

皮日休,字逸少,后改袭美,生卒年不详,襄阳(今湖北省襄阳县)人。唐懿宗咸通八年(867)进士,曾任著作郎、太常博士等官。后来参加黄巢领导的农民起义军,为翰林学士。死因不明。其诗文与陆龟蒙齐名,人称"皮陆"。部分诗篇暴露统治阶级的腐朽,反映人民所受的压迫和剥削。有《皮子文薮》十卷。

【注释】

①汴河:指汴州(今河南开封)附近的一段运河,也称汴水。

【译诗】

人们都说隋朝的灭亡，
是因为开凿了这条运河，
然而，南北交通，千里运输，
至今还得依靠这迢迢碧波。

如果没有大造龙舟滥建行宫之事，
如果不是为了游山玩水肆意淫乐，
单凭开发运河这项浩大的工程，
与大禹相提并论也毫不为过。

【说明】

如何评价隋炀帝？自隋亡以来，人们一直是贬，认为他是一个横征暴敛、肆意淫乐、不管人民死活的暴君。然而正是这样一个暴君，却开凿了一条贯穿南北、为后世的经济发展起了不可估量作用的大运河。正因为此，作者才一反常规，给隋炀帝以新的评价。认为他如果不去营造龙舟，不是为了游山玩水，那么单凭开凿运河这项浩大的工程，其功绩便可与远古时代的治水英雄大禹相媲美。

淮上与友人别①

郑 谷

扬子江头杨柳春，杨花愁杀渡江人。
数声风笛离亭晚②，君向潇湘我向秦③。

【作者介绍】

郑谷，字守愚，生卒年月不详，宜春（今江西省宜春县）人。光启进士，官都官郎中，人称郑都官，又以《鹧鸪诗》得名，人称郑鹧鸪。其诗多写景离别之作，风格清新通俗。原有集，已散佚，存《云台编》。

【注释】

①淮上：淮水之上。
②风笛：从风里传来的笛声。离亭：古人送别的地方，因筑有亭，故称离亭。
③潇湘：二水名，都在今湖南省境内。秦：今陕西一带，实指京城长安。

【译诗】

扬子江头，
杨柳一片青青。
飘荡的杨花，
布满了天空。
渡江的人，面对此景，
缭乱的心绪更加沉重。

暮霭笼罩着离亭，
晚风中传来凄怨的笛声。
而此时此刻，朋友啊，
我们就要分手，
你，要去潇湘，
我，将去京城。

【说明】

这首诗是诗人在扬州和友人分手时所作。和通常的送别诗不同，这首诗写的是两人各赴前程、即将分手时的心情。

焚 书 坑①

章 碣

竹帛烟销帝业虚②，关河空锁祖龙居③。
坑灰未冷山东乱④，刘项原来不读书。

【作者介绍】

章碣，桐庐（今浙江省桐庐县）人，生卒年不详。其诗多为七律，绝句写得也很好。诗中多激愤慷慨之音。《全唐诗》存其诗二十六首。

【注释】

①焚书坑：秦始皇焚烧诸子百家之书的地方，在今陕西省西安市以东。
②竹帛：古人用竹简绢帛书写文字，泛指书籍。
③祖龙：指秦始皇。
④山东：崤山和函谷关以东，即战国末年秦以外六国的地盘。

【译诗】

竹简帛书被付之一炬，
大秦帝国从此便走向崩溃。
雄关大河紧锁在帝都周围，
依然阻挡不了灭亡的命运。
焚书坑中的灰烬尚未冷却，
崤函以东已有人揭竿而起。
谁料葬送秦朝江山的人，
竟是不读诗书的刘邦项羽。

【说明】

这首诗就秦末的动乱局面，对秦始皇为保嬴氏子孙万代江山不变而大肆焚书的愚蠢行动进行了辛辣的嘲讽和无情的谴责。指出刘邦、项羽虽然不读诗书，但埋葬秦王朝的正是他们。

蜂

罗 隐

不论平地与山尖①，无限风光尽被占。
采得百花成蜜后，为谁辛苦为谁甜？

【作者介绍】

罗隐（833—909），原名横，字昭谏，新登（今浙江省桐庐县）人，一作余杭（今浙江余杭）人。屡试进士不中，遂改名为隐。曾投奔吴越王钱镠，官至谏议大夫。其诗多有讽刺现实之作，因多用口语，故少数作品能流传于民间。有诗集《甲乙集》，后人辑有《罗昭谏集》。

【注释】

①山尖：山峰，山头。

【译诗】

无论是平川还是山头，
无限春光它尽情占有。
采得百花酿成佳蜜，
劳动果实却无法享受。
翻山越岭奔波忙碌，
不知为谁辛苦为谁造福？

【说明】

这首诗以浅显洗炼的语言，通过描写蜜蜂整日忙忙碌碌、采花酿蜜供人享受这一自然现象，表现作者对劳动者不得食、不劳动者却享受他人劳动成果这一社会现实的不满。

金 钱 花[①]

罗 隐

占得佳名绕树芳，依依相伴向秋光。
若教此物堪收贮，应被豪门尽劚将[②]。

【注释】

①金钱花：草本植物，夏秋开花，花色金黄，形如铜钱。
②劚（zhú）：砍。将：语助词。

【译诗】
拥有一个美好的名字，
散发着令人迷醉的芳香。
朵朵花儿簇簇相依，
向着秋光竞相开放。
假如此物
真能像金钱一样使用收藏，
那么此花
一定会被豪门掘尽砍光。

【说明】
这是一首咏物寄意的诗。它通过咏金钱花，把豪门地主贪得无厌、残酷无情的本性表现得淋漓尽致。

西　　施[①]

罗　隐

家国兴亡自有时[②]，吴人何苦怨西施？
西施若解倾吴国，　越国亡来又是谁？

【注释】
①西施：春秋时越国美女，越王勾践因战败曾把她献给吴王夫差，施美人计。自己则卧薪尝胆，最终打败吴国。
②时：时运，运数。

【译诗】
自古国家的兴亡都是由其运数决定，
吴国的灭亡自不例外何苦要怨恨西施？
如果说吴国的倾覆是由于西施的原故，
那么后来越国的灭亡又是由谁造成？

【说明】

这首诗一反"女人是祸水"这一传统观念，认为国家的兴亡更替都是由其时运决定的，反对把吴国的灭亡归罪于西施。作者一贯反对嫁祸于妇女的态度，由此可见。

自　遣

罗　隐

得即高歌失即休①，多愁多恨亦悠悠②。
今朝有酒今朝醉，　明日愁来明日愁。

【注释】

①得：得意。失：失意。
②悠悠：指很难熬受。

【译诗】

得意时需要高歌就放声高歌，
失意时再想行乐就为时已过。
愁恨交集时岁月是那样的漫长，
寂寞无聊苦闷空虚实在叫人难熬。
今朝有酒今朝且一醉方休，
明日的忧愁烦恼明日再说。

【说明】

作者仕途坎坷，屡应进士而不中，于是作《自遣》，聊以自慰。这首诗表现了他仕途失意后的颓唐情绪，其中也包含有作者愤世嫉俗之意。本诗反映了旧时代知识分子一种典型的人生观，故为历代文人传诵。

再经胡城县①

杜荀鹤

去岁曾经此县城， 县民无口不冤声。
今来县宰加朱绂②，便是生灵血染成。

【作者介绍】

杜荀鹤（846—907），字彦之，自号九华山人。池州石埭（今安徽省石埭县）人。出身寒微，中年始中进士。最后得到梁太祖朱温的赏识，被任为翰林学士，不久即逝世。其诗质朴自然，语意浅近，不少诗篇反映了唐末军阀混战局面下的社会矛盾和人民的悲惨境遇。有《唐风集》。

【注释】

①胡城县：唐时县名，故址在今安徽省阜阳县西北。
②朱绂（fú）：唐朝四品官服，为深绯色。

【译诗】

去年我路经此县城，
满耳尽闻冤屈声；
今年我又经此县城，
县令反而被提升。

只见他四品官服身上穿，
趾高气扬把胸挺，
怎知道身上绯红色，
本是百姓血染成！

【说明】

作者在这首诗中，以自己两次经过胡城县的所见所闻，深刻地揭露了唐末社会吏治的黑暗。

蚕 妇

杜荀鹤

粉色全无饥色加,岂知人世有荣华!
年年道我蚕辛苦,底事浑身着苎麻①?

【注释】

①底事:何事,为何。苎麻:苎麻布做的衣服。

【译诗】

饥饿的脸上别无脂粉,
怎知道世上还有荣华。
年年都说我养蚕辛苦,
为何我没有绸缎只着苎麻?

【说明】

这首诗通过描写蚕妇的悲惨命运,深刻地揭露了当时社会贫富悬殊的不合理现象。后两句通过蚕妇之口,表达了她们对统治阶级剥夺她们劳动果实的强烈不满和怨恨。

送日本国僧敬龙归①

韦 庄

扶桑已在渺茫中②,家在扶桑东更东。
此去与师谁共到? 一船明月一帆风。

【作者介绍】

韦庄(约836—910),字端己,长安杜陵(今陕西西安市东南)人。乾宁进士,曾任校书郎、左补阙等职。晚年入蜀,在王建部下做官。唐亡后，王建在蜀称帝，韦庄做了前蜀的宰相。病死于成都。他的诗多怀旧伤今之作，词语清丽，包蕴丰富。有《浣花集》。

【注释】

①敬龙：从日本来到唐朝的学问僧。
②扶桑：古人对日本的别称。

【译诗】

日本国远在浩渺的东海洋，
而你的家尚在日本最东的地方。
此次回国，
谁将与你做伴同行？
但愿皎洁的明月为你照亮航程，
一帆顺风送你早日回到故乡。

【说明】

这是一首送别诗。当日本学问僧敬龙学成回国时，诗人预祝他一帆风顺，早日回到家乡，表达了诗人良好的祝愿和诚挚的友情。

台　城

韦　庄

江雨霏霏江草齐，六朝如梦鸟空啼①。
无情最是台城柳②，依旧烟笼十里堤。

【注释】

①六朝：三国吴、东晋、宋、齐、梁、陈，六朝都建都金陵。
②台城：也称苑城，故址在今南京市玄武湖边，原为六朝时城墙。

【译诗】

霏霏细雨洒落江面，

岸边水草平齐茂密。
六朝繁华如梦似幻,
惟见鸟雀枉自鸣啼。
台城杨柳最是无情,
任凭世事盛衰兴废。
碧绿如茵绵绵无垠,
如烟笼罩十里长堤。

【说明】

这是一首凭吊六朝古迹的诗。作者来到台城城头,面对霏霏细雨、萋萋水草、长堤烟柳,联系现实,吊古伤今之情油然而生,字里行间透露出对晚唐国力衰微的深深悲叹。

已 凉

韩 偓

碧阑干外绣帘垂,猩色屏风画折枝①。
八尺龙须方锦褥②,已凉天气未寒时。

【作者介绍】

韩偓(844—923),字致尧,京兆万年(今陕西省西安市)人。唐昭宗龙纪元年(889)进士,历任翰林学士和兵部侍郎等职。因不附朱全忠,贬濮州司马,再贬荣懿尉,徙邓州司马。天祐二年复官,迫于朱全忠的权势,不敢赴召,到福建投靠王审知而卒。

韩偓以写香艳诗著称,以律诗为主,风格清丽,辞采富艳。有《香奁集》。

【注释】

①猩色:猩红的颜色。折枝:中国花卉画表现方法之一,不画全株,仅画折下的部分。

②龙须：属灯心草科，其茎可织席。褥：被垫。

【译诗】
碧绿的栏杆外绣帘低垂，
猩红色的屏风上雕饰着美丽的花卉。
华贵的锦缎褥子上，
铺有八尺见方的龙须草席。
这暑热退去的初秋天气，
已凉未寒，正合人的心意。

【说明】
每年夏去秋来之际，都要经过一个已凉未寒的过渡阶段。此时，炎威已经消除，天气开始凉爽，却不使人感到寒意。这似乎是一年中最舒适的时期。

自沙县抵龙溪县，值泉州军过后，村落皆空，因有一绝①

韩　偓

水自潺湲日自斜②，尽无鸡犬有啼鸦。
千村万落如寒食③，不见人烟空见花。

【注释】
①沙县、龙溪县：即今福建沙县、龙溪县。抵：至。泉州：故址在今福建省泉州市。
②潺湲：水缓缓流动的样子。
③寒食：寒食节。参见韩翃《寒食》注①。

【译诗】
绿水依旧潺潺湲湲，

太阳照样东升西落。
田畴阡陌,
听不到鸡鸣狗吠,
满耳尽是乌鸦的尖叫。

千村万户,冷落萧条,
如寒食节一般寂寥。
放眼望去,
看不见一户人烟,
枉自入目的,
只是荒野中的闲花野草。

【说明】

这首诗是作者于五代梁开平四年(910)避难闽中时所作。描写了作者自沙县至龙溪县一路所见的农村残破景象。本诗从一个侧面反映了李唐王朝覆灭后,各地军阀抢占地盘,致使千村万落,人烟灭绝,鸡犬全无,深刻地揭露了军阀混战给人民造成的罪恶。

题 菊 花

黄 巢

飒飒西风满院栽①,蕊寒香冷蝶难来②。
他年我若为青帝③,报与桃花一处开。

【作者介绍】

黄巢(?—884),曹州冤句(今山东菏泽)人。盐商出身,能文能武。因不满唐朝腐败统治,于乾符二年(875)领导农民起义。起义军转战黄河、长江、珠江流域,于公元880年攻入长安,建立大齐政权。后因叛徒出卖战败,退入山东莱芜自杀。《全唐诗》存其诗三首。

【注释】

①飒飒：秋风的声音。
②蕊（ruǐ）：花心。
③青帝：古代传说中的司春之神。

【译诗】

秋风瑟瑟，
菊花在庭院中盛开。
阵阵冷香随风飘散，
却无法得到蝴蝶的青睐。

假如有朝一日，
我能成为司春之神，
那我一定改变这不公平的世界，
让菊花在春光中与桃花一同盛开。

【说明】

这首诗歌颂了菊花的高尚品格，托物言志，抒发了作者改变世界、主宰自然的伟大抱负。菊花盛开在秋天，不能和春日的桃李争艳，但它却经得起风霜的考验。这种不畏风雨，迎霜怒放的精神，受到了作者的同情和赞赏。

不第后赋菊①

黄 巢

待到秋来九月八②，我花开后百花杀③。
冲天香阵透长安，满城尽带黄金甲④。

【注释】

①不第：落第。即应进士考试落榜。

②九月八：农历九月八日，是重阳节九月九日的前一天。古人在重阳节有赏菊的习俗。这里不用"九月九"而用"九月八"，是为了押韵。

③杀：凋谢。

④黄金甲：比喻菊花盛开。当菊花盛开时，黄色的花瓣像身着金色铠甲的战士一样。

【译诗】

待到九月八日那一天，
百花凋谢，秋色惨淡，
此时，只有我圣洁的菊花，
正迎霜怒放，争奇斗艳。

馥郁的芳香随风飘散，
浸透了京城的大街小巷，
到那时啊，黄色的花瓣，
就像身着金甲的战士布满长安。

【说明】

这是一首用比兴手法写的托物言志的诗。作者进士落榜后，愤慨于唐王朝的腐败统治，遂作此诗。诗中的菊花象征农民起义军，前两句比喻一旦义军兴起之后，唐王朝将像百花凋谢一样迅速崩溃。后两句寄托着作者的希望，象征起义军将来占领长安后的壮观情景。全诗表现了作者藐视李唐王朝，并决心推翻它的雄心壮志。

社　日①

王　驾

鹅湖山下稻粱肥②，豚栅鸡栖半掩扉③。
桑柘影斜春社散，家家扶得醉人归。

【作者介绍】

王驾（851—?），字大用。河中（今山西省永济县）人。唐昭宗大顺元年（890）进士，官至礼部员外郎，后弃官归隐，自号"守素先生"，与司空图、郑谷友善。绝句流畅而富巧思，极为司空图所推崇。

【注释】

①社日：指春社日。春社日在立春后的第五个戊日。古时农家在这一天要祭祀社稷神，以祈祷丰年。
②鹅湖山：在江西省铅山县境内，山上有湖，湖中多荷，原称荷湖山；晋末有垄氏养鹅在此，遂改名鹅湖。
③豚：猪。

【译诗】

鹅湖山下的稻粱，
长得又壮又肥，
社日里的猪棚鸡窝，
都半掩着柴扉。
当夕阳西下，
桑树的影儿歪斜，
这时候，喝醉酒的人们，
都被家人扶归。

【说明】

本诗描写了当地人民五谷丰登之年，在社日这一天祭祀土神后的场面。

金 缕 衣①

杜秋娘

劝君莫惜金缕衣， 劝君惜取少年时。
花开堪折直须折②，莫待无花空折枝！

【作者介绍】

杜秋娘（生卒年不详），杜牧《杜秋娘诗序》说是唐金陵人，本为节度使李锜妾，善唱《金缕衣》，曾入宫，受宠于宪宗。穆宗即位，命其为皇子傅母。后又回乡，穷老无依。

【注释】

①金缕衣：古曲调名。
②直须：就须。

【译诗】

请你不必去爱惜金线织成的华丽衣裳，
请你珍惜少年时代的美好时光。
当春光明媚鲜花盛开的时候，
你一定要尽情采撷，
切莫等到春残花谢时，
把无花的空枝攀折。

【说明】

此诗作者《全唐诗》作无名氏，诗实是叫人们不要重视荣华富贵，而要爱惜少年时光。过去有人认为是宣扬及时行乐的颓废思想，这是一种误解。全诗语言似平淡而有味，诵读起来琅琅上口，故而能够历久不衰，广为流传。

塞　上

柳　开

鸣骹直上一千尺①，天静无风声更干②。
碧眼胡儿三百骑③，尽提金勒向云看④。

【作者介绍】

柳开（946—999），字仲涂，自号东郊野夫、补亡先生。大名（今属河北）人。提倡韩愈、柳宗元的散文，反对宋初的华靡文风；为宋代古文运动倡导者。他的诗文质朴，有《河东先生集》。

【注释】

①鸣骹（qiāo）：一种响箭。
②声更干：声音更加响亮，清脆。
③碧眼胡儿：指金兵。
④金勒：镶金的有嚼口的马络头。这句说，那一队胡人听见半天里一声响箭，都拉紧缰绳，把坐骑勒住。

【译诗】

一只响箭来得无影无踪，
呼啸着直刺万里云空。
天上白云凝聚没有一丝微风，
只有响箭的声音啸鸣在苍穹。
一队高鼻蓝眼的胡人骑兵，
正在窥探宋朝的边境。
惊得猛然拉紧了缰绳，
呆望着白云飘浮的天空。

【说明】

这首诗是柳开的名作，诗人通过对一个瞬间场面的描摹，给人以美的艺术享受。他的笔下虽无刀剑相交，仅响箭一支，但人们从这支来无影去无踪的响箭中，可以感受到诗人某种自豪的心理和高亢的精神，这是宋初国势相对强盛的现实在当时人们精神上的反映。

柳 枝 词

郑文宝

亭亭画舸系春潭①，直到行人酒半酣②。
不管烟波与风雨③，载将离恨过江南。

【作者介绍】

郑文宝,(953—1013)字仲贤,汀洲宁化(今属福建)人。太平兴国八年进士。他的诗在宋初颇有名气,风格轻盈柔软,不脱晚唐、五代格调,为欧阳修、司马光所称赏。

【注释】

①亭亭:高高耸立的样子。画舸:装饰华丽的船。系春潭:指船系于春日潭边的柳树上。
②行人:即将上路远行的人。半酣:酒兴未尽。
③烟波:烟雾苍茫的水面。

【译诗】

高高的画船轻飘在绿水春潭,
拴船的柳枝轻拂微荡。
为远行的朋友举杯话别,
言未尽,酒未酣,
征帆就要启航。

迎斜风,顶飞雨,
任凭那烟波渺茫。
满载着一船离恨别愁,
驶向遥远的江南。

【说明】

这首诗描写了好友别离的伤感情景,构思非常巧妙,意境也很优美。特别是句尾,作者所表现的"离恨"不露筋骨,显得风流蕴藉,将抽象的"离恨"化为有形的可以被"载"的东西,使得"离恨"很有分量,压在人的心头。这种手法对后世诗词创作影响很大。

清　明

王禹偁

无花无酒过清明，　兴味萧然似野僧①。
昨日邻家乞新火②，晓窗分与读书灯③。

【作者介绍】

王禹偁（954—1001），字元之，济州巨野（今山东省巨野县）人。世代务农。宋太平兴国八年（983）进士，官至翰林学士知制诰。因批评时政引起了当权者不满，八年中三次遭贬。王禹偁是北宋早期著名的文学家，宋初诗文革新的倡导者。他反对晚唐、五代浮靡文风，主张诗学杜甫、白居易，文学韩愈、柳宗元，继承和发扬了唐代文学反映现实的传统。

【注释】

①萧然：索然，形容乏然无味。
②新火：古时习俗，清明前一天或二天禁火寒食，到清明节再起火，称为"新火"。
③晓：天亮。分：分配，给予。

【译诗】

无心赏花芳，难得闻酒香，
这个清明过得真忧伤。
贫寒的日子哪来乐趣，
生活清苦如同一个野和尚。

昨日从邻家借来新的火苗，
点燃油灯放出微微的光芒。
相伴我的还有心爱的书籍，
拂晓的窗扉仍透出点点灯光。

【说明】

诗中以质朴的语言，形象地描绘了一个穷书生的贫困生活。清明时节，有钱人纷纷去郊外踏青，赏花饮酒，而他却兴味索然，清苦得像个游方和尚，只好从邻家借火点亮油灯读书，一直读到拂晓的晨光与油灯交相辉映。由于作者世代务农，早年生活清苦，这首诗是诗人生活的真实写照。

畲 田 调① （选一首）

王禹偁

鼓声猎猎酒醺醺②，斫上高山入乱云③。
自种自收还自足， 不知尧舜是吾君④。

【注释】

①畲（shē）田：古时山地流行的一种原始耕作方法，即先把草木砍倒，烧灰作为肥料，就地耕种。
②猎猎：形容击鼓声。
③斫：砍伐。
④尧舜：即帝尧和帝舜，传说中的我国古代部落联盟首领，这里代指皇帝。

【译诗】

开山的鼓声在高山丛莽中咚咚响起，
农人们喊着粗犷的号子带着满身酒气。
伐木烧山，开荒劳作，
齐心协力直上那高耸的山脊。
自己耕种来自己收益，
靠我们的劳动足食丰衣。
这样的生活无拘无束多快乐，
就是尧舜这样的好皇帝对我们也没有意义。

【说明】

这首畲田调是诗人藉当地民歌的格调,融会了民歌通俗清新、悠扬生动的特点而创作的新歌词,展现了一幅欢乐而又热情洋溢的垦畲图:随着山风吹来的阵阵鼓声和高亢的田歌,劳动者互相勉励、齐心协力地劳动着,简括而又着力地渲染出了改山造田的磅礴气势。

书河上亭壁①(选一首)

寇　准

峰阔樯稀波渺茫②,独凭危槛思何长③。
萧萧远树疏林外, 一半秋山带夕阳。

【作者介绍】

寇准(961—1023)字平仲,下邽(guī)(今陕西省临渭区)人,北宋宰相。他的诗,风格独特,韵味深长。

【注释】

①此题诗共有四首,分别吟咏四季景物,这一首写的是秋景。河:黄河。
②樯(qiáng):船的桅杆。
③危槛(jiàn):高高的栏杆。

【译诗】

峰峦起伏连绵直接天边,
几点白帆在缥缈烟波中闪现。
我独自倚傍着亭廊高高的栏杆,
眺望着黄昏的景象思绪万千。

远方的树木稀疏一片昏暗,

在大山的阴影下微微摇颤。
一抹绛红色的余晖,
洒向那半边秋日的远山。

【说明】

这首诗描写了北方深秋落日的美景,通过对连绵起伏的山峰、河上游弋的点点舟帆,以及夕阳辉映下的秋日树林的描绘,隐隐地传达出了一个遭贬谪的诗人的愁情。

呈 寇 公①

茜 桃

一曲清歌一束绫②,美人犹自意嫌轻③。
不知织女萤窗下④,几度抛梭织得成⑤。

【作者介绍】

茜(qiàn)桃,寇准的侍妾。公元1010年前后在世。

【注释】

①呈:献给。寇公:寇准,两次担任宰相,坚决主张抗击辽贵族的入侵。
②一束:一捆,一匹。绫:一种丝织品。
③犹自:还是。
④萤窗:光线像萤火那样微弱的小窗口。
⑤抛梭:织机上的梭子抛过来抛过去。

【译诗】

宴席上的歌女唱一支清歌曼曲,
就能赏到一匹美丽的罗绫。
俊俏的歌女仍满脸不悦,
嫌这样的赏赐分量太轻。

她哪知道织绫女子的艰辛,
在那小窗透过的萤火般的月光里,
织绫的梭子无数次地抛来掷去,
才能织出美丽的绫罗一匹。

【说明】

北宋著名政治家寇准的生活非常豪华奢侈,常在宴会上叫人拿绫赏给歌女们。作者写这首诗,对他进行讽劝,表现了茜桃对不合理现象的指责和对织女的同情。

秋江写望①

林 逋

苍茫沙嘴鹭鸶眠②,片水无痕浸碧天③。
最爱芦花经雨后, 一篷烟火饭渔船④。

【作者介绍】

林逋(967—1028),字君复,钱塘(今浙江杭州)人。早年浪游江淮间,后归杭州,隐居孤山二十年,种梅养鹤,终身不娶,称为"梅妻鹤子"。其诗风格淡远,给人一种幽寂的意境。

【注释】

①写望:描写眼前的景物。
②沙嘴:沙滩突出的一角。
③浸:映照。
④饭渔船:正在做饭的渔船。

【译诗】

沙滩缓缓地伸向江中,
一抹淡淡的雾霭飘浮在低空。
几只鹭鸶在静静地睡眠,

如镜的水面微波不兴，
仿佛溶入了湛蓝的天穹。

最让人喜爱的是那片片芦花，
经过雨水的洗刷白净无瑕。
缕缕炊烟从渔船上冉冉升起，
岸边停泊着水上人家。

【说明】

这首诗描写了一派静谧的秋江景色：只只鹭鸶安静地在沙滩上打盹，一切景物都很安静，水平如镜连一丝涟漪都没有。片片芦花被刚刚下过的雨水洗涮得白净晶莹，十分惹人喜爱。但作者通过对渔船上升起的缕缕炊烟的描写，把这寂静的世界点活，使人由静见动，回味无穷。

自作寿堂，因书一绝以志之[①]

林 逋

湖上青山对结庐[②]，坟前修竹亦萧疏[③]。
茂陵他日求遗稿[④]，犹喜曾无《封禅书》[⑤]。

【注释】

①寿堂：指灵堂。志：记录，表白。
②结庐：指寓所。
③萧疏：稀落清冷的样子。
④茂陵：汉武帝刘彻的陵墓，后人常以此作为汉武帝的代称，这里代指北宋朝廷。
⑤封禅书：司马相如死后，汉武帝曾从他家中取到一卷谈封禅之书。所言不外歌颂汉皇功德，建议举行"封泰山，禅梁父"的大典。林逋借古喻今，表明决不像司马相如那样希宠求荣。

【译诗】

活着住在草屋只面对青山绿水，
死后愿坟前仅有冷清的竹影相随。
皇帝以后若来寻找我留下的文字，
很高兴我从不写诗章为皇帝歌功赞美。

【说明】

这首诗最早曾书于林逋自作寿堂壁上，是他临终明志之作。诗人概述了自己一生淡于荣利和孤高自赏的品格。诗中所表白的，就林逋一生言行看，堪称真实写照，所透出的是一股高逸淡远之气。

得 山 雨

梅尧臣

急雨射苍壁①，溅林跳万珠。
山根水壅壑②，漫窍若注壶③。

【作者介绍】

梅尧臣（1002—1060），字圣俞，宣城（今属安徽省）人，北宋的现实主义诗人。官做到都官员外郎，参加过《新唐书》的编写工作。和苏舜钦齐名，在当时被称为"苏梅"，又和欧阳修是好朋友，都是诗歌改革运动的推动者，对宋代诗风转变影响很大。他的诗能够从多方面来反映社会生活，风格平淡朴素而又含蓄深刻，在当时声望很高。

【注释】

①苍壁：古老的墙壁。
②壅：堵塞，这里是灌满的意思。壑：山沟。
③漫窍：涨到洞穴。注壶：像注进壶水一样，直往下灌。

【译诗】

暴雨伴着雷声从天而降，
狂风吹雨飞箭似地射向古老的山墙。
雨滴溅落到林中的树叶上，
像无数晶莹的珍珠在林中跳荡。

大水沿着沟壑横冲直撞，
在大大小小的洞穴中流淌。
如同往壶中灌水一样，
顷刻间山脚下一片汪洋。

【说明】

这首诗写的是山区忽降暴雨时的景象：山雨像飞箭似地射到古老的墙壁上，落到树林中又溅起像珍珠般的雨点。顷刻间雨水汇成滚滚山洪，涨满沟渠，漫过洞穴，势不可挡，诗的构思生动，刻画细致入微，写出了山区急雨的特征。

陶　　者[①]

梅尧臣

陶尽门前土[②]，屋上无片瓦。
十指不沾泥，鳞鳞居大厦[③]。

【注释】

①陶者：指烧制陶器的人，这里指烧瓦工。
②陶：通"掏"，挖的意思。
③鳞鳞：形容大厦顶上的瓦像鱼鳞一样。

【译诗】

挖光了门前的泥土烧制瓦砖，

住不上有一片砖瓦的房间。
那些双手从不接触泥土的人，
住的大房却铺满鱼鳞般的瓦片。

【说明】

这首诗描写的是劳动人民辛苦生产的果实被剥削者掠夺的不合理的社会现象。作者用短小精悍的形式，深刻地揭示了封建社会的基本矛盾。只用事实对照，不加评论，发人深省。

丰乐亭游春三首①（选一首）

欧阳修

红树青山日欲斜，长郊草色绿无涯②。
游人不管春将老，来往亭前踏落花。

【作者介绍】

欧阳修（1007—1072），北宋著名的散文家和诗人。字永叔，别号醉翁，庐陵（今江西省吉安市）人。自幼家贫好学，曾任枢密副使，参知政事。做官后由于参加朝廷内部政治斗争，站在比较进步的范仲淹政治集团一边，屡次被降职边远的地方去。他是北宋诗文革新运动的领导人，提倡古文，奖励和选拔人才，像王安石、苏洵、苏轼、曾巩等人都是他扶植培养出来的作家。他的散文富有阴柔之美，为"唐宋八大家"之一。诗学李白、韩愈，古体高秀，近体妍雅。词婉丽，承袭南唐余风。

【注释】

①丰乐亭：现在安徽省滁县西南琅琊山幽谷泉上，是欧阳修在那里做官时建造的，他有一篇散文《丰乐亭记》记载这件事。
②长郊：广阔的郊野。无涯：没有边际。

【译诗】

火红的树叶像燃烧着一样，
青翠的山峦伸向远方。
披着晚霞的夕阳渐渐西沉，
碧绿的芳草连绵无尽，
春天的田野显得格外宽广。

踏青的游人熙熙攘攘，
并不留意春天的消亡。
丰乐亭前终日来往，
践踏着飘零地下的花芳。

【说明】

这首诗表达了作者的恋春之情，把对春天的眷恋之情写得既缠绵又酣畅。诗的前两句写景，后两句抒情，明朗活泼而又含意深刻。

画 眉 鸟

欧阳修

百啭千声随意移[①]，山花红紫树高低。
始知锁向金笼听[②]，不及林间自在啼。

【注释】

①百啭千声：形容画眉鸟叫声多种多样。随意移：叫声时高时低，忽快忽慢，随意变动，不受任何限制。
②锁向金笼：关在华丽名贵的鸟笼里。

【译诗】

林中画眉无忧无虑地歌唱，
婉转的歌声随风传扬。

参差错落的树木枝叶扶疏,
五彩缤纷的花朵处处开放。

才知住着华丽鸟笼由人养,
欢歌献媚等待主人赏。
哪如在林间自由飞翔,
欢歌啼唱那样快乐舒畅。

【说明】

这首即景诗是作者被贬到滁州(今安徽省滁县)时写的,描写山中的画眉鸟叫声清脆,婉转悦耳,把鸣禽与艳花写得有声有色。诗人通过描写画眉鸟在林中与在笼中啼叫声音的不同,表达了作者感到远离权贵、徜徉于山水之间过着无拘无束的生活反而自在的心情。

淮中晚泊犊头①

苏舜钦

春阴垂野草青青②,时有幽花一树明③。
晚泊孤舟古祠下④,满川风雨看潮生⑤。

【作者介绍】

苏舜钦(1008—1048),字子美,绵州盐泉(今四川绵阳东)人,后来迁居开封。曾受范仲淹推荐,到朝中任小官。终因冒犯权贵而被免职,隐居苏州沧浪亭。他的诗歌与梅尧臣齐名,写了一些反映现实的作品。他常用散文的笔法做诗,风格雄健豪放。

【注释】

①淮中:淮河中,犊(dú)头:淮河边的一个地名。
②春阴:春天的阴云。

③明：新鲜夺目。
④古祠：古庙。
⑤满川：整条河上。生：涨起来。

【译诗】

沉沉阴云笼罩着春日的原野，
青翠遍地的小草在微风中摇曳。
挺立草丛的小树偶尔开放淡雅的白花，
在阴云衬托下显得洁白似雪。

风雨黄昏中一叶小舟悄然停歇，
临傍在苍凉古庙的断垣残堞。
斜风挟着急雨向河面倾泻，
坐在舱里默默看着潮水哗哗跳跃。

【说明】

这首诗以细致的笔触，描绘了春天风雨在傍晚降临河边的景色。阴云、青草、幽树、繁花、孤舟、古祠、风雨、潮水，构成了一幅苍劲悠远的画卷。这首诗在意境和句式上可以明显感到唐代诗人韦应物《滁州西涧》的影响，但意境较之更为开阔。

题花山寺壁①

苏舜钦

寺里山因花得名， 繁英不见草纵横②。
栽培剪伐须勤力③，花易凋零草易生④。

【注释】

①题壁：把诗写在墙上。
②繁英：繁盛的鲜花。草纵横：杂草丛生。

③剪伐：剪掉砍去，指对花枝进行修剪，除去残枝败叶。
④凋零：凋谢零落。

【译诗】

寺旁鲜花曾缤纷，
大山由此得美名。
昔日繁花无踪影，
满目荒芜草森森。

剪枝培土草锄尽，
好花长成要靠功夫勤。
美好事物像花一样易凋零，
丑恶东西如同野草处处生。

【说明】

诗中就有名的花山寺繁花衰落、野草丛生的景象，深深地感慨道，花木必须时刻注意修整，才能茂盛生长，不被野草侵蚀。以一个简单的事情来说明深刻的哲理。

小　桧①

韩　琦

小桧新移近曲栏②，养成隆栋亦非难③。
当轩不是怜苍翠④，只要人知耐岁寒⑤。

【作者介绍】

韩琦（1008—1075），字稚圭，相州安阳（今属河南省）人。宋仁宗时任陕西经略招讨使，和范仲淹共同抗御西夏，保卫北宋的西北疆域，时称"韩范"。他虽不是纯粹的诗人，诗却写得平易朴素，意味深长。

【注释】

①桧：桧柏，常绿小乔木。
②曲栏：庭院中曲折的栏杆。
③隆栋：栋梁材。
④轩（xuān）：窗户。怜：喜爱。
⑤耐岁寒：抵抗严寒。这里借指艰苦的生活和斗争。

【译诗】

小小桧柏在严冬依旧绿意盎然，
移植到庭院靠近曲折的栏杆。
浇水培土使它长成参天大树，
这样的事情并不难。

小小桧柏栽在窗前，
不是由于喜爱它的青翠不凡。
只是想能常常看见，
风雪中它卓然挺拔抗御严寒。

【说明】

这首诗借庭院里栽植小桧柏的事情，表明作者的胸怀，不是为了闲情逸致，玩物丧志，而是借以吸取精神力量，陶冶情操。

咏　柳

曾　巩

乱条犹未变初黄，　倚得东风势便狂①。
解把飞花蒙日月②，不知天地有清霜③。

【作者介绍】

曾巩（1019—1083），字子固，建昌南丰（今江西南丰县）人，与苏轼同登进士。曾巩在文学上主要以散文知名，名列"唐宋八大家"之一。由于他的文章非常有名，而诗才常被人忽视。曾巩的诗做得也很好，其七绝清新简练，有王安石的风致。

【注释】
①倚：仗恃，依靠。狂：猖狂。
②解把：解得，懂得。飞花：柳絮。
③清霜：指秋冬季寒霜降临。

【译诗】
低垂的杨柳刚刚挺起身影绽出欢颜，
柔枝细叶的茸茸嫩黄还没改变，
就趁着东风势头正健，
枝条飞荡起舞闹翩跹。

只道是柳絮飘扬遍天旋，
遮空蔽日漫欺天。
却不知等到清秋寒霜降，
枝残叶落处处让人嫌。

【说明】
这首诗写柳絮趁着东风，到处飞扬，铺天盖地的景色，写得十分生动有趣，抓住了柳絮的特色，使之性格化，借以讽刺那种得志便猖狂的现象。

城　南

曾　巩

雨过横塘水满堤①，乱山高下路东西。
一番桃李花开尽，　惟有青青草色齐。

【注释】

①横塘：古塘名，在今南京城南秦淮河南岸。

【译诗】

满天哗哗地降下了春雨，
溢满横塘漫过了岸堤。
大水挟着风雨从乱山高处流下，
倾泻而去各奔东西。

经历了狂暴风雨的冲刷洗涤，
桃李的花芳已飘零坠落化作残泥。
只有池塘岸边柔弱的小草，
依旧那样齐整挺立青翠欲滴。

【说明】

这首诗描写了雨中及雨后的景色。前两句非常简炼准确地反映雨量大和来势猛的特点，写出大雨壮美的气势。后两句以雨后最常见的景致，暗示一种哲理：柔弱的小草虽然不如桃李艳丽，却更坚强，有着旺盛的生命力。寄托深远，婉约多蕴。

西　楼

曾　巩

海浪如云去却回，北风吹起数声雷。
朱楼四面钩疏箔①，卧看千山急雨来。

【注释】

①钩：挂起来。疏箔：稀稀的竹帘。

【译诗】

阵阵浪涛一次次拍击着海岸,
像天空的乌云一样往复滚翻。
北风狂啸着横冲直撞,
隆隆雷声偕伴着霹雳电闪。

依山傍海的高高红楼上,
四面的竹帘卷起窗扉开敞。
斜倚楼边观望遍野倾泻的暴雨,
冲刷涤荡远方重峰叠嶂的山峦。

【说明】

这首诗描写海滨暴雨来临前的自然景色。写出了山雨欲来风满楼的氛围和气势,展示了作者豪迈的情怀。全诗语言简朴,极有气势。

题西太一宫壁二首①(选一首)

王安石

柳叶鸣蜩绿暗②,荷花落日红酣③。
三十六陂春水④,白头想见江南⑤。

【作者介绍】

王安石(1021—1086),字介甫,临川(今属江西省)人,北宋著名的政治家,诗人。公元1070年,被宋神宗赵顼任命为宰相后,力排众议,实行变法主张,但受到保守派的攻击。其文雄健峭拔,为"唐宋八大家"之一。其诗遒劲清新,修辞精炼,常运用散文的句法入诗,对后来宋诗的发展起了很大影响。

【注释】

①西太一宫:道教庙宇,宋仁宗天圣时期所建,在今河南省开封县

西八角镇。
②蜩（tiáo）：蝉。
③酣：浓。
④陂（bēi）：山坡。
⑤白头：白发，指诗人自己。

【译诗】

知了在浓浓的树荫中低语，
繁茂的柳叶溢出深深的绿意。
荷花伸出水面亭亭玉立，
在夕阳的余晖中红得更加浓郁。

宫旁环绕着夏日的渠水，
却像江南春水一般净美。
如今我已白发爬满头，
更加思念与江南相会。

【说明】

熙宁元年（1068），王安石奉神宗之召入京，准备变法，重游西太一宫，触景生情，写下了两首诗，这是其中一首。诗中描述了作者期望实施新法后三十六陂地区将出现好年景。

泊船瓜洲①

王安石

京口瓜洲一水间②，钟山只隔数重山。
春风又绿江南岸③，明月何时照我还④。

【注释】

①瓜洲：在今江苏省邗江县南长江北岸，和京口隔长江相望。间：间隔。

②京口：今江苏省镇江市。
③绿：吹绿了。
④还：回到（钟山家里）。

【译诗】
春夜里我伫立瓜洲岸边，
隔着长江眺望着京口的夜晚。
这里相距钟山只隔几座山丘，
顺流而下瞬间即到我的家园。

和煦的春风处处吹遍，
染绿了长江南岸的平原丘峦。
皎洁的月亮冉冉升起，
何时再送我回到我依恋的钟山。

【说明】
这首诗是王安石从外地返回金陵（今南京）在瓜洲停留时所作。全诗感情真挚，境界优美，韵调悠扬。特别是"春风又绿江南岸"一句中的"绿"字几经修改，是作者不断追求完美的著名例证。

钟山即事

王安石

涧水无声绕竹流，竹西花草弄春柔①。
茅檐相对坐终日②，一鸟不鸣山更幽③。

【注释】
①弄春柔：在春意中摆弄柔软姿态的意思。
②茅檐：指茅草房。
③幽：幽静。

【译诗】

小溪沿着山涧默默流淌,
环绕着青翠的竹林走向远方。
簇簇山花在竹林西边迎风招展,
青青小草柔嫩得像茸茸绿毯。

茅屋伴我从清晨到夕阳入林,
沉醉在这佳辰美景。
树上的鸟儿也停止了鸣叫,
整个青山显得更加宁静。

【说明】

这首即景小诗,有浓厚的田园风味,反映了诗人山居环境的寂静和恬淡的生活情趣。诗的最后一句套用了梁代王籍的"鸟鸣山更幽"的名句,只是略加改动,反用其意,又不落俗套,读起来给人以新颖之感。

郊　行

王安石

柔桑采尽绿阴稀①,芦箔蚕成密茧肥②。
聊向村家问风俗③,如何勤苦尚凶饥④?

【注释】

①柔桑:嫩桑。
②芦箔:用芦苇或芦竹编的养蚕工具。
③聊:暂且。风俗:这里指年景、收成。
④凶饥:凶年饥岁,也就是年景不好遭饥荒的意思。

【译诗】

嫩嫩的桑叶渐渐采光,
桑树的绿荫已遮不住太阳。
芦箔上的蚕儿又肥又胖,
在密密麻麻的蚕茧里藏。

村里顺便问老乡:
一年一度的收成怎么样?
这样辛苦这样忙,
为什么还会闹饥荒。

【说明】

这首诗前两句写春天养蚕人辛勤劳动,蚕茧收成很好。但后两句笔锋一转反问,为什么辛勤劳动,且喜获丰收,却要像灾年一样遭饥荒。这首诗揭露了北宋社会的黑暗,也表达了作者对劳动人民的同情和爱怜之心。

出　　塞[①]

王安石

涿州沙上饮盘桓[②],看舞《春风小契丹》[③]。
塞雨巧催燕泪落[④],蒙蒙吹湿汉衣冠[⑤]!

【注释】

①塞:边界。指宋和辽交界的地方。
②涿(zhuō)州:今河北涿县。沙上:沙丘,指北方平原。饮:饮酒,进餐。盘桓:逗留。
③春风小契丹:契丹族的歌舞。
④燕泪:指燕地百姓流下的眼泪。
⑤汉衣冠:指宋朝使臣的衣着。

【译诗】

我出使到北方的涿州，
在广漠的沙丘上饮酒应酬。
看着契丹人轻歌曼舞，
周围的一切使人心揪。

边塞的风雨是这样凄凉忧愁，
燕地的百姓望着我们热泪长流。
禁不住自己的愤慨忧伤，
眼泪伴着细雨打湿了我的衣袖。

【说明】

宋仁宗嘉祐五年（1060）春天，作者作为宋朝使臣伴送辽使到北方去，写下这首诗和下面一首诗，记述见闻感怀。这首写进入辽区，下一首写离开辽区，都是凄凉雨天的场面。辽方有歌有舞，北方老百姓的心情却大不一样，他们看到宋朝使臣都哭了起来，好像雨水把泪水催落下来一样，宋朝使臣深受感动，也跟着掉泪。这两首诗写出了作者对北方沦陷区人民的深切同情和满腔悲愤。

入　塞

王安石

荒云凉雨水悠悠，鞍马东西鼓吹休①。
尚有燕人数行泪②，回身却望塞南流！

【注释】

①鼓吹：这里指乐曲。
②燕人：指燕地百姓。

【译诗】

乱云低垂，凄雨霏霏，
河水呜咽着一去不归。
边关送行的乐声渐渐消退，
马上的官员各奔南北。

燕地的百姓噙着热泪，
伴送着南来的使者远远相随。
回返的人们一步一回头，
遥望着南去的行人涕泪横飞。

【说明】

这首诗着重写了燕地百姓给宋朝使臣送行的场面。双方来到了边界上，就要相互分手各奔东西，音乐停止演奏了，燕地的百姓远望南方，不禁回身伤心落泪。

书湖阴先生壁①

王安石

茅檐长扫静无苔②，花木成畦手自栽③。
一水护田将绿绕， 两山排闼送青来④！

【注释】

①湖阴先生：是王安石钟山住宅的邻居。
②长扫：经常打扫。
③畦（qí）：田地分成小格子。
④排闼（tà）：闯进门来。闼：门。

【译诗】

幽静的庭院，主人收拾常打扫，

处处洁净见不到一片青苔。
红的花，绿的树，高低错落一排排，
全是主人亲手栽。
一条潺潺的小溪蜿蜒徘徊，
绿油油的农田水中一块块。
两座青翠的野山势如扑开门，
送将春色满庭来。

【说明】

这首诗通过描写庭院的清幽雅洁，赞美了园主人不同寻常的风格与品格。特别是最后一句，诗人运用了拟人化手法，把山色入室描绘得相当生动活泼，表现了高度的艺术技巧，成为今古传诵的名句。

元 日①

王安石

爆竹声中一岁除②，春风送暖入屠苏③。
千门万户曈曈日④，总把新桃换旧符⑤。

【注释】

①元日：指农历正月初一。
②一岁除：一年过去。
③屠苏：古代用屠苏草泡制的一种酒。
④曈曈：形容太阳的光芒。
⑤新桃换旧符：古人在桃木板上画门神肖像或写上门神名字，悬挂在大门上，称为桃符，认为它可以镇压"鬼魅"避邪，后来演变为贴春联。

【译诗】

竹筒在炉灶里噼噼啪啪点燃，

爆竹声中告别往昔的一年。
兴高采烈的人们畅饮屠苏酒，
沐浴着无限春风送来的温暖。

朝阳携万道霞光跃出遥远的天边，
辉洒人间门户万万千。
崭新的桃符家家门上高悬，
祝福新的一年吉祥如愿。

【说明】

这首庆祝元日的七言绝句，写得生动活泼，绘声绘色，生活气息很浓。诗中通过对百姓除旧迎新、更换桃符的描写，暗示作者对革除旧制实行新政的坚定信念和愉快心情。

饮湖上，初晴后雨①

苏 轼

水光潋滟晴方好②，山色空蒙雨亦奇③。
欲把西湖比西子④，淡妆浓抹总相宜⑤。

【作者介绍】

苏轼（1037—1101），字子瞻，一字和仲，号东坡居士，眉州眉山（今属四川）人。苏轼是北宋多才多艺的作家，其文汪洋恣肆，为"唐宋八大家"之一。尤擅长诗词，词的境界阔大，开创了豪放的词派，对后代词作发生很大影响。他的诗风格雄浑，语言奔放，挥洒自如，想象丰富，具有浓厚的浪漫主义色彩。

【注释】

①饮湖上：在湖上饮酒。
②潋滟：水波满溢摇荡的样子。方：这里有很、最的意思。

③空蒙：云雾迷茫的样子。
④西子：即西施：春秋时代越国美女。
⑤淡妆：淡素的装束。浓抹：浓艳的打扮。总相宜：都很相称。

【译诗】

阳光下粼粼波光在水面上闪耀，
晴空丽日的西湖如此美好。
山峰云雾缭绕，湖上烟霭缥缈，
雨中的西湖也同样美丽奇妙。

如果以西子比西湖的美貌，
不管是浓妆的妖娆，
还是淡抹的俊俏，
都是这样的完美协调。

【说明】

这首诗，作者抓住了夏季西湖时晴时雨的风光特点，惟妙惟肖地勾画出雨过天晴的西湖景致。更用美妙的联想，把西湖和西施相比，贴切又富有诗意，所以西湖从此赢得了"西子湖"的美名。

六月二十七日望湖楼醉书①

苏 轼

黑云翻墨未遮山②，白雨跳珠乱入船。
卷地风来忽吹散，望湖楼下水如天③。

【注释】

①望湖楼：在杭州西湖的西岸。书：写。
②翻墨：乌云翻滚。
③水如天：雨过天晴，水天一色。

【译诗】

乌云从天边涌来似一池浓墨泼翻，
只有远处的山巅仍依稀可见。
急骤的雨滴像跳动的珍珠一般，
纷纷溅洒进水上的游船。
一阵大风突然席地而卷，
驱散乌云收走雨帘。
望湖楼下波平水静，
映照着碧空如洗的蓝天。

【说明】

这首诗描写了一场突如其来的风雨变幻，形象生动地展现了六月里西湖的风光特色。诗中倾注着作者对大自然的无限感情，也可看出作者描写景致的深厚功力。

题西林壁[①]

苏 轼

横看成岭侧成峰， 远近高低各不同。
不识庐山真面目[②]，只缘身在此山中[③]。

【注释】

①题壁：写在墙上。西林：庐山寺名。
②庐山：在今江西省九江市南，为著名的避暑胜地和风景区。
③只缘：只因。

【译诗】

横看是一座层峦叠嶂的山岭，
侧观是一个陡峭峻拔的高峰。
从高处鸟瞰或低处仰视，

从远处眺望或近处细观,
所见的庐山各不相同。
我已经领略过大山各处的风景,
但仍然不知道庐山的真实面容。
只因处身于这座大山之中,
不能跳出山外观庐山的整个身影。

【说明】

本篇描写了庐山峰峦重叠、变化多姿的景色。"不识庐山真面目,只缘身在此山中"两句,形象地写出了"当局者迷,旁观者清"的哲理,所以常被人们称引。

惠崇《春江晓景》①

苏　轼

竹外桃花三两枝，春江水暖鸭先知。
蒌蒿满地芦芽短②，正是河豚欲上时③。

【注释】

①惠崇:宋代名僧,工于绘画,也能诗。《春江晓景》是他所作的一幅山水画。

②蒌蒿:野菜名,可以烹鱼。芦芽:芦苇的初芽,又叫芦笋,可食。

③河豚:鱼名,肉味鲜美,但内脏等有毒。上:上市。

【译诗】

青翠的竹林飒飒做响,
林边几枝红灿灿的桃花迎春绽放。
溶溶江水在春风中荡漾,
已知水暖的鸭群水中嬉戏正忙。

葱郁的蒌蒿长满岸旁,
芦苇的嫩笋刚刚冒出土壤。
肥美的河豚逐着春潮而上,
正可以让人捕捞品尝。

【说明】

这首题画的小诗,把江南水乡的早春风光,形象地展现读者眼前。语言朴素明快,生活气息很浓。诗中"春江水暖鸭先知"一句点活了画面,是诗人细致观察生活的结果,一直受到读者的喜爱。

郿　　坞①

苏　轼

衣中甲厚行何惧②,坞里金多退足凭③。
毕竟英雄谁得似? 脐脂自照不须灯④!

【注释】

①郿坞（méi wù）：董卓建造的土堡,故址在今陕西省眉县渭河北岸,墙高丈余,周围有一里多,里面藏过大量的金银珍宝和粮食。董卓死后被毁。
②甲：软甲,指董卓常在袍内暗穿软甲防身。
③退：退路。足凭：足够依靠。
④脐脂：董卓体胖,被王允、吕布杀死后,在长安市上暴尸示众。人们对他恨之入骨,在他的肚脐眼上燃火当作灯点。

【译诗】

自以为长袍内暗暗穿着厚软甲,
以此防身平日什么都不怕。
自以为大量财宝郿坞里藏,
金钱和粮食都不缺乏,

一旦战败凭此退守无牵挂。

董卓风云叱咤实可夸,
如此的英雄无比真不假。
不用另外点灯就能照自己,
肚脐眼上灯芯插,
肚里肥肥的板油当灯蜡。

【说明】

东汉末年,董卓把持朝政,残暴专横,无恶不作;最后兵败身死,被陈尸示众,受到应有的制裁。诗中形象生动地揭露了董卓这类奸臣的虚弱本质:虽整日为非作歹,骄横跋扈,但却坐卧不宁,时时防范被人行刺,处处考虑自己的退路。最后两句嘲笑了董卓的可耻下场。

虔州八境图[①](选一首)

苏 轼

却从尘外望尘中[②],无限楼台烟雨蒙。
山水照人迷向背, 只凭孤塔认西东。

【注释】

①虔州:治所在今江西省赣县。八境图:虔州知州孔宗翰在当地造了座石城,城上有八境台,就台上所见景物画了八幅画,由作者配了八首诗。这里是其中一首。

②尘:尘世,这里指眼前景物。

【译诗】

从画外来观照孤耸的塔景,
就像站在茫茫尘雾外望尘雾中。

只见层层台榭，亭亭楼阁，
烟雨濛濛，水气重重。

四周云环雾绕的山水让人满眼朦胧，
仿佛迷失了方向和影踪。
只能凭藉耸出云端的塔峰，
勉强辨认这里的南北西东。

【说明】

这首题画诗，描写了作者站在画外看画中景致时的观感，画中的景物笼罩在一片朦胧烟雨之中，使人扑朔迷离，只有依靠一个高塔来辨别方向了。

赠刘景文①

苏 轼

荷尽已无擎雨盖②，菊残犹有傲霜枝③。
一年好景君须记，最是橙黄橘绿时④。

【注释】

①刘景文：字季孙，开封祥符（今河南省开封市）人，苏轼对他非常欣赏，曾推荐他做官，并把他比做孔融。

②擎雨盖：指荷叶。

③傲霜：不畏寒霜。

④橙黄橘绿时：指深秋季节。

【译诗】

夏日的荷莲曾红花映日碧叶接天，
如今枯败的荷茎再不能撑起荷叶如伞。
深秋的菊花虽然花落叶残，

但那挺拔的枝干依旧傲霜斗寒。

请记住荷与菊只是在夏秋卓然不凡，
而初冬却是一年中最美好的瞬间。
金黄的橙子碧绿的橘，
历经严霜仍然欢颜不变。

【说明】

这首赠给友人的即景诗，写的是秋末冬初的自然景象，用傲霜开放的菊花来表示对刘景文与众不同的品格的敬佩。是即景抒情的名篇。

雨中登岳阳楼望君山二首①

黄庭坚

之 一

投荒万死鬓毛斑②，生出瞿塘滟滪关③。
未到江南先一笑，岳阳楼上对君山。

【作者介绍】

黄庭坚（1045—1105），字鲁直，自号山谷老人，又号涪翁，洪州分宁（今江西修水县）人。他虽是"苏门四学士"之一，但生前与苏轼齐名，世称"苏黄"。他是"江西诗派"的开创者，作诗强调学习杜甫。他的诗作自成一家，但有过分追求奇拗冷僻、忽视内容的缺点。

【注释】

①岳阳楼：在今湖南岳阳市，面临洞庭湖。君山：又叫汀山，在洞庭湖中。

②投荒：流放到偏僻荒凉的地区。万死：死里逃生。鬓毛斑：耳旁

的头发花白了。

③生入：活着回来。瞿塘滟滪（yàn yù）：瞿塘峡和滟滪堆是长江三峡中最险恶的地方。

【译诗】

我被流放到偏僻荒凉的远方，
遍历风险九死一生已两鬓苍苍。
再经过险恶的瞿塘峡和滟滪堆。
想不到还能活着返回故乡。

还未见到江南的风光，
就禁不住粲然一笑心驰神往。
登上烟雨茫茫的岳阳楼，
相隔湖光波影的君山已经在望。

之 二

满川风雨独凭栏①，绾结湘娥十二鬟②。
可惜不当湖水面③，银山堆里看青山④。

【注释】

①川：河水，这里指洞庭湖水。凭栏：靠着栏杆。
②绾（wǎn）结：盘结。湘娥：湘夫人，古代神话里的女神。传说她的神灵住在君山。十二鬟：是说君山的形状好像十二个发鬟。
③不当：到不了。
④银山：指如小山的浪涛。

【译诗】

趁着茫茫风雨濛濛云烟，
我独自凭靠在岳阳楼的斜栏。
隔着漠漠湖水眺望烟云笼罩的君山，

它的风姿恰似湘夫人盘在头上的发鬟。
可惜我不能藉着雨打浪翻，
泛舟湖上漂浮在洞庭水面。
在那峰峦相连的涛涛浪巅，
仔细观赏君山的秀色无边。

【说明】

宋徽宗即位后，诗人被赦，重新起用。从江陵返回江西的故乡，途经湖南岳阳，心情非常激动，写了这两首传诵千古的名作。这两首诗的妙处是境界雄奇，想象独特。诗人频历艰难困苦，淡然处之，依旧旷达豪放，卓然兀立。

鄂州南楼书事[①]

黄庭坚

四顾山光接水光[②]，凭栏十里芰荷香[③]。
清风明月无人管[④]，并作南楼一味凉[⑤]。

【注释】

①鄂州：今湖北武汉市武昌。书事：记事。
②四顾：向四周围望去。
③凭栏：扶靠着栏干。芰（jì）荷：出水的荷，也指荷叶或荷花。
④无人管：没有人看管。
⑤一味凉：十分凉爽、清凉。

【译诗】

登楼眺望月光下的远山与江天，
空濛的山色同闪烁的水波融成一片。
站在南楼高高的栏杆旁，
仿佛感到十里荷花四溢的清香。

凉爽的清风,皎洁的月光,
无拘无束自由自在是这样的自然。
当山光水色荷香风月一起登上南楼,
我感到了一个清凉世界的出现。

【说明】

这首诗写的是夏夜登楼眺望的情景。诗人从目光所及的远处入手,由远而近,从虚到实,由观感到触感,写得轻松自然。同时,借景抒情,含蓄地表达了希望自己像清风明月一样自由自在,达到无烦恼的清凉之境。

自还广陵[①]

秦 观

天寒水鸟自相依[②],十百为群戏落晖[③]。
过尽行人都不起, 忽闻水响一齐飞。

【作者介绍】

秦观(1049—1100)字少游,又字太虚,号淮海居士,高邮(今属江苏)人。年轻时就有名气,苏轼和王安石都赏识他,与黄庭坚、张耒、晁补之同为"苏门四学士"。他的词在当时的地位很高,诗也写得精致细密,秀丽有余,但气魄较弱。

【注释】

①广陵:扬州古称广陵。
②自相依:互相偎依在一起。
③落晖:夕阳的余晖。

【译诗】

天寒地冻水面上泛着淡淡的雾气,
水鸟互相偎依着在江畔栖息。

偶尔一群群地飞起,
追逐着夕阳的余煦。

过往的行人从旁边匆匆来去,
水鸟依然缩脖低头爱答不理。
突然似乎是鱼儿跃出水面的声响,
水鸟忽地一齐冲上天际。

【说明】

这首诗描写深秋季节江边的景象。诗人抓住人们常见的江边群鸟的举动,或静或动,写得有声有色,情趣盎然,展示了一幅秋鸟戏水图。

秋　　日（选一首）

秦　观

霜落邗沟积水清①,寒星无数傍船明。
菰蒲深处疑无地②,忽有人家笑语声。

【注释】

①邗（hán）沟:又名邗江,自扬州经高邮至淮安的一段运河。
②菰（gū）蒲:两种多年生的水生植物,生在浅水里。菰,俗称茭白。蒲,蒲草。疑无地:好像没有什么地方了。

【译诗】

淡淡的寒霜已经落满江堤,
深秋的邗江秋水澄静清澈见底。
夜空中点点星光冷冷地闪耀,
伴送着船儿姗姗漂移。
浅水中茂密的菰蒲一望无际,

朦胧夜色里似乎找不到一块陆地。
突然随风飘来阵阵笑语,
才知道草丛深处还有人家安居。

【说明】

这是秦观描写家乡秋景组诗中的一首。诗中展现了邗沟一带的泽国风光,细致地描写了秋江夜色。微霜已降,秋水方清,寒星点点,江中行舟,忽闻笑语,是何等惬意!

春　　日（选一首）

秦　观

一夕轻雷落万丝①,霁光浮瓦碧参差②。
有情芍药含春泪③,无力蔷薇卧晓枝④。

【注释】

①一夕:一个晚上,一夜来的意思。轻雷:轻微的雷声。万丝:形容纷纷细雨。
②霁光:雨过初晴,阳光出现。浮瓦:映照在屋瓦上面。参差:形容屋瓦交错的样子。
③含春泪:带着隔夜的春雨。
④卧晓枝:指早晨的花枝倒伏。

【译诗】

昨夜一阵阵轻轻的雷声,
携来丝丝细雨缕缕斜风。
雨后的朝阳照射在光洁的琉璃瓦上,
就像绿色的光芒浮动在碧玉上透亮晶莹。

一株株芍药花灿然盛开玉立亭亭,

隔夜的水珠挂在花瓣上仿佛含泪欲倾。
娇柔的蔷薇经一夜的风吹雨淋,
清晨的花枝四处倒伏陈横。

【说明】

这首诗描写雨后庭院的春色。着意刻画雨后清晨,阳光闪耀,花木鲜妍,一派清新幽雅。并采用拟人手法,赋予无知花木以栩栩生机,增强了诗的意趣。

泗州东城晚望[①]

秦 观

渺渺孤城白水环[②],舳舻人语夕霏间[③]。
林梢一抹青如画[④],应是淮流转处山[⑤]。

【注释】

①泗州:旧城在江苏省盱眙县东北淮河边上,早已沉入洪泽湖里。
②渺渺:形容距离远,望去一片迷茫不清的样子。白水环:一条白水环绕在城周围。
③舳舻:这里指大船。夕霏:傍晚的云霞。
④林梢:树林的梢头。一抹:一片。
⑤淮流:指淮河。转处:转弯的地方。

【译诗】

淡淡的烟霭笼罩着泗州城郭,
波光粼粼的河水像一条白带环绕而过。
断断续续的人语声从河上隐隐飘落,
白帆点点在朦胧的夕阳下闪烁。

一片苍翠的丛林布满远处的山坡,

晚霞辉映下林梢露出一抹青色。
那正是挡住河流去处的葱郁山峦,
淮河泛起微澜转身躲过。

【说明】

这首诗写淮河下游一个优美的水乡晚景。诗人刻画了春天傍晚登城望到的山光水色。全诗清新流畅,绘声绘色,诗情兼有画意,表现了独特风格。

十七日观潮

陈师道

漫漫平沙走白虹①,瑶台失手玉杯空②。
晴天摇动清江底③,晚日浮沉急浪中④。

【作者介绍】

陈师道(1053—1102),字履常,一字无己,号后山居士,彭城(今江苏徐州)人。陈师道是江西诗派的重要诗人,他作诗以苦吟著名,传说他闭门觅句,坐卧吟诗,反复修改,严格要求。在江西诗派中有很高的地位和广泛的影响。

【注释】

①漫漫平沙:宽阔平坦的沙岸。走白虹:潮水像白虹一样向江岸奔驰而来。
②瑶台:白玉台。据神话故事传说,仙人居住的地方,用白玉做楼台,也叫瑶台。玉杯空:玉杯里的水全部倾泻出来。
③晴天:晴朗的天空。
④晚日:傍晚的太阳。浮沉:时浮时沉。

【译诗】

白虹般的潮水冲上了辽阔的沙滩,

狂涛翻滚席卷堤岸。
好像瑶台宴请众仙的王母，
失手把玉杯中的琼浆泼洒人间。

蓝天被汹涌的浪潮摇晃，
清清的江底也被掀翻。
圆圆的落日忽上忽下地跳动，
在澎湃的白浪中沉浮簸颠。

【说明】

这首诗构思精巧，比喻新奇。诗人把江潮掀起的滔天巨浪，比喻为奔驰的白虹，将汹涌澎湃的潮水喻为仙人失手倒翻外泄的玉液琼浆，想象奇特，雄浑壮观。

流　民

晁补之

生涯不复旧桑田①，瓦釜荆篮止道边②。
日暮榆园拾青荚③，可怜无数沈郎钱④。

【作者介绍】

晁补之（1053—1110），字无咎，号归来子，济州巨野（今属山东）人。晁补之是"苏门四学士"之一。青年时期因为《钱塘七述》而得到苏轼的赏识。他的词写得很有名，风格豪放，与苏词接近。他在文学上的主要成就还在散文方面。

【注释】

①桑田：采桑种田，泛指农业生产。
②瓦釜：瓦锅。荆篮：荆条编的篮子。止：栖止，栖息。
③青荚：指榆荚，俗叫榆钱。

④沈郎钱：晋朝人沈充造的一种小钱，号称"沈郎钱"。这里形容榆钱。

【译诗】
流民们四处颠沛背井离乡，
无法继续以往的种田采桑。
携带着破烂的瓦锅草筐，
歇息在尘土飞扬的道边路旁。

榆树林中藉着落日的余光，
捡拾掉落地上的榆荚当粮。
就是小得可怜的榆钱，
也被拾来充饥度灾荒。

【说明】
这首诗反映了北宋年间农民到处颠沛流离的贫困生活。作者以沉重的笔调，白描的手法，描写了流浪的灾民的惨景。他们携老扶幼，带着瓦锅栖息在路旁，没有吃的，天晚了只有在树林里拾些小得可怜的榆荚来充饥，在死亡线上苦苦挣扎。诗中字字句句饱含着对民生疾苦的关注。

田　家

张　耒

门外青流系野船①，白杨红槿短篱边②。
旱蝗千里秋田净，野秫萧萧八月天③。

【作者介绍】
张耒（1054—1114），字文潜，号柯山，楚州淮阴（今属江苏省）人。张耒是"苏门四学士"之一，在文坛上主要以诗知名。诗受白居易、张籍的影响较大，内容充实，较能反映人民的生活。风格朴实，不做作矫饰。

【注释】
①青流：河水。
②红槿（jǐn）：一种野生灌木。
③野秫（shú）：野高粱。

【译诗】
洞开的房门正对着碧绿的河水，
一条无主小船系在岸边任凭浪打风吹。
稠密的红槿缠着高大的白杨，
围绕着荒园的竹篱墙边低垂。

才遭酷热大旱又遇蝗虫横飞，
一望无际的秋田见不到一束麦穗。
只见稀稀落落的野高粱伴着龟裂的土地，
这就是八月天收获的果实累累！

【说明】
这首诗描写了秋天田家的景象。青流、野船、红槿、矮篱，构成一片荒芜的景色。诗人笔锋一转，描写了连遭旱蝗之灾的秋田。全诗没有出现主人"田家"，但田家的悲惨命运尽在不言中。

春 游 湖①

徐 俯

双飞燕子几时回？夹岸桃花蘸水开②。
春雨断桥人不度③，小舟撑出柳阴来。

【作者介绍】

徐俯（1075—1141），字师川。自号东湖居士，洪州分宁（今江西修水）人。年幼能诗，他的写景诗，风格清丽流畅，诗属江西诗派。

【注释】

①湖：指杭州西湖。
②蘸水开：形容桃花开得水灵，如同从湖中蘸过水一样。
③人不度：人过不去。度：同"渡"。

【译诗】

燕子一对对地在湖上低旋，
春天不知何时悄悄回到人间。
临水的桃树枝条低垂伸向水面，
盛开的桃花轻点着微澜更加鲜艳。

雨后湖水漫过了堤岸，
断桥难渡碧波涟涟。
岸旁枝叶扶疏树荫浓妍，
一叶小舟缓缓从中闪现。

【说明】

这是一首写湖上春光的小诗。诗的前两句以燕子飞回、桃花临水盛开，点明了春光已经降临大地。接着写水漫堤岸好似断桥，行人难以通过，失望之中忽有一船从柳荫中撑来，游湖者的喜悦心情，溢于言表。诗虽短小，但写得婉转曲折，耐人寻味。

病　牛

李　纲

耕犁千亩实千箱①，力尽筋疲谁复伤②？

但得众生皆得饱③,不辞羸病卧残阳④。

【作者介绍】

李纲(1083—1140),字伯纪,邵武(今属福建)人。主张抵抗金人,规划革新内政,曾一度出任宋高宗赵构的宰相。后受投降派的迫害,不得志而死。他的诗写得很好,有不少爱国的作品。

【注释】

①实:充实。千箱:许许多多的粮仓。
②复:再。伤:哀怜,同情。
③众生:人们。
④辞:推辞。羸病:瘦弱多病。残阳:夕阳,这里借指晚年。

【译诗】

我一生辛勤地拉犁耕田已逾千垧,
收获的粮食装满主人的百廪千仓。
累得我瘦骨嶙峋精疲力尽,
可又有谁来表示同情哀伤。

只要天下大众都有食粮,
不再忍饥受饿四处逃荒。
我宁愿拖着瘦弱多病的身体,
独自僵卧在山岗迎接残照的夕阳。

【说明】

这首诗是李纲罢相后流放到武昌时写的。以拟人化手法,刻划了一头耕田受伤的病牛,虽然精疲力竭,但只要对人民有利,就是累死也不怨恨。这是诗人的自我写照,表现了诗人"先天下之忧而忧,后天下之乐而乐"的精神境界。

三衢道中①

曾　幾

梅子黄时日日晴②，小溪泛尽却山行③。
绿阴不减来时路④，添得黄鹂四五声⑤。

【作者介绍】

曾幾（1084—1166），字吉甫，号茶山居士，赣州（今属江西省）人，后迁洛阳。主张抗金，为秦桧排斥。他是大诗人陆游的老师，做诗学黄庭坚，但风格轻快、秀逸。

【注释】

①三衢：即三衢山，在今浙江省衢县。道中：旅途上。
②梅子黄时：指农历五月间梅子变黄的时节，长江中下游进入雨季，人们通称这时的雨为黄梅雨。
③小溪泛尽：在小溪上泛舟到了尽头。却山行：又改走山路。
④不减：差不多。
⑤黄鹂：黄莺。

【译诗】

出游正值江南梅雨时期，
可相伴我的一直是风和日丽。
在小溪泛舟溯流难行时，
便弃舟沿山间小路徒步走去。
路边的树木一片翠绿，
仍然同我来时一样浓郁。
只是在这幽静的山谷里，
增添了几声黄莺清脆的鸣啼。

【说明】

这首写旅途风光的小诗,笔调轻快,音韵和谐,生动地刻画出路径的幽深曲折和景物的变化多彩。层次井然,有声有色。

襄邑道中①

陈与义

飞花两岸照船红,百里榆堤半日风②。
卧看满天云不动③,不知云与我俱东。

【作者介绍】

陈与义(1090—1138),字去非,号简斋,洛阳(今河南省洛阳市)人。其诗出于江西诗派,上祖杜甫,下宗苏轼、黄庭坚,自成一家,是南北宋之交的著名诗人。他在宋室南渡后,经历了战乱生活,诗风转为悲壮苍凉,用浅近朴素的语言,写了不少反映家国苦难的优秀诗篇。

【注释】

①襄邑:地名,在今河南省睢县。
②榆堤:种满榆树的江堤。
③卧看:这里指躺在船上看。

【译诗】

两岸落英缤纷万紫千红,
映红了船桅张开的帆篷。
顺水里行舟半日顺风,
沿堤百里的榆树夹岸相送。

仰卧船中凝视着万里长空,
只见蓝天里白云静止不动。
凝神四望才知船仍在驰骋,
只是我和云儿一起随风向东。

【说明】

这是晚春时节行舟江上的即景诗。红花、绿树、蓝天、白云相间，着色鲜艳，全用白描而不事雕琢，写得流畅自然。特别是于形象描绘之中，写出了因相对运动而造成的错觉，以静衬动，颇有意趣。

春　寒

陈与义

二月巴陵日日风①，春寒未了怯园公②。
海棠不惜胭脂色③，独立濛濛细雨中。

【注释】

①巴陵：即今湖南省岳阳市。
②怯：畏惧。园公：作者当时借居小园，自号园公。
③惜：吝惜，舍不得。

【译诗】

刚刚进入春天的巴陵二月，
每天依然春寒料峭北风凛冽。
这寒意未尽的阴冷天气，
更让我感到难以忍受。

海棠在寒风中一展笑靥，
不惧嫣红的花色消谢。
傲然挺立于濛濛细雨中，
显得更加艳丽和高洁。

【说明】

这首诗作于南宋朝廷风雨飘摇之际，作者避乱于岳州，见春寒细雨中独立的海棠，感物起兴，借描写海棠，寄托了自己的胸襟。

作者笔下所描绘的,不仅有孤傲的品格,而且风流雅致,与海棠的身份相宜,也隐含了自己的人格,堪称咏物诗的上乘之作。

牡 丹

陈与义

一自胡尘入汉关①,十年伊洛路漫漫②。
青墩溪畔龙钟客③,独立东风看牡丹④。

【注释】

①胡尘:指金兵。入汉关:意思是进入中原。
②十年伊洛:伊河与洛河,都流经洛阳,这里代指洛阳。金人攻破汴京到此时整整十年,作者离开家乡洛阳也已十年。路漫漫:路途漫长,借指时光过了很久。
③青墩:镇名,在浙江桐乡北烂溪边。龙钟:形容老态;龙钟客,指自己。
④牡丹:北宋的西京、陈与义的故乡洛阳,以牡丹花闻名。由观赏牡丹引起深切的家国之思。

【译诗】

自从金兵大举入关侵犯中原,
汴京沦陷,山河破残。
被迫离开家乡洛阳已经十年,
回首北望长路漫漫有家难还。

客居江南青墩溪畔,
老态龙钟世事艰难。
独自观赏正在盛开的牡丹,
不由遥想浩荡春风又绿洛阳的故园。

【说明】

这首诗作者以牡丹为题，抒发自己真挚强烈的伤时忧国之情。牡丹是洛阳的名花，洛阳被金侵占后，南宋的诗人常借牡丹来怀念北方被占领的国土。此诗使人很自然地联想到唐代诗人岑参的怀乡诗《逢入京使》："故园东望路漫漫，双袖龙钟泪不干"。由于个人性情、时代环境的差异，这首诗显得更为悲凉凄楚。

汴京纪事①（选二首）

刘子翚

之 一

内苑珍林蔚绛霄②，围城不复禁刍荛③。
舳舻岁岁衔清汴④，才足都人几炬烧⑤？

【作者介绍】

刘子翚（1101—1147），崇安（今属福建省）人。他是宋朝理学家，为官不得志，隐居在故乡东面的屏山，教授门徒，被称作"屏山先生"，朱熹就是他的学生之一。他的诗明朗豪健，道学家的味道并不浓厚。

【注释】

①纪事：记事。
②内苑：御花园。珍林：奇花异木。蔚：花木茂盛。绛霄：御花园里的绛霄楼。
③刍荛：打柴。
④舳舻：大船。衔：连接。
⑤都人：京城里的老百姓。

【译诗】

皇家花园里各种奇花盛开，
异木怪石环绕着绛霄楼台。

当金兵围攻到汴京城下,
这里也无法禁止百姓进去打柴。

多少年无数大船往复汴河运载,
把数不清的奇花异木从八方运来。
一旦城破国亡、地冻天寒,
这些花木仅能够百姓烧火当柴。

【说明】

宋徽宗置国计民生于不顾,耗费巨资兴建宫苑。他为了满足自己的欲望,曾派官员到全国各地搜集奇花异石,经汴河运至京都,装修成一座精美绝伦的御花园,命名为万岁山,又名艮岳。靖康元年(1126),汴京被围,万岁山的奇石给拆下来当作炮石去抵挡金兵。城破之后,天冷多雪,百姓便拆掉艮岳中的楼阁,砍光艮岳中的树木,权当柴烧。作者借这一史实,通过前后对比,对北宋朝廷穷奢极侈的行径和民怨沸腾的结局作了辛辣的嘲讽。

之 二

空嗟覆鼎误前朝[①],骨朽人间骂未销[②]。
夜月池台王傅宅[③],春风杨柳太师桥[④]。

【注释】

①空嗟(jiē):白白地叹息。覆鼎:比喻败坏了国家大事。前朝:指的是宋徽宗赵佶的时期。

②骨朽:尸骨已经烂掉。这句是说:那些奸臣就是尸骨腐烂了,老百姓还是恨他们,骂他们。

③池台:大花园的代称。王傅:指的是官封太傅楚国公的王黼(fǔ)。他在汴京有一座周围几里的大住宅。

④太师:指的是官封太师鲁国公的蔡京。他的府第在汴京失守时已经烧掉,只剩下一座桥了。

【译诗】

空自叹息奸臣当权误国殃民,
招致了国家沦陷河山俱焚。
即使他们的尸骨化为土粪,
人民仍不停地诅咒难平愤恨。

王黼的私家花园曾经锦绣如云,
如今月光掩映着的是池台的败迹残痕。
春风吹拂着柳枝在断桥残垣低垂,
蔡京显赫一时的宅院早已荡然无存。

【说明】

组诗的前一首意在抨击昏君,这首则意在鞭挞奸臣。正是由于昏君奸臣狼狈为奸,胡作非为,才带来了始而丧权辱国、终而失土亡国的不幸现实。全诗熔议论、写景、抒情于一炉,对当年窃据国柄的蔡京、王黼等权奸作了辛辣的嘲讽。

楚　城[①]

陆　游

江上荒城猿鸟悲[②],隔江便是屈原祠[③]。
一千五百年间事[④],只有滩声似旧时[⑤]。

【作者介绍】

陆游(1125—1210),字务观,号放翁,越州山阴(今浙江绍兴)人。他从小就受到家庭和社会的爱国主义思想熏陶,在金兵入侵时坚持抗金,屡遭投降派的疑忌、迫害和贬斥,晚年罢职乡居,生活很清苦,但报国的信念始终没有衰退。他写了万首诗歌,题材广阔,内容充实,风格豪迈,语言精炼,具有很高的思想性和艺术性。陆游在词和散文创作上,也有很高成就。

【注释】

①楚城：楚国的故城，指秭归。
②荒城：秭归城。
③屈原祠：秭归是屈原的故乡，建有屈原的祠堂。
④一千五百年：从屈原在汨罗江投水自杀，到宋孝宗淳熙年间，大约相隔一千五百年。
⑤滩声：江水拍击河滩的声音。

【译诗】

滚滚长江流过荒芜的秭归城旁，
两岸鸟鸣猿啼是那么忧伤。
隔着川流不息的江水，
是我仰慕的诗人屈原的祠堂。

在他愤然投江后这一千五百年间，
星移物换，屡经兴亡。
只有江水拍击江岸的涛声，
依然同屈原在世时一样。

【说明】

1178年陆游被宋孝宗从抗金前线召还东归，顺长江而下到达归州时，面对楚国大诗人屈原祠堂，感慨自己的报国壮志不能实现，十分沉痛地写下这首诗。屈原辅佐楚怀王，主张明法度，举贤能，东联齐国，西抗强秦，却遭谗言去职，最后自投汨罗江而死。诗的第一句通过"荒城"和"猿鸟悲"表达了对人世盛衰的悲哀之情。最后两句，说的是从屈原投江到现在，时间已经过了一千五百年，人间万事都不似旧时。惟有这"滩声"还像过去一样，如泣如诉，倾泻着一切爱国志士的怨愤之情。

剑门道中遇微雨①

陆 游

衣上征尘杂酒痕,远游无处不消魂②。
此身合是诗人未?细雨骑驴入剑门。

【注释】

①剑门:四川北部剑门关。
②无处:处处。消魂:使人心神陶醉。

【译诗】

满面灰霜,三分醉意,一身风尘,
衣襟上酒渍斑斑又登程。
过散关,穿蜀道,千里行,
此景此行处处令我消魂怡神。

古来不少诗人曾做驴背吟,
不知我这样算不算诗人?
瞎雨濛濛中骑驴行,
悠然吟诗过剑门。

【说明】

这是一首广泛传诵的名作,诗情画意十分动人,含义也非常深刻。第一句中的"征尘"和"酒痕"把作者数十年间、千万里路的遭遇与心情都概括了。再接以"此身合是诗人未?"既是自问,也引起读者思索,最后以充满诗情画意的"细雨骑驴入剑门"结句,形象逼真,耐人寻味。

十一月四日风雨大作

陆　游

僵卧孤村不自哀①，尚思为国戍轮台②。
夜阑卧听风吹雨③，铁马冰河入梦来④。

【注释】

①僵卧：形容自己年迈，行动不灵活。作者当时已经六十八岁。不自哀：不为自己悲哀。

②尚思：还想着。戍：守卫。轮台：今新疆维吾尔自治区巴音郭楞蒙古自治州轮台县。这里代指北方边疆。

③夜阑：夜深。

④铁马：披铁甲的战马。冰河：北方边疆地区冰封的河流。

【译诗】

老病体衰穷居在偏僻的村庄，
对这一切我丝毫不感到哀伤。
只盼能披金甲身跃战骑，
为国守卫那遥远的北疆。
茫茫秋夜躺卧在病榻之上，
倾听着北风呼啸，秋雨飞荡。
仿佛跨上战马驰骋在北方冰封的河川，
这一切随着风雨进入我的梦乡。

【说明】

一场深夜骤起的风雨激发了诗人的灵感，虽体"僵"村"孤"但不"自哀"，显示出了崇高的气节与情操。同时触景生情，由风雨大作的气势联想到官军杀敌的神威！诗人化宾为主，写"铁马冰河"直闯入梦境，造成一种先声夺人的气势，表现了作者坚强勇武及收复失地的斗志。

沈 园①

陆 游

之 一

城上斜阳画角哀②，沈园非复旧池台③。
伤心桥下春波绿，曾是惊鸿照影来④。

【注释】

①沈园：在浙江省绍兴市禹迹寺的南面。
②画角：古时候一种涂着彩色的军乐器。大多数在城头上用它吹曲子，报告时辰。
③非复：不再是。
④惊鸿：原来用于形容女子的姿态轻盈，这里用作唐琬的代称。

【译诗】

淡淡的夕阳斜挂在山阴城上，
黄昏的号角倾诉着无尽的忧伤。
我们相逢的沈园已是面目全非，
池榭楼台都不是旧时的模样。

让我们伤心断魂的桥下，
依然是春水悠悠，绿波荡漾。
但再也看不到你那婀娜的倩影，
倒映在这旧日的水面上。

之 二

梦断香消四十年①，沈园柳老不吹绵②。
此身行作稽山土③，犹吊遗踪一泫然④。

【注释】

①梦断香消:指思恋的人已经去世。四十年:两次游沈园相距四十四年,说"四十年"是取整数。

②柳老不吹绵:柳树已老,不再飞花吐絮了,暗喻自己年迈。

③此身:指诗人自己。行作:快要变作。稽山:会稽山。

④犹:仍然。遗踪:遗迹。泫然:形容伤心落泪。这两句是说:尽管自己快要化作会稽山下一把泥土,今天旧地重游,凭吊您的遗迹,我仍然禁不住要伤心落泪!

【译诗】

梦般相遇,魂消玉逝,
四十年时光匆匆地过去。
沈园的柳树都已衰残败落,
不再飘拂轻柔的柳絮。

我眼见也年迈垂老矣,
快化作会稽山下的一把黄泥。
但凭吊你在沈园留下的遗迹,
依然禁不住涕泗纵横老泪如雨。

【说明】

这两首诗反映了陆游与结发妻唐琬的爱情悲剧,是诗人触景生情之作。唐琬是陆游的表妹,婚后"伉俪相得"。但陆母不喜欢儿媳,最终迫使他们于婚后三年左右离异。在陆游31岁时,偶然与唐琬夫妇相遇于沈园,陆游怅然久之,曾在墙上题了一首《钗头凤》词,唐氏见后亦奉和一首,从此郁郁寡欢,不久便抱恨而死。陆游从此更加重了心灵的创伤,50余年间,陆续写了多首悼亡之诗,《沈园》即是其中最脍炙人口的两首。

示 儿①

陆 游

死去原知万事空②,但悲不见九州同③。
王师北定中原日④,家祭无忘告乃翁⑤。

【注释】

①示儿:给儿子们看。
②原知:本来知道。
③但:只。九州:中国的领土。同:统一。
④王师:指的是宋朝的军队。中原:指的是淮河以北沦陷在金人手中的地区。
⑤乃翁:你的父亲。

【译诗】

我本来就知,
人闭目一死,
世间的一切就随之而逝。
惟一使我挂念悲伤的,
是不能亲眼看见祖国的统一。

当大宋军队北上挥师,
收复中原的捷报传来之时,
你们举行家庭祭祀,
莫忘把这喜讯,
告知你们的老子。

【说明】

陆游是公元 1210 年春天死的。这是他写的最后一首诗。诗中强烈地表达了诗人不可动摇的政治信念:收复中原,统一祖国。诗中所蕴含和蓄积的感情是极其深厚、强烈的,但却出之以极其朴素、平淡的语言,从而自然地达到真切动人的艺术效果。

横　　塘①

范成大

南浦春来绿一川②,石桥朱塔两依然③。
年年送客横塘路,　细雨垂杨系画船④。

【作者介绍】

范成大(1126—1193),字致能,号石湖居士,吴县(今江苏省苏州)人,官至参知政事。曾奉命使金,不惧威胁,全节而归,维护了民族尊严。范成大的诗歌风格清丽精致,题材广泛,尤擅长于描写田园生活景象,景物形象鲜明,语言清新平易,耐人吟诵,所著有《石湖诗集》及《石湖词》等。

【注释】

①横塘:在今江苏省苏州市西南。
②南浦:南面的水边。《楚辞·九歌·河伯》:"送美人兮南浦。"后来常称送别朋友之地为南浦。
③朱塔:红色的塔。依然:还是以前的样子。
④画船:油漆得花花绿绿的彩船。

【译诗】

和煦的春风又来到离别的水边,
郁郁翠色染绿了整个河川。
白桥跨水相伴着依山的红塔,
风姿不改叫人格外眷恋。

年年送别诚挚的朋友远行离岸,

都要走过这片横塘的水滩。
濛濛细雨飘拂的依依杨柳,
总是垂系着那待发的彩船。

【说明】

这是一首河边送客诗。前两句写南浦景物与自然风光:青翠的大地配以石桥和朱红色宝塔,红绿相映,构成一幅优美的画图。后两句不仅景色鲜明,而且写得情意绵绵。在濛濛的雨天里,那低垂的柳枝,好像在系舟留客。全诗清丽别致,意境优美。

小　池

杨万里

泉眼无声惜细流[①],树阴照水爱晴柔[②]。
小荷才露尖尖角[③],早有蜻蜓立上头[④]。

【作者介绍】

杨万里(1127—1206),字廷秀,自号诚斋,吉州吉水(今江西省吉安市)人。他的诗,早年学过江西诗派,后来独辟蹊径,形成清新活泼的风格,时人称为"诚斋体"。与陆游、范成大、尤袤并称南宋四大家。他的诗大量吸收民间语言,浅近通俗。描写天然景物的作品,更富有清丽活泼的风趣。

【注释】

①泉眼:泉的出水口。惜:珍惜。
②晴柔:明媚柔和。
③小荷:初生的荷叶。才露:刚刚钻出水面。尖尖角:还没有开放的嫩荷叶的尖端。
④立:站立。

【译诗】

细细泉水默默地流出泉眼,
好像十分珍惜涓涓水源。
绿树青青的阴影倒映在水面,
仿佛对这明媚的春光爱护留恋。

小小荷叶探上水面还未舒展,
刚刚冒出圈卷着的嫩绿叶尖。
一只点水归来的蜻蜓,
已经在尖尖叶角上停站。

【说明】

这是一首写初夏风光的小诗。诗人以新颖的构思和细腻的手法,把小池及其周围景物,描绘得生动传神,充满了大自然的气息。只淡淡几笔,就勾勒出一幅夏季荷塘景色图。

晓出净慈寺送林子方[①]

杨万里

毕竟西湖六月中[②],风光不与四时同[③]。
接天莲叶无穷碧[④],映日荷花别样红[⑤]。

【注释】

[①]晓:早晨。净慈寺:西湖岸边一座著名的寺院。林子方:作者的朋友。

[②]毕竟:究竟,到底。

[③]四时:春、夏、秋、冬。这里指六月以外的其它时节。

[④]接天:形容莲叶满湖,辽阔无边。无穷碧:一片碧绿,望不到边际。

[⑤]别样红:异常红艳。

【译诗】

到底是盛夏六月的西湖,
一年中最美好的时期。
此时的湖光水色独具风姿,
春夏秋冬的其它时间难以相比。

满湖莲叶漫布直铺天际,
在蓝天的映衬下格外碧绿。
点点荷花镶缀绿叶青水,
伴着朝阳的辉映更加娇红艳丽。

【说明】

这是送别朋友时写的一首即景小诗。它成功地描绘了西湖的色彩美,红得娇艳,绿得水灵,红与绿相映成趣。全诗虚实相生,刚柔相济,抓住六月里西湖风光的特色,把柔美的莲叶荷花写得很有气势,"接天"、"映日",境界阔大,给读者以鲜明的印象。

宿新市徐公店[①]

杨万里

篱落疏疏一径深[②],树头花落未成阴[③]。
儿童急走追黄蝶[④],飞入菜花无处寻[⑤]。

【注释】

①新市:建康(今南京)附近地名。徐公店:徐家客店。
②篱落:围着篱笆的农家院落。疏疏:稀疏的样子。一径深:一条很长的小路。
③树头:树顶、枝头。
④急走:跑得很快。
⑤菜花:这里指油菜花。

【译诗】

围着竹篱的院子稀疏地散落在小村,
门前一条小路蜿蜒地向远方延伸。
院旁枝头的花朵已经落尽,
树上的嫩叶还未形成树荫。

梳着小辫的儿童在田间飞奔,
追着翩翩飞舞的蝴蝶嬉戏。
黄色的彩蝶飞进繁花盛开的油菜田,
隐入黄灿灿的菜花里无处找寻。

【说明】

这是一首描绘农村自然景物的小诗。诗人抓住了农村儿童嬉戏的一个片断,动静结合,色调相谐,把人、物与环境巧妙地联系在一起,生动传神,富有浓厚的生活情趣。

癸巳五月三日北渡三首[①](选二首)

元好问

之 一

道旁僵卧满累囚[②],过去辎车似水流[③]。
红粉哭随回鹘马[④],为谁一步一回头?

【作者介绍】

元好问(1190—1257),字裕之,号遗山,太原秀容(今山西省忻县)人。金代著名文学家和诗人。八岁即能诗,金宣宗兴定五年中进士,历任南阳令等职。工诗词散文,尤以诗冠金元之际。其诗反映金末战乱及国破家亡之恨,感情深挚,风格苍劲,堪称"丧乱诗"大家。

【注释】

①癸巳：即金哀宗天兴二年，也就是南宋理宗绍定六年（1233）。
②累囚：累，牵累，羁押。累囚即指被蒙古军队抓去的金朝百姓。
③旃（zhān 毡）车：以毛毡盖篷的车辆，用来运载抢掠来的财物。
④回鹘：本指唐时西北少数民族，这里借指蒙古人。

【译诗】

大道两旁一派狼藉，
被抓来的金国人横七竖八倒卧满地。
一辆辆蒙古车满载财帛，
川流不息地向北驰去。

最惨要算良家少妇，
绳捆索绑拖在蒙古铁骑后。
两泪交流，悲不自胜，
思念故国亲人，一步三回头！

【说明】

这首诗写作者在路途上亲眼所见的一幕惨景。当时金朝都城汴梁大兵压境。经过两年围困后终于失陷，元好问本人也无处逃身，落入蒙古人之手。后历尽磨难辗转前往聊城，于是沿路看到蒙古兵烧杀掳掠，难抑悲愤的心情，感极而赋此绝句。

之 二

白骨纵横似乱麻，几年桑梓变龙沙①。
只知河朔生灵尽②，破屋疏烟却数家！

【注释】

①桑梓：古时因住所旁多栽种桑树和梓树，所以东汉以后便用桑梓来代称故乡。《文选》张衡《南都赋》："永世克孝，怀桑梓焉。"龙沙：

本指我国西部、西北部边远山地和沙漠地区，李白《塞下曲》："将军分虎节，战士卧龙沙。"这里指荒凉无人烟的地方。

②河朔：黄河以北地区。

【译诗】

原野上的惨相令人心惊，
随处可见的白骨，
像乱麻纵横，无人理来无人收。
再不见昔日富饶温馨的家园，
满眼所见都是焦土黄尘、衰草枯树！

原只想黄河以北生灵受涂炭，
谁知道这里的境况更是凄惨。
昔日还是村舍栉比，人畜兴旺，
今天却成破屋断墙，难见炊烟！

【说明】

这首诗和上一首诗同时而作，着眼于从大的方面描写沿途所见的景象。放眼望去，累累白骨，十室九空，欣欣向荣的田园夷为黄尘，惨象令人触目惊心，悲从中来，愤上心头。

同儿辈赋未开海棠二首①（选一首）

元好问

翠叶轻笼豆颗均②，胭脂浓抹蜡痕新③。
殷勤留著花梢露④，滴下生红可惜春⑤。

【注释】

①赋：就某一事物作诗。
②豆颗：这里形容海棠花苞像豆粒一样均匀细密地排列。

③胭脂：这里形容海棠花苞色泽艳丽。蜡痕：表面鲜嫩润泽的样子。

④花梢：花蕾的顶部。全句用拟人手法，说花苞殷殷情深地款留住露水，不让它滴下。

⑤生红：深红色，这里代指凋落的花瓣。

【译诗】

透过依约掩映的片片翠叶，
你看那含苞待放的海棠花蕾，
多像一颗颗均匀点缀的南国红豆。
谁替她抹上了浓浓的胭脂，
那么娇艳，那么鲜嫩润泽，
宛似披着一层晶莹的蜡衣。

柔情似水的海棠花蕾，
诚心实意地款留住花梢露滴。
别以为她是自作多情，
她要等到鲜花盛开过后，
让花露与凋花一起落下，
融进春泥去滋养更多的春花！

【说明】

这首诗咏物抒情，生动而传神，细腻逼真地刻画了海棠花含苞待放时那娇艳欲滴、光鲜润泽、晶莹剔透的千般风情、万种姿性。并歌颂了海棠"化作春泥更护花"的崇高品质。

冯　道①

刘　因

亡国降臣固位难②，"痴顽老子"几朝官③。
朝梁暮晋浑闲事④，更舍残骸与契丹⑤。

【作者介绍】

刘因（1249—1293），字梦吉，号静修。雄州容城（今河北省徐水县）人。元世祖至元年间曾任承德郎、右赞善大夫。不久辞官，再未出仕。刘因富于文才，所写的诗大多有关古今兴亡，寄托故国之思，表现了作者不愿与元朝统治者合作的民族气节。

【注释】

①冯道：五代时人，以圆滑善变、朝三暮四著称于世。先曾任后唐和后晋的宰相，后又投靠契丹统治者，官至太傅。以后还做过后汉的太师和后周的中书令等显官。历仕五个王朝，始终不失高官显位。
②固位：固，巩固，保持。长久保持显赫的官位。
③痴顽老子：冯道在投靠契丹时，曾向耶律德光自嘲地称自己不过是个"无才无德的痴顽老子"。
④梁：即后梁，唐亡后朱温建立的政权，前后存在七十年。晋：即后晋，石敬瑭建立的政权，前后存在不到十一年。浑闲事：全是些微不足道的平常小事。
⑤残骸：尸骨。全句意思是说，就连自己这把老骨头也出卖给了异族。

【译诗】

亡国之臣屈身事人，
有几个能得到新主宠信？
可这位自称"痴顽老子"的冯道，
偏能够历仕五朝，
朝朝做重臣。

今天还是后梁宰相，
明日又成后晋权臣，
变节事人都不在话下，
更不该卖身求荣，
把老骨头给了外族契丹。

【说明】

这首诗用十分辛辣的口吻嘲讽了冯道朝秦暮楚、首鼠两端、丧失人格、丧失气节的丑恶行径。也从反面表达了自己洁身自好、誓不与元朝统治者合作的立场。

观梅有感

刘 因

东风吹落战尘沙[①],梦想西湖处士家[②]。
只恐江南春意减, 此心原不为梅花。

【注释】

①战尘沙:战乱岁月蒙上的灰土沙尘。全句意谓战争已经结束。
②西湖处士:即北宋初年的诗人林逋(967—1028),字君复,钱塘(今浙江杭州)人。一生未曾做官,隐居于西湖孤山,终日以赏梅养鹤为乐,致有"梅妻鹤子"之称。这句诗中以"西湖处士家"隐指已经灭亡的宋朝,寄托故国之思。

【译诗】

东风吹去了战乱的烟尘,
梅花重又变得光彩照人。
遥想当年西湖畔的林逋家中,
那梅花也曾争奇斗艳,绚丽似锦。

只怕此时江南已是春色将尽,
昔日的秀丽景色再也无处追寻。
唉,谁还有心去眷恋那娇媚的梅花呢?
我心中无时不在怀念故国君亲!

【说明】

诗人对梅伤情，浮想联翩，思绪一下子飞到了西子湖畔，飞到了宋朝的都城临安。由梅花引发了对故国家园的无限眷恋之情，思到极处，黯然神伤，读后引起人铭心刻骨的共鸣。

至正改元辛巳寒食日，示弟及诸子侄①

虞 集

江山信美非吾土②，飘泊栖迟近百年③。
山舍墓田同水曲④，不堪梦觉听啼鹃⑤。

【作者介绍】

虞集（1272—1348），字伯生，蜀郡仁寿（今属四川省）人，侨居临川崇仁（今属江西）。元代英宗、文宗时历任秘书少监、奎章阁侍书学士等。他文才出众，诗作有些写得很好。

【注释】

①至正改元：元顺帝于1341年第三次改元，年号为至正，夏历为辛巳年。在这一年寒食节来临之时，诗人写下这首诗，向家人表露心曲。
②信美：信，的确，实在。江山实在美好，但却不是我的故乡家园。
③栖迟：游息，居住。《汉书》一〇〇上《叙传》："栖迟于一丘，则天下不易其乐。"
④山舍：即原籍故里。墓田：即祖坟。
⑤梦觉：从思乡梦中醒来。啼鹃：相传周朝时蜀国君主杜宇死后化为杜鹃，因思念故国而终日啼泣。这句是说，梦中思念故土，备受煎熬，不忍在梦醒后再听到杜鹃的声声啼叫。

【译诗】

眼前的江山固然十分美好，
可它毕竟不是我的故土。
几代人飘泊异地，宦游四方，

至今算来足有近百年了。

故乡的房舍、墓地，
傍依着那静静流淌的河湾，
无时无刻不令我梦绕魂牵。
我情愿永远沉醉在思乡梦中，
不忍再听到那杜鹃的声声啼叫。
憔悴的心啊，
再也经不起思乡的熬煎！

【说明】

诗人作为元朝的显官，竟然怀着沉挚深切的思乡之情，对身边的繁盛美景、荣华富贵统统看作微不足道的东西，惟对祖辈曾居住并长眠的故土一往情深，魂系梦萦。出人意表，而又在情理之中，感人至深。也从一个侧面反映了元末社会的人心向背。

河湟书事①

马祖常

波斯老贾度流沙②，夜听驼铃识路赊③。
采玉河边青石子，收来东国易桑麻④。

【作者介绍】

马祖常（1279—1338），字伯庸，雍古特部人，世居靖州天山（今新疆北部）。元仁宗、惠宗时曾任御史中丞、枢密副使等官职。是元代中期较重要的作家之一。其诗朴实刚劲，不落俗套。

【注释】

①河湟：黄河与湟水相会的地方，代指今甘肃、青海一带。
②波斯：即今天伊朗一带，从公元前2世纪起就有大批波斯人通过

丝绸之路与我国进行经济文化交流。按诗中意思来看,这里的波斯很可能指的是当时西域一带地方。流沙:即西北沙漠地区。

③赊(shē,这里为押韵读):长,远。

④东国:即中国。桑麻:即丝绸,中原自古以产丝绸闻名,并远销西方。

【译诗】

茫茫无际的沙漠中,
行进着一队西域商人。
夜幕之下难辨路径,
耳听着驼铃声声把行程估算。

他们来自盛产美玉的地方,
心中只有一个美好的愿望。
要把晶莹的宝玉,
带到遥远的中原,
去换取神奇的丝绸。

【说明】

这首诗写得朴实无华,像是在讲述一个悠远的故事。诗中有画,意境奇特,颇具时空感和艺术感染力。

墨 梅①

王 冕

我家洗砚池边树②, 朵朵花开淡墨痕③。
不要人夸颜色好, 只留清气满乾坤④。

【作者介绍】

王冕(1287—1359),字元章,号煮石山农,诸暨(今属浙江省)

人。元末著名画家，擅长画梅花与竹石，自号"梅花屋主"。少时家贫，终日放牛，刻苦学画读书，曾因贪读书而丢牛受责。求学之志不改，终致才艺双全。后因应进士举不第，遂绝做官之念，隐居九里山，一度曾被征召授职。其诗作不多，主要反映民间疾苦，抒发个人情志。造语清朴，洗炼洒脱，在元诗中自成一派。

【注释】

①墨梅：水墨画的梅花，只有墨痕浓淡之别，不着其他色彩。

②洗砚池：传说晋朝大书法家王羲之家中有洗砚池，由于临习甚勤，池水为之变黑。诗人借此来表达自己效法古人的情志。这里的树当亦指画上的梅树。

③淡墨痕：水墨画上的梅花，花朵怒放时，看到的也只是淡灰色调的斑斑墨痕。

④清气：清高纯正之气。

【译诗】

我终日辛勤地泼墨作画，
画出的梅树不同一般，
轻轻几笔淡墨点染，
朵朵怒放的梅花便跃然眼前。

不要人夸她姿容娇美，
不要人赞她色泽鲜艳，
只求把一抹清新的气息，
永远留在天地人间！

【说明】

这首诗借画梅而言志。仅从字面来看，是说经过艰苦探索，潜心钻研，画梅已不满足形似，而是升华到求神似的境界。画出的梅花也超凡脱俗，不求浮艳。另一方面，诗人又分明是在借用墨梅自比，表达了弃绝功名利禄、永保高尚情操的志向。

题文与可画竹①

柯九思

湖州放笔夺造化②,此事世人那得知。
跫然何处见生气③?仿佛空庭月落时④。

【作者介绍】

柯九思(1290—1343),字敬仲,号丹丘生,台州仙居(今属浙江省)人。元朝著名画家。元文宗时曾任学士院鉴书博士,凡内府收藏的法书名画都由他鉴定。文宗崩后遭到排挤罢官,寓居松江(今属上海市)。其诗质朴精巧,不落前人窠臼。

【注释】

①文与可:即北宋时画家兼诗人文同,字与可,素以善画竹著称。
②湖州:也是指文与可,因其曾出任湖州知府,人称文湖州。放笔:挥毫,舒展神来之笔,任意挥写。夺造化:巧夺天工。
③跫然:本形容脚步声,这里是蓦然、突然的意思。
④空庭月落:一弯残月,洒下清淡如水的光芒,照着寂寥空旷的庭院。

【译诗】

身手不凡当数画家文湖州,
轻舒巨笔便描就芊芊翠竹,
可叹高才无人能识,
一再蹉跎逝水向东流。

蓦然眼前顿添无限生机,
晚风轻送竹影婆娑摇曳。
仿佛朦胧月光当头照,
寂寥庭院夜色分外迷离!

【说明】

诗人极力渲染北宋画家文同的画技，同时也是在赞美竹子的洒脱出尘、高雅有节的品格。并进而触及自己心中难言隐痛，流露出以身事人、得不到理解的苦闷心情。"此事世人那得知"正是诗人发自内心的浩叹。

上京即事①（选二首）

萨都剌

之 一

紫塞风高弓力强②，王孙走马猎沙场。
呼鹰腰箭归来晚③，马上倒悬双白狼。

【作者介绍】

萨都剌（1300？—1355），字天锡，号直斋。先祖本为西北少数民族，后因军功定居雁门（今山西代县一带）。泰定年间中进士，跻身仕途，不久因触犯权贵遭贬。晚年喜游赏山水，是元代著名诗词作家，其诗多写山水风光，文词雄健，流丽清婉。

【注释】

①上京：即元朝上都，在今内蒙古自治区正蓝旗东闪电河北岸。即事：以当前所见事物为题材写作，也就是有感而发，即兴而作。
②紫塞：指长城。
③呼鹰腰箭：打猎完毕，返回的途中呼唤着猎鹰，腰间悬着箭袋。

【译诗】

长城外的原野上，
北风呼啸。
衣甲鲜亮的公子哥儿们，
纵马挽弓，射猎正忙。

不知不觉已是夕阳西下,
快招呼猎鹰,收好弓箭,
信马由缰赶回家。
要问今天收获怎样,
请看马背上倒挂着的对对白狼。

【说明】

萨都剌的《上京即事》共有五首,这里选其中二首。这一首描写蒙古贵族子弟野外行猎的情景,有声有色,生动如画,气势不同一般。

之 二

牛羊散漫落日下,野草生香乳酪①甜。
卷地朔风沙似雪,家家行帐②下毡帘。

【注释】

①乳酪:用牛、羊、马的乳汁做成的半凝固的食品。
②行帐:即游牧民族居住的毡房。经常随畜群迁移,故称行帐。

【译诗】

牛羊在草原上悠闲地吃草,
落日余晖洒下一片金黄。
微风送来牧草的芳香,
牧人们在把甜美的乳酪品尝。

待到呼啸北风送来冬天,
滚滚沙尘如飞雪扑面。
家家帐房门口都挂上厚厚的毡帘,
任你狂风肆虐,地动天撼。

【说明】

这首诗堪称是北方草原游牧生活的生动写照。诗人选取春夏风和景明的温馨,及冬季风沙封门的典型景象,对比强烈,富于浓郁的生活气息。

题郑所南兰①

倪 瓒

秋风兰蕙化为茅②,南国凄凉气已消③。
只有所南心不改,泪泉和墨写《离骚》!

【作者介绍】

倪瓒(1301—1374),字元镇,号云林、幻霞子等。无锡(今属江苏省)人。元末诗人兼画家,家境殷富,广交游。山水诗和题画诗都写得很好。

【注释】

①郑所南:即南宋末年诗人兼画家、抱节之士郑思肖,字所南,一字忆翁。善画墨兰。
②兰蕙:即兰草,蕙也是兰的一个品种。
③南国:指南宋。气已消:气数丧尽,即国易主。

【译诗】

万象萧瑟秋风紧,
芬芳兰草变为茅。
满目凄凉不忍睹,
南宋气数似烟消。

只有所南重节操,
不媚新贵恋前朝。

泪如泉涌和浓墨,
也学屈原写《离骚》!

【说明】

这首诗言在画外,旗帜鲜明,正气浩然,字字掷地有声,表现了不屈不挠的民族气节。诗中所说的郑所南,在南宋灭亡后便隐居不出,坐必南向。每逢年节,便朝南跪拜痛哭。听到蒙古人口音,便捂着耳朵逃得远远的。最善于画兰花,自宋亡后,所画的兰花便看不到土,别人问其故,他便答道:"土都被蒙古人夺去了,你难道不知道!"这样的节烈之士,诗人对其极尽称赏,便是很自然的了。

烟雨中过石湖①（选一首）

倪 瓒

愁不能醒已白头,沧江波上狎轻鸥②。
鸥情与老初无染,一叶轻躯总是愁!

【注释】

①石湖:在太湖东南岸,属今苏州市。
②沧江:指太湖。湖水浩瀚,波涛汹涌,就像奔腾的江河。狎轻鸥:与各种水鸟相依相伴,嬉戏为乐。

【译诗】

白发苍苍已届垂暮,
难以驱遣内心的忧愁。
流落在这辽阔的太湖上,
百无聊赖,与水鸟为友。

无忧无虑的水鸟啊,
哪会留意我这孤老。

看着你轻盈地飞来飞去,
我寂寥的心头更添烦恼。

【说明】

诗人生当元末,一生弃绝仕途,放荡江湖之上。这首诗写的就是其隐逸生活的一个片段。看似闲情逸致,优哉游哉,其实内心十分苦闷,忧世伤身之情溢于言表。

越 歌

宋 濂

恋郎思郎非一朝,好似并州花剪刀[①]。
一股在南一股北,几时裁得合欢袍[②]?

【作者介绍】

宋濂(1310—1381),字景濂,号潜溪,浦江(今浙江省义乌县西北)人。元至正九年被荐为翰林院编修,辞不赴召。明初受聘任《元史》修撰主裁,官至翰林院学士承旨,知制诰,被誉为"开国文臣之首"。生平著述甚丰,以散文最著名。其诗作质朴简洁,很有特色。

【注释】

①并州花剪刀:并州,今山西省太原市一带,古时候以出产刀剪而闻名。
②合欢袍:婚礼服。

【译诗】

日日夜夜知多少,
思念郎君真心焦。
你有情来我有意,
同心有如花剪刀。

春去秋来又一年，
你我仍像裁花剪。
一个在南一个北，
何时才得结良缘。

【说明】

这首诗采用江南地区民歌小唱形式，用明快的语言把男女之间的思慕、眷恋和幽怨之情表现得淋漓尽致。

题沙溪驿①

刘　基

涧水弯弯绕郡城，老蝉嘶作车轮声②。
西风吹客上马去，夕照满川红叶明。

【作者介绍】

刘基（1311—1375），字伯温，处州青田（今浙江青田）人。通经史，工诗文，精晓天文、兵法。元末中进士，做过县丞等小官，不久弃官隐居。后来投奔朱元璋，运筹帷幄，参与制定明初各种典制，官至御史中丞兼太史令。其诗古朴雄放，独成一家。

【注释】

①沙溪驿：大致在今福建省中部，沙溪是一条流经福建中部的河流。
②车轮声：蝉的叫声很有节奏，就像车轮吱吱作响一样。

【译诗】

一条清澈见底的小溪，
曲曲弯弯绕着郡城。
溪边的树上，
老蝉在拼命地嘶叫着，

就像车轮吱吱作响。

在强劲的西风中,
客人纷纷跨马离去,
身后扬起一串烟尘。
夕阳的光辉洒满河川,
呵,瞧那红叶多么鲜红!

【说明】

读完这首小诗,给人一种蓬勃向上的力量,一切都是勃勃有生气,到处是活泼的生命,就连夕阳也是光芒辉煌,赏心悦目。

北 风 行①

刘 基

城外萧萧北风起, 城上健儿吹落耳。
将军玉帐貂鼠衣②,手持酒杯看雪飞。

【注释】

①北风行:一种歌曲体裁,如"兵车行"、"从军行"等,统称歌行体。

②玉帐:中军宝帐,与"貂鼠衣"一起,极言高级军官们养尊处优,与普通兵士的境况形成强烈对比。

【译诗】

北风呼啸,
卷着漫天雪花,
扑打着高耸的边城。
守城的士兵衣衫单薄,
耳朵也被寒风吹掉。

将军们躲进华丽的军帐,
裹着厚厚的貂皮衣裳,
交杯换盏真惬意啊,
谈笑风生把雪花赏看。

【说明】

这首诗以景言情,通过几个典型场景的描写,反映了军旅生活的一个侧面,对下层士兵抱以深深的同情。

天平山中①

杨 基

细雨茸茸湿楝花②,南风树树熟枇杷。
徐行不记山深浅, 一路莺啼送到家。

【作者介绍】

杨基(1326—1378?),字孟载,号眉庵,原籍嘉定州(今四川省乐山),生于吴县(今属江苏省)。九岁能背诵"六经",洪武初年做过山西按察使。诗文俱佳,与高启、张羽、徐贲并称为"吴中四杰",有《眉庵集》。

【注释】

①天平山:在今江苏省苏州市西,风景秀丽,历来为游览胜地。
②楝花:楝树的花。楝树为落叶乔木,花呈淡紫色。

【译诗】

细雨濛濛,
打湿了楝树上的紫花。
南风阵阵,
吹熟了累累垂垂的枇杷。

悠闲地前行,
哪管山路多远。
黄莺儿一路欢叫,
不知不觉把我送回了家。

【说明】

天平山的熏风细雨,紫色如梦幻般的楝花,金黄耀眼的枇杷,所有这些山野美景,都令诗人流连忘返,整个身心都陶醉其中,以至于忘记了路途远近。全诗造语奇隽,给人身临其境之感。

田家夜舂

高 启

新妇舂粮独睡迟①,夜寒茅屋雨来时。
灯前每嘱儿休哭,明日行人要早炊②。

【作者介绍】

高启(1336—1374),字季迪,长洲(今苏州市)人。博学多识,早有诗名。洪武初应召纂修《元史》,授官户部侍郎,固辞不受,后被朱元璋借故腰斩于南京。他擅长多种诗体,尤以歌行最出色。其诗秀逸而少雕饰,早期作品较能反映民生疾苦。有《高太史大全集》等。

【注释】

①新妇:这里指家中主妇。
②行人:即将出征远行之人,当指此妇女的丈夫。

【译诗】

这位可怜的农家少妇,
舂米直到三更过后。
风急雨斜扑打着茅舍,

寒气逼人不堪忍受。

多想歇息酸软的筋骨，
还得一再叮嘱小儿莫哭。
爹爹明日就要出征远行，
早起备饭不可耽误。

【说明】

这首诗写的是元末战乱年月，一户农家的一幅生活小景。通过描写农妇的辛勤操劳和生活条件的极端恶劣，反映了当时普通民众饱受战乱之苦的社会现实。

送陈秀才还沙上省墓①

高　启

满衣血泪与尘埃，乱后还乡亦可哀②。
风雨梨花寒食过，几家坟上子孙来？

【注释】

①陈秀才：作者友人。省墓：扫墓，祭奠故去的亲人。
②乱后：战乱之后，这里指经过元末战乱之后。

【译诗】

经过兵火连天的战乱，
幸存者都是血泪尘土满衣衫。
去看看家乡的情况吧，
必定也是人烟萧条凄凄惨惨。

凄风苦雨满树梨花凋落，
屈指算来寒食时节已过。

再不见昔日士女如云郊游踏青，
就连上坟的人也是稀稀落落。

【说明】

这首诗写清明时节扫墓者寥寥无几的场景。本来清明时节是"路上行人欲断魂"，可现在，看到行人无几，却轮到诗人断魂哀伤了。饱经战乱的摧残，人们血泪未干，惊魂不定，真可说是家国凋敝，身心破碎，悲莫大焉！

新 安 谣①

李昌祺

垂老频逢岁薄收，秋租多欠卖耕牛。
县官不暇怜饥馁，唤拽官车上陕州②。

【作者介绍】

李昌祺（？—1451），即李祯，字昌祺。庐陵（今江西省吉安市）人，明永乐二年进士，选庶吉士，参与修《永乐大典》。曾任广西、河南左布政使，政风清廉。有诗文传世。

【注释】

①新安：即今河南省新安县。
②陕州：即今河南省陕县。

【译诗】

年纪老迈不中用，
偏逢连年无收成。
秋后欠下一身债，
只好忍痛卖耕牛。
县官不顾民疾苦，

横征暴敛不停休。
官车日夜如穿梭，
装载租米上陕州。

【说明】

这首诗系诗人在河南做官时所作。作为朝廷官员，看到当地官府变本加厉地盘剥农民，民众深受其害，苦不堪言，就连他也觉得于心不忍。诗中对普通百姓抱着深切的同情之心，亦属难能可贵。

平阳道中[①]

于 谦

杨柳阴浓水鸟啼，豆花初放麦苗齐。
相逢尽道今年好，四月平阳米价低。

【作者介绍】

于谦（1398—1457），字廷益，钱塘（今浙江省杭州市）人。明永乐进士，宣德初授御史，历任兵部右侍郎、山西、河南巡抚等，政绩卓著，甚得人心。正统十四年"土木之变"，他力主固守北京，击退瓦剌，以功升兵部尚书，加少保。英宗复位后，惨遭杀害。其诗质朴刚劲，不尚雕饰。有《于忠肃集》。

【注释】

①平阳道：通向平阳的路途上。平阳，即平阳府，治所今山西省临汾市。

【译诗】

杨柳树荫浓，水鸟争鸣啼，
豆花初开放，麦苗出得齐。
逢人尽称道，今年收成好，
而今方四月，平阳米价低。

【说明】

作者曾任山西巡抚，遇到风调雨顺的好年景，出巡途中路经平阳，看到惠风和畅，一派丰收在望的景象，掩饰不住内心的适意，不禁诗兴勃发，出口成吟。

石 灰 吟

于 谦

千锤万凿出深山，烈火焚烧若等闲①。
粉身碎骨浑不怕②，要留清白在人间！

【注释】

①等闲：算不了什么，十分平常。
②浑：全，一概。

【译诗】

经历千次锤打万次敲凿，
才把这坚硬的石料采出深山。
猛火烈焰焚烧，
对它来说视若等闲。
粉身碎骨种种磨难，
怕的不算好汉。
心中抱定一个信念，
要把高洁的气质长留天地人间！

【说明】

这首诗以石灰作比，借以言志，表达自己坚贞不屈、不畏艰难、大义凛然以身报国的高尚情操。特别是后两句气势如虹，掷地有声，素来广为传诵。

言 志

唐 寅

不炼金丹不坐禅①,不为商贾不耕田。
闲来写就青山卖②,不使人间造孽钱!

【作者介绍】

唐寅(1470—1523),字伯虎,号六如居士,吴县(今江苏省苏州市)人。明代著名画家、文学家。弘治十一年(1498)乡试第一。性格狂放不羁,蔑视世俗。善诗文,其晚年诗作尤其自放无束,不讲格律,不拘成法,不避口语,时见真情流露。有《六如居士全集》。

【注释】

①炼金丹:指修仙求道。坐禅:指吃斋念佛。全句意谓不愿为道,也不愿为僧。

②写就青山:写:作画。青山:山水画,代指画。

【译诗】

不学道来不念佛,
不经商来不种田。
闲常卖画谋生计,
不贪世俗肮脏钱!

【说明】

这首诗充满自信和孤傲之情,把自己所从事的作画生涯看得高于一切,心满意足,超凡脱俗,透出一股不甘与世俗同流合污的浩然正气。

开 先 寺[①]

李梦阳

瀑布半天上,飞响落人间。
莫言此潭小,摇动匡庐山[②]!

【作者介绍】

李梦阳(1473—1530),字献吉,又字天赐,号空同子。庆阳(今属甘肃)人,后徙居河南开封(一说扶沟)。明代文学家。弘治进士,曾任户部郎中等职,因弹劾宦官刘瑾专权而数次下狱。文学上主张"文必秦汉,诗必盛唐",为著名的"前七子"之一。其诗作以律诗和绝句见长,在明代中叶影响很大,有《空同集》。

【注释】

①开先寺:在庐山南麓。寺侧有两条瀑布,汇合后奔涌而下,形成一个深潭,即诗中所说的"潭"。
②匡庐山:即庐山,又名匡山,在今江西省北部。

【译诗】

这飞泻而下的瀑布,
好似来自半天之上。
带着惊天动地的声响,
跌落到这凡间的地上。
汹涌的瀑布汇成深潭,
别看它这么窄狭并不起眼。
可是湍急的水流奔腾鼓荡,
好像整个庐山都在发颤!

【说明】

这首诗纯写景,描写庐山开先寺侧的瀑布奇观。虽比不上李白

"飞流直下三千尺,疑是银河落九天"的气势宏大,却不失其纤巧工致,于奇崛中见隽永。末二句似为自言其志之语,寓意博大,非同小可。

经行塞上①

李梦阳

天设居庸百二关②,祁连更隔万重山③。
不知谁放呼延入④,昨日杨河大战还⑤。

【注释】

①塞:边塞,长城沿线。
②居庸百二关:居庸即居庸关,为明长城重要隘口,在今北京市昌平县西北。百二关:意谓地势易守难攻,二人可以当百人。《史记·高祖纪》:"秦得百二焉。"
③祁连:即祁连山,在今甘肃省西部和青海省北部。
④呼延:本为匈奴族常见姓氏,这里指北方少数民族,即明朝北方的蒙古俺答汗和瓦剌等部落。
⑤杨河:即甘乌里亚苏台河,在今蒙古人民共和国境内。

【译诗】

天设地造这雄伟的居庸关,
一人当关,万夫惟有兴叹。
还有那千里之外巍巍祁连
更似屏障遮护着锦绣中原。

可叹我朝不重设关阻险,
国门大开胡虏肆无忌惮。
一夕十惊边庭警报频传,
杨河昨日又是一场鏖战。

【说明】

这首诗前两句赞美中原山河险固，为下文铺垫。紧接着笔锋一转，猛烈抨击朝廷不重边防，军备弛坏，造成边患频繁。对守边将士尽忠报国、浴血奋战的功绩则热情赞颂，深表钦敬。

塞 下 曲

谢 榛

暝色满西山^①，将军猎骑还。
隔河见烽火， 骄虏夜临关。

【作者介绍】

谢榛（1495—1575），字茂秦，号四溟山人，临清（今山东临清市）人。以刻意作诗闻名于时，一生弃绝功名，漫游各地，写有不少描写西北边疆民情风物的诗篇。其诗简洁有力，尤以五绝见长。有《四溟集》。

【注释】

①暝色：暮色。

【译诗】

暮色苍茫笼罩着西山，
将军们满载着猎物返回营盘。
马蹄声碎，打破傍晚的宁静，
一路欢笑，已见袅袅炊烟。
蓦然望见烽火一片，
映红了天空映红了河面。
马不停蹄又得上关城，
骄悍的敌人乘夜起战端。

【说明】

这首诗描写边塞军旅生活的一幕：太阳落山了，将军骑着马出外打猎刚刚归来,突然又见河对岸燃起报警的火光,看来,又得连夜鏖战……诗写得有张有弛,顿挫有致,颇见功力。

古　意

谢　榛

青山无大小①,总隔郎行路②。
远近生寒云③,愁恨不知数。

【注释】
①无:无论,不管。
②行路:前来赴约之路。
③寒云:阴沉浓重,令人感到清寒寂寥的云气。

【译诗】
无论高峰还是低丘,
座座阻隔情郎来路。
远近升腾片片寒云,
恰似心中无限愁苦!

【说明】
这是一首闺怨诗,刻画了一位痴情女子的心理活动。盼郎不见,遂迁怨于层峦叠嶂的阻隔。于万般寂寞无助之际,看见那远远近近的团团阴霾,更添无限愁绪。

晓　征①

戚继光

霜溪曲曲转旌旗②,几许沙鸥睡未知③。
笳鼓声高寒吹起④,深山惊杀老闍黎⑤。

【作者介绍】

戚继光（1528—1587），字元敬，号南塘，蓬莱（今属山东省）人。幼家贫喜读书，通经史大义。曾任浙江参将、福建总督等职。编练新军，多次大破倭寇，取得了抗倭斗争的重大胜利。后来长期镇守北方。著有《练兵实纪》、《纪效新书》等军事理论书，也写有不少反映军旅生活、抒情言志的诗作。

【注释】

①晓征：指晓时出征。
②霜溪：秋天的清晨，溪水岸边布满霜露，故称"霜溪"。
③沙鸥：一种水鸟。
④笳鼓：胡笳和战鼓。这里当指战鼓。
⑤阇黎：也作阿阇黎，梵文译音，意为高僧。

【译诗】

一条小溪曲曲弯弯伸向远方，
溪边的草地白皑皑铺盖着秋霜。
一队健儿悄无声息走得真快，
旌旗飘展下沙鸥却睡得正香。

忽如平地惊雷连天起，
战鼓齐鸣冲散拂晓寒气。
杀声阵阵传入深山古庙，
吓得老和尚个个魂不附体。

【说明】

这首诗描写的是戚家军的一次战斗行动的全过程。从沿着弯弯小溪急行军，到部署完毕战斗打响，戚家军的纪律严明、行动神速和作战勇猛跃然纸上，令人佩服。

代父送人还新安①

陆 娟

津亭杨柳碧毵毵②，人立东风酒半酣。
万点落花舟一叶，载将春色到江南。

【作者介绍】

陆娟，生卒年不详，大致生活在明弘治时期，松江（今属上海市）人。其诗典丽晓畅，颇有古人风范。

【注释】

①新安：即今江苏省睢宁县西北前新安。明嘉靖四十五年（1566）曾置巡检司于此。
②津亭：靠近渡口的驿亭。毵毵：毵（sān）毵，细长柔软之意。

【译诗】

渡口的驿亭边，
碧绿柳条细长又柔软。
东风驰荡轻拂人面，
饯行酒恰才到半酣。
在这万花纷谢的时节，
驾一叶轻快的小船，
满载着浓浓春意，
驶向那如诗如画的江南。

【说明】

这首送别诗与一般不同，它一反送别诗常有的伤感悱恻，显得轻松欢快，充满祝愿和爱心，使人读后如沐春风。

竹 枝 词[①]

王叔承

月出江头半掩门， 待郎不至又黄昏。
深夜忽听巴渝曲[②]，起剔残灯酒尚温。

【作者介绍】

王叔承，生卒年不详，大致生活在明嘉靖年间，吴江（即今江苏吴江县）人。初名尤光，以字行，自号昆仑山人。少孤家贫，到处漂泊，遍游吴越山水。其诗为王世贞兄弟所称赏，曾作《汉宫曲》数十首流传禁中。有《吴越游编》等。

【注释】

①竹枝词：古乐府名，唐刘禹锡贞元中所创新词，形式为七言绝句，唐人所作多以写旅人愁思或儿女之情，后人所作多咏风土人情。

②巴渝曲：亦源于竹枝词，是流行于巴渝（今重庆市一带）一带的民歌。

【译诗】

月亮弯弯升上江面，
少女将闺门轻轻虚掩，
望眼欲穿等着情郎来会，
左等右等只是不见。

眼看玉兔西坠已过三更天，
忽听那熟悉的巴渝曲响在耳畔，
急急起身将灯挑亮，
再把余温尚存的酒儿斟满。

【说明】

宁静的月夜，痴情女子盼着情郎的到来，等得焦灼不安，酒温了一遍又一遍。就在百般无奈之时,情人终于来了,顿时精神大振。使人想起那句老话:好事多磨。

感　事

汤显祖

中涓凿空山河尽①,圣主求金日夜劳②。
赖是年来稀骏骨③,黄金应与筑台高④。

【作者介绍】

汤显祖(1550—1616),字义仍,号若士、海若、清远道人,江西临川人。明万历十一年中进士,先后任南京太常寺博士、礼部主事等。因秉性耿直,不事权贵,仕途不畅,万历二十六年免官归家。遂闭门著述,成为明代著名的戏曲家,代表剧作有《牡丹亭》等。诗文亦佳,有《红泉逸草》、《问棘邮草》、《玉茗堂集》等。

【注释】

①中涓:即宦官。凿空:本指开通道路,这里指四处开挖金矿。
②圣主:指明神宗朱翊钧,在位期间曾广为搜求黄金,搞得民怨沸腾。
③骏骨:典出《战国策》。《文选》亦有"燕君市骏马之骨"的说法,后遂以骏骨比贤才。
④筑台高:相传战国时燕昭王有筑黄金台招贤之举。这里讥讽当朝敛金之多。

【译诗】

宦官们何必这么心狠,
要把天下的黄金挖空采尽?
原来是圣上醉心聚敛,
不分昼夜督逼甚紧。

当年燕昭求贤若渴,
筑起金台把贤士募召。
近年少见贤才能士,
广积重金究竟为何!

【说明】

这首诗是作者于万历二十五年在遂昌县(今属浙江)做官时所作。眼见奉旨中官飞扬跋扈,残害地方,他极为不满,用辛辣的笔触将当朝皇上求金与战国时燕昭王的悬重金招贤士进行对比,鞭辟入里,表现了作者强烈的反抗精神。

闻都城渴雨,时苦摊税①

汤显祖

五风十雨亦为褒②,薄夜焚香沾御袍③。
当知雨亦愁抽税④,笑说江南申渐高⑤。

【注释】

①都城渴雨:即明朝京城北京发生了严重干旱,人们渴望下雨。
②五风十雨:封建时代形容风调雨顺的一种说法,即五天刮一场风,十天下一场雨。
③薄夜:黑夜来临之时。
④雨亦愁抽税:这是一句极富辛辣意味的妙语,连天雨也惧怕苛税,何况人呢!
⑤申渐高:五代时吴国的乐工。有一年吴国都城广陵(今江苏扬州市)大旱,有人问:"近郊有雨,都城为什么不下雨呢?"申渐高出语不凡:"因为雨怕抽税,不敢进京呀!"

【译诗】

何曾有五日一风、十日一雨?
那不过是对太平年景的溢美。

京城遇上百年少见的大旱,
皇帝老子只知焚香求天。
屈尊跪拜每夜对天祈祷,
也不顾龙体劳顿尘沾御袍。
我劝圣上莫要过于操劳,
还记得五代时的申渐高吗?
"雨怕抽税"不仅是个玩笑!

【说明】

纵观历朝历代,封建帝王求雨的故事不绝于书。这首诗巧妙地把旱灾同"时苦摊税"联系起来,借用五代时申渐高的妙语指出,旱灾毕竟属天灾,与其相比,人为的重税盘剥更令民众不堪忍受,而且减税比求天下雨要易于做到,何必要费力劳神地祈雨?"雨怕抽税"而不降,百姓们岂不是祸不单行吗!

夜听琵琶

石 沆

娉婷少妇未关愁①,清夜琵琶上小楼。
裂帛一声江月白②,碧云飞起四山秋!

【作者介绍】

石沆,字澄仲,如皋(今属江苏省)人。大致生活在万历年间。其诗反映自然景物,很有新意。

【注释】

①未关愁:关,相关,体会。尚未领略生活的愁苦。
②裂帛:撕裂丝绸,代指尖厉的声音。白居易《琵琶行》中有"四弦一声如裂帛"、"惟见江心秋月白"的诗句。此诗中"江月白"当亦衍用而来。

【译诗】

谁家这位风姿绰约的少妇,
哪知道世间还有忧愁?
在清凉的夜晚飘然登楼,
怀抱琵琶将悦耳的曲子弹奏。

悠扬舒缓的乐声忽然变得高亢,
随着像是撕裂丝绢的一声,
一轮明月冉冉从江面升上。
四周群山上云影飞荡,
呵,晚风微吹送来一丝秋凉。

【说明】

夜色温柔,秋气乍到,万籁俱寂之时,无忧无虑的少妇,登楼奏起悦耳的琵琶声,夜空顿时为之活泛。一轮明月赶来助兴,四面青山云气浮动。此情此景,怎不令人怦然心动?

江上见数渔舟为公卒所窘①

袁宏道

钓竿拂晓霜,衣薄芦花絮②。
一亩不籍官③,也被官差去。

【作者介绍】

袁宏道(1568—1610),字中郎,号石公,公安(今属湖北省)人。万历进士,曾任吏部郎中等职。与兄宗道、弟中道并有文名,称为"三袁",又称"公安派"。在三袁中成就最高,堪称"公安派"代表人物。其文学创作以小品文最为突出,自由抒写,清新活泼。其诗流畅自然,浅近明白。有《袁中郎全集》。

【注释】

①公卒：差役，衙役。窘：刁难，逼迫。
②芦花絮：用芦花衬做的御寒衣服。
③籍官：拥有或租种土地的农民向官府登记注册，缴纳租税。

【译诗】

天光尚未大亮，
这些可怜的打鱼人便开始奔忙。
拂去钓竿上的白霜，
穿上芦花絮做成的衣裳。
把船儿摇到深水，
看今天运气怎样。
就像江面骤起风浪，
官差驾船从天而降。
口称征税抢上船舱，
逼着渔人交钱纳粮。
渔人们上前苦求告，
众衙役口气坚似钢。
哪怕没种一亩田，
照样也得把税上！

【说明】

渔人们吃不饱，穿不暖，过着困顿不堪的生活，就这样官府仍不放过，不种一分田，哪来粮食去上税？结果可想而知，不是倾家荡产就是被迫去支应官差服徭役。

大 堤 女①

袁宏道

文窗斜对木香篱②，胡粉薄施细作眉③。
贪向墙头看车马，不知裙着刺花儿④。

【注释】

①大堤女:住在堤边的女子。
②文窗:雕刻着花格的窗户。木香篱:花蔓缠绕的篱笆。
③胡粉:脂粉。
④刺花儿:刺绣。

【译诗】

傍堤一所精巧的小院,
门前,是花枝繁茂的篱墙。
就在那雕着花格的窗前,
有一双少女的美目在顾盼。
她浓妆淡抹,粉面上描着眉儿弯弯。
莫非是着了魔,
她的目光像被丝线牵,
出神地看着门外车来人往,
竟忘记了手中刺绣的针线。
是在想念意中人,
还是憧憬美好的明天。

【说明】

豆蔻年华的少女,正是如梦似幻的时节,充满各种美好的愿望。看着外面缤纷精彩的世界,她怎能静下心来刺绣。庭院深深,禁不住她的想往和追求!

夜　　泉

袁中道

山白鸟忽鸣,石冷霜欲结①。
流泉得月光,化为一溪雪。

【作者介绍】

袁中道(1570—1623),字小修,公安(今属湖北省)人,袁宏道的胞弟。万历年间进士,官至南京吏部郎中。主张"诗以发抒性灵为主",反对剽袭,追求独创。其诗作自然清新,匠心独运,感情深挚感人。有《珂雪斋集》。

【注释】

①霜欲结:晴朗夜晚,山石冰凉,故曰"霜欲结"。

【译诗】

月光如水,万籁俱寂,
一两声鸟鸣划破夜空。
清冷的夜晚山石冰凉,
像是要结上厚厚的秋霜。
两山夹峙之中,
这条潺潺流淌的山泉,
也披上一层皎洁的月光。
晶莹剔透,无比清亮,
恰似一溪皑皑雪浪。

【说明】

诗人用神来之笔,描绘了一幅奇妙的山泉夜景,色彩如画,活灵活现,充分体现了"性灵派"诗作的艺术特色。

渡 易 水[①]

陈子龙

并刀昨夜匣中鸣[②],燕赵悲歌最不平[③]。
易水潺湲云草碧[④],可怜无处送荆卿[⑤]!

【作者介绍】

陈子龙（1608—1647），字卧子，号大樽，松江华亭（今上海市松江县）人。崇祯年间进士，任绍兴推官、兵科给事中。南京被清兵攻陷后，他出走为僧。不久又联络太湖一带民间武装，共同抗清。不幸被俘投水自杀。其诗赋古文兼工，骈体文写得很好。诗作悲壮苍凉。有《诗问略》、《白云草庐居》等。

【注释】

①易水：发源于河北省易县西，古时候是燕国一条著名的河流，尤其因荆轲刺秦王而闻名千古。

②并刀：并州（今山西太原）出产的刀。一般指剪刀，这里借指锋利的刀剑。

③燕赵悲歌：燕、赵是战国时期两个诸侯国，分别在今河北、山西一带。自古以来这里多侠客壮士，流传着许多悲壮的故事。

④潺湲：河水舒缓流动貌。

⑤荆卿：即战国末年著名刺客荆轲，本是卫国人，被燕国太子丹收于门下，奉为上宾。后派他去秦国刺杀秦王，一直送他到易水畔。

【译诗】

这把并州出产的宝刀啊，
昨夜在鞘中铮铮作响。
呵，原来是踏上了燕赵大地，
古往今来，多少悲壮故事发生在这里。

古老的易水哟缓缓东流去，
经历了数不清的征战洗礼。
仍然是乌云密布水呜咽，
仍然是两岸芳草青碧碧。
当年那倚剑长啸的荆轲，
又到何处去寻觅！

【说明】

在明王朝大厦将倾、风雨飘摇之时,作者亲临自古多慷慨悲歌之士的燕赵大地,凭吊多年前壮士赴难之地,面对潇潇易水,痛感景物依旧,人事全非,深为国家命运担忧,慨叹没有勇赴国难、力挽狂澜的栋梁之才。

三 洲 歌[①]

陈子龙

相送巴陵口[②],含泪上行舟。
不知三江水[③],何事亦分流[④]?

【注释】

①三洲歌:又名三洲曲,乐府西曲歌名,流行在巴陵一带。作者借此体裁吟咏送别。
②巴陵口:地名,在今湖南省岳阳市附近。
③三江:即长江、湘江和沅水,三条河流在巴陵与洞庭湖相通。
④何事:因为什么缘故,为何。

【译诗】

送君送到巴陵口,
眼含泪水难分手,
莫非你我似江水,
聚会过后还分流?

【说明】

这首送别小诗,即景抒情。巧妙地借用巴陵地区江水的聚散分合,表达了人间的悲欢离合,和对知心朋友的恋恋难舍之情,十分生动感人。

读 史

张家玉

晋室倾颓事莫当^①，鸡声啼起铁肝肠^②。
诸君漫洒新亭泪^③，好向中原识范阳^④！

【作者介绍】

张家玉（1615—1647），字元子，东莞（今属广东省）人。崇祯年间进士，先应南明唐王之召任编修兼给事中，后又与桂王遥相救应。清将李成栋攻陷广州，他又毁家募兵，据东莞与清兵作战，战败坠水而死。他工于诗，诗作慷慨激昂。

【注释】

①事莫当：形势很糟，到了不可收拾的地步。
②鸡声句：东晋名将祖逖立志报效国家，半夜听到鸡叫便起来舞剑。足见其杀敌报国的决心无比坚强，谁也休想改变。
③漫洒新亭泪：且不要洒新亭泪。新亭泪说的是东晋初年，一些初到江南的士族常常到新亭（故址在今南京市南）饮酒聚会，彼此倾诉背井离乡之苦，怀念故土相对洒泪。实际上于事无补。
④范阳：指唐朝名将郭子仪。郭子仪在平定安史之乱后曾任过范阳节度使。

【译诗】

西晋覆灭的时候，
犹如土崩瓦解，势不可挡。
偏有那闻鸡起舞的祖逖，
横下决心要匡复家邦。
如今又面临社稷存亡，
切莫学当年南渡的东晋士族，
只知在新亭相对哭泣泪沾裳。

急奋起，放眼辽阔的中原大地，
必有像郭子仪那样的中兴大将。

【说明】

作者生当乱世，不遗余力地辅助南明小朝廷开展抗清斗争，与祖逖、郭子仪等人颇有相似之处。当时形势险恶，回天无力，他作此诗，一方面表现了义无反顾的斗争精神，另一方面也是由古思今，劝南明政权不要"洒新亭泪"，作慨叹语。

出师讨满夷自瓜洲至金陵①

郑成功

缟素临江誓灭胡②，雄师十万气吞吴③。
试看天堑投鞭渡④，不信中原不姓朱⑤！

【作者介绍】

郑成功（1624—1662），初名森，字大木，唐王赐姓朱，改名成功。福建南安人，弘光时监生。不满其父降清，遂起兵抗清，以金门、厦门为根据地，连年出击粤江浙等地。曾于永历十三年（1659）与张煌言合兵围攻南京，中计兵败。两年后率军攻打台湾，经过8个月战斗，赶走了荷兰殖民者，使台湾重新回归祖国怀抱。

【注释】

①满夷：指清朝统治者。瓜洲：又名瓜步洲，在今江苏扬州市南。
②胡：这里指清朝。
③吴：春秋时吴国据今江浙一带，这里代指长江中下游地区。郑成功曾率军连攻舟山及福建等地，一度兵锋直指南京。
④天堑投鞭渡：前秦苻坚率领大军讨东晋，夸口说自己兵多将广，把马鞭投到长江中，便可把江水拦住不再流淌。作者借此来说明抗清力量的声势浩大。

⑤朱:明朝皇帝姓朱。

【译诗】
身着素服,
面对着波涛滚滚的长江,
立下悲壮的誓言。
清朝坏我大明社稷,
这仇恨不共戴天!
试看今日雄师十万,
斗志正旺,气吞千里江南。

抗清义师声势浩大,
投鞭入水,
便能把滚滚长江截断。
金戈铁马谁敢当,
扫清一切贼寇敌顽。
相信锦绣中原大地,
必定是大明的江山!

【说明】
郑成功不愧是一代雄才,不仅有扶明抗清、收复台湾等壮举,而且其诗作也写得气势磅礴,不同凡响。他的志向,不仅要收复江南大地,而且要直指中原,匡复大明江山。忠臣勇将风范,表露无遗。

宿 野 庙

金圣叹

众响渐已寂①,虫于佛面飞②。
半窗关夜雨, 四壁挂僧衣。

【作者介绍】

金圣叹（1608—1661），原名采，字若采，后改名人瑞，圣叹为号，吴县（今江苏苏州市）人。明末诸生，为人孤傲，屡试不中，一生不入仕途。清顺治年间因参与"抗粮哭庙案"被杀。是明末清初的著名文学评论家，曾评点《离骚》、《庄子》等，尤其是对《水浒传》的删改批评最为有名，亦能诗，有《沉吟楼诗选》。

【注释】

①众响：犹言万籁，听得到的所有声响。
②佛：寺庙里的佛像。

【译诗】

白日的喧嚣渐渐平息，
古寺里变得一片死寂。
黑影里来了几只小虫，
绕着佛像上下翻飞。
这破败不堪的荒山野寺，
半扇窗户怎抵挡夜来风雨？
看着四壁上挂着的件件僧衣，
辗转反侧怎么也难以入睡。

【说明】

这首五言诗描述晚间投宿山野古庙的所见所感。语不惊人却生动如绘，通过细腻的景物描写，烘托出一种孤凄清冷的氛围。

古 北 口①

顾炎武

雾灵山②上杂花生，山下流泉入塞声③。
却恨不逢张少保④，碛南犹筑受降城⑤。

【作者介绍】

顾炎武（1613—1682），原名绛，字宁人，号亭林，昆山（今江苏省昆山县）人。明清之际思想家、考据学家、诗人。少年时参加明末"复社"反宦官权贵斗争。清兵入关，又任南明福王兵部司务。明亡后又参加民众抗清斗争，后又到华北各地纠合同志。晚年定居华阴（今属陕西省），后在山西曲沃病逝，死前还念念不忘反清复明。曾提出"天下兴亡，匹夫有责"的光辉思想。其诗多表现对清朝统治的愤懑和对民生疾苦的同情，苍凉中充满激情。有《日知录》、《天下郡国利病书》、《肇域志》等。

【注释】

①古北口：古长城上重要关隘，在今北京市密云县东北，形势险要，历来为兵家必争之地。明前期在这里设置关防，驻兵把守，明末渐废弛。

②雾灵山：古北口所在的一带山岭。

③塞：关塞，即长城。

④张少保：即张承荫，明万历年间曾任辽东总兵官，积极整饬关防，强兵固塞，死后追赠少保。

⑤碛：即大沙漠。碛南即漠南，各代所指地区有所不同，最早是汉代，将匈奴分为漠南和漠北两部分。清代把今内蒙一带称为漠南。受降城：唐代张仁愿曾在黄河以北筑了三座受降城，首尾相应，抵御突厥统治者的袭扰。诗中引出此典，是针对嘉靖时巡抚王大用建议在雾灵山筑城戍边遭到拒绝这件事而言。

【译诗】

登上高高的雾灵山，
看不到雄踞边塞的英姿，
看不到当年的壁垒森严。
映入眼帘的，
只有漫山遍野的荒草枯树，
在北风中瑟瑟摇曳。
就在昔日的关垒旁，

那条来自塞外的清泉,
仍在淙淙流淌着,
像在诉说着无尽的孤寂。
面对破败弛坏的关防,
不由令人想起忠勤王事的张承荫。
真怀念当年唐军的赫赫武功,
连遥远的漠南也筑起了受降城!

【说明】

明朝灭亡后,作者来到北方,一方面广交志同道合之士,一方面沿途考察各地战阵攻守和形胜险要。这首诗即景生情,目睹昔日雄关凋敝的现状,难抑悲愤之情,浮想联翩,稽古论今,意余言外。

路舍人客居太湖东山三十年,寄此代柬①

顾炎武

翡翠年深伴侣稀②,清霜憔悴减毛衣③。
自从一上南枝宿, 更不回身向北飞!

【注释】

①路舍人:即路泽溥,明末大臣路振飞的儿子,明亡后和弟弟路泽浓隐居太湖东山,从事抗清斗争。
②翡翠:一种羽毛艳丽的鸟,作者在此用作自喻。
③减毛衣:年老体衰,羽毛凋落。

【译诗】

我好比一只老迈的翡翠鸟,
眼看着同伴一个个溘然逝去。
经历了太多的风霜雨雪,

精神憔悴羽毛日见稀。
我惟一尚存的是做人的骨气，
就像鸟儿一旦栖足在朝南的枝头，
便不再打算回头向北，
朝着向往的目标，
振翼飞翔，永不停息！

【说明】

顾炎武借用一只翡翠鸟来比喻自己，既有年老力衰、烈士暮年的感慨，又有老当益壮、矢志不渝的豪情壮志。"南枝宿"和"北飞"颇有寓意，暗指尽忠明朝和投靠清朝两种抉择。显然，作者义无反顾地选定前者，表现出坚定的抗清立场。

早 行

李 渔

鸡鸣自起束行装，同伴征人笑我忙①。
却更有人忙过我，蹇蹄先印石桥霜②。

【作者介绍】

李渔（1611—1679?），字笠鸿，号笠翁，兰溪（今浙江兰溪县西南）人。清代戏曲理论家、剧作家。出身于富豪巨商之家，少时风流不羁，才华横溢，但始终未能中举入仕。后家道败落，曾几番移居杭州、金陵。先靠卖文度日，后组建戏班，自编、自导、自演，到过许多地方。有《闲情偶寄》及其他多部剧本。

【注释】

①同伴征人：旅客，行路人。
②蹇蹄：驴马等牲畜的蹄印。

【译诗】

雄鸡一唱天破晓,
急急起身整行装。
同行客人笑我迂,
何必操劳太匆忙。

其实莫道我行早,
更有早行人在前。
分明零乱驴蹄印,
拉杂踏破桥上霜。

【说明】

这是一首生活情趣浓郁、轻松诙谐的小诗,选取旅途中的一个小插曲,把作者辛勤操劳却乐此不疲、对事业执著追求的精神表现得淋漓尽致。

绝　　句

吴嘉纪

白头灶户低草房[①],六月煎盐烈火旁。
走出门前炎日里,　偷闲一刻是乘凉。

【作者介绍】

吴嘉纪(1618—1684),字宾贤,号野人,泰州(今属江苏省)人。家境贫苦,一生未曾做官。经常与盐工、佃农生活在一起,好吟诗,多反映盐民苦难生活。受到大诗人周亮工的高度赞扬。有《陋轩集》。

【注释】

①灶户:也叫盐户,专门承担制盐徭役的人家。

【译诗】

天空,挂着一轮火红的太阳,
低矮的草房内,炉火烧得正旺。
这位白发苍苍的老人,
正忙碌在翻滚的盐锅旁。
烈焰灼人实在难忍,
他多想走出门去,
在那烈日下偷闲一刻,
便是难得的乘凉!

【说明】

盐民的生活究竟怎样,从这首诗中足见一斑。恶劣非人的劳动条件,使得他们能到夏天烈日下呆片刻,也成为一种奢求,那低矮草房里的酷热就可想而知了。

山 行

施闰章

野寺分晴树①,山亭过晚霞。
春深无客到, 一路落松花。

【作者介绍】

施闰章(1618—1683),字尚白,号愚山,宣城(今属安徽省)人。清顺治年间进士,任刑部主事、湖西道参议等职,康熙时召为翰林院侍读学士,纂修明史。一生勤奋好学,文章醇雅,尤工于诗。有《学余堂诗文集》等。

【注释】

①野寺:位置较僻远的山野寺庙。晴树:晴空下的树林。

【译诗】
夕阳的余晖,
给茂密的山林披上一层金黄。
幽暗的树林豁然分开,
一所山野古庙扑面而来。
那飞檐翘角的亭台,
高悬在半山之上。
一任缕缕云霞,
从脚下飘然拂过。
在这春意阑珊的时节,
山间小路是那样的寂寥。
不时传来一两声鸟啼,
顿时驱散了一身疲劳。
踩着纷纷飘落的满地松花,
我怡然自得地漫步前行,
谁能领略这其中的美妙!

【说明】
暮春时节,一人独行,漫游观赏山野春景,别有一番情趣。不趋附俗流,踏遍地落英,实在是难得的人生体验。

临江杂咏①

施闰章

红柑白笋不论钱②,淳朴山川剧可怜③。
一亩官租三亩谷, 农家翻厌说丰年。

【注释】
①临江:临江府,元至正二十三年(1363)朱元璋以临江路改置,

治所在清江县（今江西清江）。

②红柑白笋：柑橘和竹笋。

③剧可怜：十分招人喜爱。

【译诗】

谁不说这里柑橘多，
谁不说这里竹笋甜。
谁不说这里民风淳啊，
谁不说这里有秀丽山川！
可别以为这里是洞天福地，
这里的人们有诉不完的辛酸。
租种官府一亩地，
却要用三亩地的收成偿还。
农家的日子没法过哟，
哪里有什么丰年！

【说明】

作者在康熙年间曾在江西做过地方官，亲眼目睹当地人民在官府租税重压下苦不堪言的惨状，抱着极大的同情写下了这首诗。对封建统治的弊端提出批评，是需要一定勇气和胆识的。

赠 柳 生①

毛奇龄

流落人间柳敬亭②，消除豪气鬓星星③。
江南多少前朝事④，说与人间不忍听。

【作者介绍】

毛奇龄（1623—1713），字大可，学者称西河先生，萧山（今属浙江省）人。明末诸生，明亡后隐遁深山读书。清康熙时召为翰林院检讨,明史馆纂修,参加修《明史》。一生博览群书,著述甚丰。其诗朴实无华,真切自然。

【注释】

①柳生:即柳敬亭,明末著名说书艺人,泰州(今江苏泰州)人。技艺十分精湛,能令听众如痴如醉,乐而忘归。
②流落人间:柳敬亭曾投明末大将左良玉帐下。明亡后便流落江湖,抑郁而死。
③鬓星星:鬓发斑白。
④前朝事:明朝的事。

【译诗】

简直不敢相信,
你就是当年大名远扬的柳敬亭。
这么多年漂泊无定,
岁月磨去了昔日的豪气,
鬓角也染上了斑斑白霜。
惟一不曾变样的,
是你那绘声绘色的说唱,
还是那么激动人心,慷慨激昂。
那发生在江南的前朝故事,
大明朝覆亡的惨痛历史,
在你口中款款道来,如泣如诉,
听的人哪个不心酸!

【说明】

诗人作为明末士人,虽暂时委身事奉新朝,但却时时为前朝的人和事而怦然心动。见到这位说书艺人,马上勾起他怀旧的心情,感慨万端。反映了许多与他经历相近的知识分子的心态。而柳敬亭的变化也很有代表性,即大多数人的抗清情绪渐趋淡漠,流传不衰的只是前朝的悲壮故事罢了。

客发苕溪①

叶　燮

客心如水水如愁，　容易归帆趁疾流。
忽讶船窗送吴语②，故山月已挂船头③！

【作者介绍】

叶燮（1627—1703），字星期，号己畦，晚年因居横山讲学，人称横山先生，吴江（今属江苏省）人。清康熙年间进士，任宝应县令，以触犯上司而落职。能诗文，尤以诗论著称于世，所作《原诗》是一部完整的诗歌理论著作，对诗歌创作的各方面问题都有精辟阐释。有《己畦文集·诗集》等。

【注释】

①苕溪：本为水名。在浙江省，源于今浙江安吉县西南的是西苕溪，源于今临县西北的为东苕溪，二水至湖州市合流，然后再东北流入太湖。诗中所指即湖州，苕溪在宋以后已成为湖州的别称。
②讶：感到惊奇。吴语：江苏苏州一带方言，作者家乡的语言。
③故山：故乡。

【译诗】

归心忧急恰似这滚滚急流，
溪水幽深好比绵绵乡愁。
顺风扬帆如风驰电掣，
心里一再催着船儿快走，快走！
也不知过了多久，
恍惚不知身在何处。
耳畔传来乡音呢哝，
急忙扑向船窗朝外看，
啊，融融月光当空照，
故乡就在前头！

【说明】

客居异乡为异客,方信月是故乡明。诗人长年在外居官,十分思念故乡,而在踏上归船之后,这种乡情竟更加炽烈,难以抑止,真实可信而感人至深。

鸳鸯湖棹歌一百首①(选一首)

朱彝尊

小妇春风楼上眠, 与论家计最堪怜②。
劝移百福坊南住③,多买千金圩上田④。

【作者介绍】

朱彝尊(1629—1709),字锡鬯,号竹垞,秀水(今浙江省嘉兴市)人。清代著名词人。少时贫而好学,康熙时举博学鸿词科,以布衣授检讨,参加纂修《明史》。通经史,善诗词古文。诗与王士禛齐名,有"南朱北王"之称。诗风清新浑朴,有《经义考》、《曝书亭词集》等。

【注释】

①鸳鸯湖:即浙江嘉兴南湖。棹歌:船歌,即反映水上生活的诗篇。作者当时羁居北方,百般无聊,急切又不得南归,为了排遣胸中愁闷,便写下百首关于江南乡土民情的绝句,以寄托思乡之情。
②与论家计:共同商议家中的事务。
③百福坊:虚构的地名,想象中最为理想的住地。
④千金圩:与上面百福坊相似,是假想中肥田美地所在。

【译诗】

春风轻快地拂过湖面,
一对船家夫妇辗转难眠。
思量着明天的日子怎过,
话语中颇有几分调侃。

干脆迁去百福坊居住,
儿孙满堂合家欢。
还要购置千金圩的良田,
男耕女织多美满!
言毕同声兴浩叹,
心头酸楚泪涟涟。

【说明】

南湖上打鱼为生的一对小夫妻为生计所迫,一筹莫展。在他们看来,结束目前这种漂泊无定以船为家的生活,能够安稳居住,并拥有良田便是最美好的生活。于是用调侃的口气憧憬未来,看似有趣,掩饰不住心里的酸楚,令人读后恻然。

秦淮杂诗①（选一首）

王士禛

新歌细字写冰纨②,小部君王带笑看③。
千载秦淮呜咽水④,不应仍恨孔都官⑤。

【作者介绍】

王士禛（1634—1711）,字子真,一字贻上,号阮亭,别号渔洋山人,山东新城（今山东省桓台县）人。清代诗人,诗论家。顺治时进士,官至刑部尚书。自幼工诗,继钱谦益、吴伟业之后,为康熙时文坛盟主。其诗讲求形式,追求神韵,写景、怀人清秀有致,多为粉饰颂扬之作。七绝诗尤为出色,多抒发个人情志。有《带经堂集》、《渔洋山人精华录》、《池北偶谈》等。

【注释】

①秦淮杂诗:共有十四首,多咏金陵城兴废史事。这里选其一首。秦淮:流经南京城的一条著名河流,历代文人墨客咏秦淮之作不可

胜数。

②新歌：南明福王宠臣阮大铖写的杂剧《燕子笺》、《双金榜》、《忠孝环》等。冰纨：洁白的丝绢。这句说阮大铖用华贵的材料，费了很大心血抄写并进献这些杂剧。

③小部：宫中梨园小部，演员都是15岁以下少年，故称"小部"。君王：即南明福王朱由崧，1644年在南京被拥立为弘光帝，在位不到一年即被清军俘虏。

④此句与下句意思相连，从陈后主到明末足有一千多年了，秦淮河水一直呜咽不止，为人间的悲剧而伤感。

⑤孔都官：即南朝陈后主陈叔宝的近臣孔范，深得宠信，惑乱朝政终至亡国。

【译诗】

那一部部精彩的新剧，
耗尽了多少心血，
那抄写在红丝框内的蝇头小字，
也显得分外气派。
更加上梨园少年的演唱，
唱做念打令人叫绝。
直把个南明君王，
看得心花怒放，喜笑颜开！

悠悠秦淮河啊，
呜咽哀伤了一千多年。
当今发生的一切，
你是最好的见证，
陈后主的悲剧，
而今又在重演。
奸佞误国最数阮大铖呀，
赛过了当年孔范！

【说明】

这首诗属就史论事之作。通过南明时权臣阮大铖进献《燕子笺》等戏剧的故事,总结了历史的教训,无情地抨击了权奸误国的危害性,讥讽南明小朝廷必然灭亡的可悲下场。

真州绝句①(选二首)

王士禛

之 一

晓上江楼最上层, 去帆婀娜意难胜②。
白沙亭下潮千尺③,直送离心到秣陵④。

【注释】

①真州:即今江苏省仪征县。北宋大中祥符年间升建安军置,明洪武年间已改为仪真县。这首诗沿用古名。
②意难胜:控制不住激动的心情。
③白沙亭:旧址在今仪征县的白沙洲上,今已不存。
④离心:离去之心。秣陵:即金陵。

【译诗】

在这晨雾迷离的清晨,
我登上临江阁楼的顶层,
望见那航船正扬帆启程。
一颗激动的心啊!
也随着飞向远方。

白沙亭下的汹涌江潮,
惊涛拍岸卷起千尺浪峰。
带着我的思绪,
回到那友朋荟萃的金陵。

【说明】

作者在扬州做官时曾到过真州，观赏了当地的风景名胜，触景生情，有感而作，真切动人。

之 二

江干多是钓人居①，柳陌菱塘一带疏②。
好是日斜风定后，半江红树卖鲈鱼③。

【注释】

①江干：江边。钓人：打鱼人。
②柳陌：柳树荫蔽的小路。
③红树：枫树。

【译诗】

江边的高坡上，
居住着那些打鱼为业的人们。
垂柳遮阴的小路两旁，
错落着一个个长满菱角的池塘，
好一派醉人风光！
最美的景色是傍晚风定时分，
夕阳的余晖把渔村洒遍。
红红的枫树映红了半个江面，
也映红了卖鱼人的笑脸。

【说明】

这首诗生动地描绘了江南渔村迷人的自然风光和渔人们的生活情趣，赏心悦目，令人难忘。

官 柳

查慎行

种柳河干比《伐檀》①,黄流今已报安澜②。
可怜一路青青色, 直到淮南总属官③。

【作者介绍】

查慎行(1650—1727),字悔余,号初白,海宁(今属浙江省)人。少时从师黄宗羲。早有诗才,喜游名山大川,每有所见辄吟咏成诗。康熙时以举人特赐进士,官至编修。后告归家居。其诗宗法宋人,得力于苏轼和陆游。有《敬业堂集》等。

【注释】

①伐檀:本是《诗经·魏风》中的重要诗篇,描写民众在河边辛苦采伐檀树,抨击统治者不劳而获。这里"伐檀"即借此篇名指"采伐檀树",与"种柳"相对。
②安澜:河道稳定,不再泛滥。
③总属官:收归官府所有。

【译诗】

看到这河边的绿柳成行,
可想见当年种柳的情景,
百姓们吃尽了苦啊流尽了汗,
那惨状目不忍睹超过《伐檀》。
狂怒的黄河已经变得温驯,
多亏了两岸的密密柳林。
可怜那些辛苦的种柳人,
如今早已无处可寻。
官府的行径真是欺人,
要这绵绵千里柳色——

从黄河畔到淮水之滨,
全都充入公门!

【说明】

作者身为封建士人,对官府无理霸占老百姓所种柳树的行径,给以无情的抨击。诗题以"官柳",极富讽刺意味。全诗立意参照《诗经·伐檀》,一个是辛苦地采伐,一个是劳累地种植。最后结局都一样,劳动成果都被官府和贵族阶层所霸占。

虎丘暮归小舟口号①

赵执信

稻花菱叶满流波②,秋色其如夕照何。
暝泛不知柔橹乱③,前川微月雁声多④。

【作者介绍】

赵执信(1662—1744),字伸符,号秋谷,益都(今属山东省)人。康熙时进士,任右赞善。因国丧期间宴饮并观《长生殿》戏剧,遭弹劾罢官,终身不用。很会做诗。有《因园集》、《饴山文集》等。

【注释】

①虎丘:虎丘山,是苏州名胜之一。口号:即兴吟咏成诵。
②流波:河水流淌,波涛翻卷。
③暝泛:在朦胧暮色中泛舟。柔橹乱:轻轻舒缓地摇着橹,不知不觉乱了节奏。
④微月:月光朦胧。

【译诗】

岸上,稻花开得正艳,
水中,菱叶轻抚着小船。

正值夕阳衔山时,
秋色煞是好看。

暮色淡淡轻笼河面,
只顾醉心于观赏美景,
不知不觉,橹声早已凌乱。
忽闻前方雁声嘈杂,
呵,朦胧月色透过暮霭,
升上清幽的山巅。

【说明】

这首诗描绘了江南水乡秋天的晚景,把一系列事物点化入诗,稻花、菱叶、夕照、柔橹、微月、雁声,使得整个画面有声有色,绚丽多姿,反映出作者当时轻松愉快的心境。

夜抵枞阳[①]

姚 鼐

轻帆挂与白云来,棹击中流天倒开[②]。
五月江声千里客,夜深同到射蛟台[③]。

【作者介绍】

姚鼐(1732—1815),字姬传,桐城(今属安徽省)人,乾隆年间进士,官至刑部郎中、记名御史。中年时托病辞官,在扬州、江宁等地主持讲学40余年。为"桐城派"的集大成者,有些散文写得很好。诗也很有个性,兼具典雅和轻快明朗的特色。有《惜抱轩诗文集》、《古文辞类纂》等。

【注释】

①枞阳:即今安徽省枞阳县,距桐城不远。

②棹：船桨。天倒开：蓝天白云倒映水中。也可理解成船向前疾行，感觉好像是水中的天光云影都向后移动，故曰天倒开。
③射蛟台：地名，在枞阳长江边。

【译诗】

高高挂起的风帆，
引来了满天白云。
木桨击打着明净的水面，
也撞破了倒映水中的蓝天。
像这五月的江水汹涌翻卷，
离家千里的游子，
心中早已掀起思乡的波澜。
快些摇啊，眼看着夕阳西坠，
水声潺潺，夜幕悄然袭来。
不觉之间已过子夜，
轻舟抵达射蛟台。

【说明】

思乡情切，难以遏止，驾一叶扁舟，日夜兼程，恨不得插上双翅飞回故乡。作者情真意切，妙笔传神，写得十分生动感人。

山　行

姚　鼐

布谷①飞飞劝早耕，春锄扑扑趁初晴。
千层石树通行路，一带水田放水声。

【注释】

①布谷：布谷鸟，叫声好似催耕。

【译诗】

春天来到山中,
布谷鸟欢快地飞来飞去,
催着人们快些去春耕。
农人们不负农时,
趁着这雨后初晴的好时光,
松土除草好繁忙。
我踏着石板小径,
穿过密密树丛,
忽闻水声潺潺,
眼前,好一片水田如镜。

【说明】

作者为我们勾勒的这幅春耕图,堪称生气蓬勃。飞翔的布谷鸟,上下翻飞的银锄,层层绿树掩映下的蜿蜒石径,淙淙的水田放水声。真是江南人勤春来早,风景这边独好!

北　　坨[①]

沈德潜

白云生高原,忽渡南湖去。
遥知隔溪人,应与云相遇。

【作者介绍】

沈德潜(1673—1769),字确士,号归愚。江苏长洲(今吴县)人。清代诗人、诗论家。乾隆进士,官至内阁学士兼礼部侍郎。在诗歌理论上主张"诗贵性情,亦须论法",即要学古,讲求格律,对当时诗坛影响很大。所作诗歌除少数反映民生疾苦外,多为歌功颂德之辞,深得当时最高封建统治者的赏识。传说乾隆每次巡游江南,必给他加一官,赐一诗。选有《古诗源》、《唐诗别裁》等,另有《沈归愚诗文全集》。

【注释】

①北坨：江南地名。

【译诗】

巍巍高原上，
冉冉升起一片白云，
它悠闲而轻盈，
飘呀飘，一直飘过南湖滨。
身在异乡的人们，
看着云儿远去，呆立出神。
虽然遥隔千里，
听不到那熟悉的乡音，
就让这片善解人意的祥云，
带去我真诚的慰问！

【说明】

这首诗独出心裁，构思奇绝。一片闲云，竟成了寄托思亲念远之情的信使。如果不是情感炽烈，魂系梦萦，是不会有这么热切的心意的。全诗质朴清新，毫无矫揉造作痕迹。

泛舟鉴湖四首①（选一首）

厉 鹗

露冷红衣已卸香②，镜心何处出新妆？
菱歌未断西风起③，八月凉于五月凉。

【作者介绍】

厉鹗（1692—1752），字太鸿，号樊榭，钱塘（今浙江省杭州市）人，康熙时举人，乾隆时召试博学鸿词科不遇。性嗜读书，举凡诗话、说部、山经、地志无不披览。又好漫游，曾到过许多地方。一生著述甚丰，有《宋诗纪事》、《东城杂记》等。其诗幽新隽妙，自成一家。

【注释】

①鉴湖：也叫镜湖，在今浙江省绍兴市。
②红衣：荷花盛开时色泽艳丽，似艳装美人，故称"红衣"。
③菱歌：采菱歌，采菱时吟唱的歌谣。

【译诗】

在这深秋时节，
鲜艳的荷花早已凋零，
烟波浩淼的鉴湖，
缘何又披上崭新的衣妆？
哦，原来是一群采菱姑娘，
身着艳服，
把欢快的歌儿唱。
西风从湖面飕飕吹过，
吹得歌声断续，湖水起波浪，
带来一丝侵人的秋凉。

【说明】

此诗纯粹写景，目之所见，心之所想，耳之所闻，身之所感，写得精雅隽永，不落俗套。

潍县署中画竹呈年伯包大中丞括①

郑　燮

衙斋卧听萧萧竹②，疑是民间疾苦声。
些小吾曹州县吏③，一枝一叶总关情④。

【作者介绍】

郑燮（1693—1765），字克柔，号板桥，兴化（今属江苏）人。早年家贫，应科举为康熙秀才，雍正举人，乾隆进士，任山东潍县等地县令。因遭荒年为民请赈，得罪豪绅而弃官，去扬州卖画为生。为著名的"扬州八怪"之一。工诗词，尤以书画名世。其诗反映生活面较宽，感情真挚，文笔清新，很少用典，平白如话。许多诗篇同情人民疾苦，憎恨贪官污吏，充满愤世嫉俗之情。有《郑板桥集》。

【注释】

①潍县：即今山东省潍坊市。年伯：古时称同科考取的人为同年，对同年的长辈或父亲的同年便称年伯。

②衙斋：位于衙门里的居舍。

③吾曹：我辈，我们这些人。

④关情：放在心上，关心。

【译诗】

这是一个难以入眠的晚上，
县衙里寂静无声。
只有风吹窗外的竹叶，
摇摇曳曳，刷刷作响。
就像百姓心中有甚疾苦，
又无处诉说衷肠。

我们这些官职卑微的州县小吏，
为民做主本来是天经地义。
只要能够造福百姓，
事无巨细都须尽心尽力。

【说明】

在封建时代的县令中，郑板桥大概最能体现"为民父母"这一精神。这首诗的写作背景，是刚刚作完一幅竹画赠友人，心绪仍然无法平静。由画竹，到卧斋外风吹作响的竹叶，一下子勾起他对百姓的关心，以至于夜不成寐，他的所作所为，为"当官不为民做主，不如回家卖红薯"的警语下了最好的注脚。

题屈翁山诗札、石涛石溪八大山人山水小幅，并白丁墨兰共一卷①

郑　燮

国破家亡鬓总皤②，一囊诗画作头陀③。
横涂竖抹千千幅，墨点无多泪点多。

【注释】

①屈翁山：即屈大均，字翁山，番禺（今属广东省）人。明亡后随桂王抗清，失败后当了和尚。能诗文。石涛：明皇族后裔，入清后为僧，号苦瓜和尚。善画山水兰竹，是郑板桥挚友。石溪：著名山水画家，僧人。八大山人：即朱耷，明皇族后裔，明亡后为僧。著名画家。尤工花鸟画。白丁、墨兰：画着白芨、兰花的画。

②鬓总皤：鬓总，即鬓角。皤，白色。头发都变白了。

③头陀：和尚，如前注，这几位友人都是吟诗作画的和尚。

【译诗】

经历了国破家亡，人事沧桑，
这些前朝遗民，都已鬓染秋霜。
本是善诗能画的高人，
如今却成了吃斋念佛的和尚。

这眼前的一幅幅画稿，
似乎只是寥寥几笔，信手涂抹。
其实那简单的一笔一画，
都浸满血泪，其中的悲愤，
又有谁能知晓！

【说明】

这首诗属题画诗性质,由作品联系到人。这些人中,有的与他过往甚密,他最能理解这些前朝遗民作诗作画时的心境。因此他敢断言这些作品都是浸透着辛酸和悲愤,"墨点无多泪点多"。不仅如此,他自己历尽坎坷,郁郁不畅,某种程度上与这些人没有两样,说别人的作品,同时也是在抒发自己内心的感受。

渔　家

郑　燮

卖得鲜鱼百二钱①，籴粮炊饭放归船。
拔来湿苇烧难着， 晒在垂杨古岸边。

【注释】

①百二钱：指钱数很少。

【译诗】

卖掉辛辛苦苦打来的鲜鱼，
眼巴巴换得这些许铜钱。
去集市买来全家的口粮，
撑着船儿急急往回赶。

拔来湿芦苇烧火做饭，
不见火苗惟见满屋烟。
只得再到阳光底下去晾晒，
唉，穷日子过得真难。

【说明】

渔民的生活简陋而又艰难,作者的同情尽在不言中。诗写得清新自然,异趣横生。

竹　石

郑　燮

咬定青山不放松，立根原在破岩中①。
千磨万击还坚劲，任尔东西南北风！

【注释】

①破岩：经过侵蚀而风化的岩石。

【译诗】

像山岩上的青松，
将大山紧紧地咬定。
这看似纤弱的翠竹，
同样令人钦敬。
它扎根在岩石缝中，
任凭千种磨难万般打击，
任凭四面八方惊雷恶风，
莫想撼动它牢固的根基，
休想摧折它坚韧的竹茎！

【说明】

这是一首题画诗。这种竹不是庭园沃土中的修竹，而是扎根在顽石上的生命力特强的竹子，象征着高尚伟大的人格。由于这首诗立意高标，字字掷地有声，深受人们喜爱而广为传诵。

马　嵬　驿①

袁　枚

莫唱当年《长恨歌》②，人间亦自有银河③。
石壕村里夫妻别④，　　泪比长生殿上多⑤！

【作者介绍】

袁枚（1716—1798），字子才，号随园老人，钱塘（今浙江省杭州市）人。清代诗人。乾隆年间进士，入翰林散馆，因满文考试成绩不佳，而出为溧水、江浦、江宁等地知县。二十三岁时辞官。于南京小仓山下修筑随园定居。其诗清新自然，抒发"性灵"。有《随园诗话》、《小仓山房诗文集》。

【注释】

①马嵬（wéi）驿：唐代驿站名，在马嵬坡，即今陕西省兴平县西。安史之乱，唐玄宗逃到这里，军士发难，被迫缢死杨贵妃。
②长恨歌：即唐代大诗人白居易写的一首叙事长诗，叙述唐玄宗与杨贵妃的爱情悲剧。
③银河：即天河，传说牛郎织女即被天河阻隔而难以相聚。
④石壕村：唐代大诗人杜甫的名作《石壕吏》，描写安史之乱时，河南石壕村的一对夫妇，被官军逼得走投无路的悲惨遭遇。
⑤长生殿：唐华清宫中一所大殿，据说唐玄宗和杨贵妃有感于牛郎织女被无情地分开的事实，便于七月七日在殿里设誓，表示永不分离。

【译诗】

当年马嵬坡上，
那一场生离死别，
引得多少文人骚客，
赋诗吟唱，黯然神伤。
可以收场了，
那悱恻凄婉的长恨歌。
看看千千万万大众，
多少人家破人亡，
多少人妻离子散，
悲惨的遭遇，远过银河隔断。
还记得吧，
石壕村那一对可怜的夫妇，
备受官军侵害，苦不堪言。

长生殿上皇帝妃子的几滴珠泪,
又怎值得一谈!

【说明】

这是一首咏史诗。作者站在广大民众一边,别出心裁地对千古传颂的唐玄宗与杨贵妃的爱情悲剧表示鄙夷。他告诫人们,不能光是看到长生殿上的伤感,更要看到,正是最高统治者一手酿成的安史之乱,给广大的老百姓带来了无比深重的灾难。

沙　沟[①]

袁　枚

沙沟日影渐朦胧,隐隐黄河出树中[②]。
刚卷车帘还放下,太阳力薄不胜风。

【注释】

①沙沟:水名,又叫中川水。即今山东省长清县境沙河。南朝宋大明二年(458),庞孟虬等败魏兵于此。

②此句意为,透过河堤上浓密的树丛,隐隐看到河水在日光下闪着粼粼波光。

【译诗】

浓云布满天空,
太阳的轮廓渐渐朦胧,
放眼望去,透过树丛空隙,
黄河如带闪着粼粼波光。
狂风卷着黄沙,
铺天盖地袭来,
刚刚因闷热卷起的车帘,
赶紧又得放下。

再看那微弱的太阳，
经不住云遮风狂，
早不知躲到何方。
广漠的原野上，
只有风在怒吼，沙暴飞扬。

【说明】

这首诗纯粹描写自然景物。驱车行进在黄河之滨，风云突变，天光霎时暗淡，狂风卷着黄沙来势凶猛，连太阳也被吹得无影无踪。可想而知，此番行路必是困难重重，举步维艰。

十二月十五夜①

袁 枚

沉沉更鼓急，渐渐人声绝。
吹灯窗更明，月照一天白。

【注释】

①十二月十五夜：交待时间，一是说时近岁末，正值寒冬腊月，二是说恰逢腊月望日，为吟咏月色作铺垫。

【译诗】

几声报时的更鼓，
深沉而又急促。
已近子夜时分，
人声渐渐寂静。
吹熄昏黄的灯烛，
看窗外竟是亮同白昼，
一轮银月挂中天，
满天照得通明。

【说明】

冬季子夜，清冷而寂寥，皎洁的月光，笼罩着融融夜色，使人顿生身临其境之感，勾起无限遐想。

山中绝句

袁　枚

镇日山腰劚白云①，裁量烟草话纷纷②。
春衫不用金炉爇③，自向百花香里熏。

【注释】

①劚白云：劚音 zhú，砍。意思是整日出没在山崖陡壁之间，与山间白云相依相伴，伸手可及。

②裁量烟草：辨认、鉴识、搜寻各种奇花异草。似指采药人的生活。

③金炉：即香炉。爇：音 ruò 弱，本为点燃、焚烧的意思，在此指熏烤。

【译诗】

成天出没在白云缭绕的高山，
采挖各种名贵的药材特产。
奇花异草实在多，
仔细认来仔细辨。
用不着香炉熏烤，
香气馥郁满衣衫。
徜徉在大自然的怀抱里，
赏心悦目，赛过活神仙。

【说明】

这首诗描写采药人的生活。他们终年攀登在高峻的山崖上，出没在云雾缭绕之中，采寻药草。既是一件充满危险和辛劳的事，也是一件意趣盎然的事,有着一般人难以领略得到的欢乐和惬意。

响 屐 廊[①]

蒋士铨

不重雄封[②]重艳情,遗踪犹自慕倾城。
怜伊几两[③]平生屐,踏碎山河是此声!

【作者介绍】

蒋士铨(1725—1784),字心余,一字苕生,铅山(今属江西省)人。乾隆年间进士,官至翰林院编修。诗文俱负盛名,诗尤其气势雄健,与袁枚、赵翼齐名。还精通戏曲创作。有《忠雅堂集》等。

【注释】

①响屐廊:春秋时吴王宫中廊名,遗址在今江苏省苏州市西灵岩山。宋范成大《吴郡志》记载:"相传吴王令西施辈步屐,廊虚而响,故名。"屐:音 xiè。木鞋。
②雄封:伟大的事业,即治国图强,建立霸业。
③几两:犹言"几双"。

【译诗】

不去经营伟大的霸业,
偏偏沉湎于儿女私情,
这当年响屐廊的遗址,
就是吴王荒淫好色的见证。

大兴土木修成这奢华的离宫,
只为听美女西施的脚步铮铮。
岂不知踏破吴国江山的,
正是这悦耳的脚步声。

【说明】

这首诗就吴王馆娃宫起兴，有感而发。辛辣地抨击了吴王英雄气短，荒淫好色，终于荒误朝政导致亡国，落得个千古遭人耻笑的可悲下场。

过 商 州①

张　翙

重关已过数峰西，绕尽羊肠踏尽梯②。
满耳水声千涧曲，四围山色一城低。

【作者介绍】

张翙（huì 绘），字凤扬，清乾隆、嘉庆时人。事迹著述均不详。

【注释】

①商州：即今陕西省商州市。城东南有商山，风光秀美。
②梯：山间小路用石块铺成一级级台阶状，形如梯级。

【译诗】

过了一道道关隘，
翻过一座座山峰。
终于走完了蜿蜒曲折的石梯小径，
眼前豁然开朗，道路宽又平。
密集的溪流纵横环绕，
满耳中都是潺潺水声。
在四面青山环抱之中，
好一座雄奇的商州城！

【说明】

这首诗为旅途写景，生动地描写了商州城的地理形势、道路交通和山光水色，写得典雅别致，很有个性。

论　　诗（选二首）

赵　翼

之　一

李杜诗篇万口传①，至今已觉不新鲜。
江山代有才人出，各领风骚数百年②。

【作者介绍】

赵翼（1727—1814），字耘松，号瓯北，江苏阳湖（今常州）人。清代史学家、文学家。乾隆进士，官中书舍人、贵州贵西兵备道。晚年辞官，专心著述，学术成就甚高。诗作清新明畅，又喜以议论入诗，间有对时政的嘲讽。有《廿二史札记》、《瓯北诗话》等。

【注释】

①李杜：唐代大诗人李白和杜甫。
②领风骚：风骚，本指《诗经》的《国风》及屈原的《离骚》，后泛指诗文。领风骚即在诗文方面独占鳌头。

【译诗】

李白、杜甫等大师的诗篇，
万人同诵，千古流传，
到今天已经失去了新意，
诗歌创新已是刻不容缓。
每个时代都有杰出人才出现，
一味师法古人怎有创见？
应是长江后浪推前浪，
独占鳌头不过数百年。

【说明】

作者的《论诗》诗共五首，提出了诗歌创作的见解。这首诗提出的问题很重要，主张诗歌创作要符合时代精神，有所创新。不能千秋万代都"诗必盛唐"。由于立意精辟，这首诗问世后广为传诵，尤其是后两句已成为名句，其涵义不仅仅局限于诗歌创作。

之 二

只眼须凭自主张①，纷纷艺苑说雌黄②。
矮人看戏何曾见？都是随人说短长。

【注释】

①只眼：独到的见解，慧眼卓识。
②说雌黄：信口雌黄，没有经过慎重考虑就随便乱说一气。

【译诗】

独到而精辟的见解，
必须经过独立思考。
当今的文艺评论界，
大多是人云亦云，鹦鹉学舌。
就像矮个子人看戏，
根本未看到台上的表演。
只是听见别人叫好，
他便也浑浑噩噩，跟着喝彩。

【说明】

这首诗指出，文艺批评要有自己的真知灼见，切忌人云亦云。同样也适用于人们认识其他事物。

春日信笔

陈长生

软红无数欲成泥①，庭草催春绿渐齐。
窗外忽传鹦鹉语，风筝吹落画檐西。

【作者介绍】

陈长生，字秋谷，杭州（今属浙江省）人。清中叶女诗人。

【注释】

①软红：落花。

【译诗】

春风拂面，杨柳依依，
纷纷扬扬的落花化作春泥。
庭前的绿草催促着春光，
齐崭崭新芽焕发着勃勃生机。
雕花窗前忽闻人语，
鹦鹉学舌尤其清晰。
东风吹断了丝线，
风筝掉到画檐西。

【说明】

春和景明时刻，万物都是清新怡人的。风筝线断，不须人言，鹦鹉学舌更见情趣。构思十分巧妙，堪称满纸春意。

癸巳除夕偶成①

黄景仁

千家笑语漏迟迟②，忧患潜从物外知。

悄立市桥人不识，一星如月看多时。

【作者介绍】

黄景仁（1749—1783），字汉镛，一字仲则，武进（今属江苏省）人。乾隆时诸生，少时狂放不羁，才气横溢。一生穷困潦倒，喜游历，遍游九华山、庐山、洞庭湖、山陕等地。善做诗。

【注释】

①癸巳：即乾隆三十八年（1773）。
②漏迟迟：漏，古时候的计时工具。漏迟迟指时间过得很慢。

【译诗】

除夕的夜晚，
千家万户都沉浸在欢乐之中，
只有我孤独地打发着难熬的光阴。
一种莫名的忧患感，
不知不觉涌上心头。
世人皆醉而我独醒，
伫立在街市桥头，
看那来来往往的行人，
都是那么陌生。
人间难觅我的知音，
昂首仰望清幽的夜空。
一颗星星看多时，
心神飘摇恍若上月宫。

【说明】

这首诗是典型的悲身嫉世之作。当千家万户沉浸在节日的欢乐中时，作者想到自己坎坷多舛的命运，怎么也难以融合到欢乐的气氛中去。他度日如年，行为近似古怪，踽踽独行，神情恍惚。事实上，作者几乎一生都是在这种愁闷的心绪下度过，因而仅活了短暂的35岁便溘然长逝。

己亥杂诗①（选三首）

龚自珍

之 一

只筹一缆十夫多，细算千艘渡此河。
我亦曾糜太仓粟②，夜闻邪许泪滂沱③！

【作者介绍】

龚自珍（1792—1841），号定庵，浙江仁和（今杭州市）人。清代著名思想家、文学家。道光年间进士。少承家学，十三岁即写诗作文。及长，目睹朝政腐败，世风日下，遂转而研治经世致用之学，成为近代资产阶级改良主义的先驱者之一。一生仕途坎坷，不为朝廷所重用，曾任礼部主事等闲官近二十年。道光十九年（1839）辞官回乡。其诗以瑰丽见长。有《龚自珍全集》。

【注释】

①己亥杂诗：是作者辞官南归途中所作三百一十五首绝句的总题。己亥，即道光十九年。
②糜：消耗。
③邪许：纤夫拉纤时所喊的号子声。

【译诗】

运河上船儿真多，
满载着粮食挤满河道。
一艘粮船就要十几名纤夫，
细算下来竟有千艘之多。

我也曾耗用太仓里的谷米,
原来每粒粮食都来之不易。
夜里听着纤夫的号子声声,
泉涌般流下同情的泪水。

【说明】

作者南返途中,舟行至大运河,看到运粮船鱼贯而过,纤夫们弯腰驼背十分辛劳,顿起同情之心,泪如泉涌。同时也揭露了清王朝残酷搜刮江南财富、不恤民命的弊政。

之 二

不论盐铁不筹河①,独倚东南涕泪多。
国赋三升民一斗, 屠牛那不胜栽禾?

【注释】

①筹河:开发水利。

【译诗】

不发展煮盐冶铁,
也不开发水利,改造山河。
这些贪婪的当权者,
只知道对东南一带残酷盘剥。
官府规定每亩地交租三升,
农民们却要交一斗还多。
谁还愿意再种田呢?
还不如从此不干,把耕牛杀掉!

【说明】

东南各省本来是富庶的鱼米之乡,可是正由于此,朝廷便一味依赖这里的赋税维持其封建收入,根本不想着广开门路,发展多种经济形式。造成农民备受盘剥,苦不堪言。这首诗爱憎分明,不啻是对封建统治者的血泪控诉。

之 三

九州生气恃风雷①,万马齐喑究可哀②。
我劝天公重抖擞, 不拘一格降人才。

【注释】
①九州:代指中国。风雷:疾风惊雷,指促使社会变革的推动因素。
②万马齐喑:整个社会死气沉沉,没有生气。

【译诗】
华夏神州要焕发生机,
靠的是雷厉风行的变革。
消极保守死气沉沉的局面,
只能误国误民,最是令人痛惜。
我请求天公重新鼓起勇气,
不须拘泥于僵死的成规。
造就无数个栋梁之才,
炎黄子孙定会创造出人间奇迹!

【说明】
清朝末年,封建统治极端腐败,社会死气沉沉,毫无生气。作者目睹这种情形,内心非常忧急,大声疾呼社会变革。尤其难能可贵的是,他看到了人才的重要性,诗的后两句已成为广泛传诵的名句。